나를 변화시킨 아이들

보여줄 수는 없어도

류영선 지음

휴앤스토리

'냇물아 흘러 흘러 어디로 가니 강물 따라가고 싶어 강으로 간다. 강물아 흘러흘러 어디로 가니 넓은 세상 보고 싶어 바다로 간다'

어릴 적 강가에서 물장구치며 부르던 노래가 생각납니다. 그러고 보니 긴 세월 동안 물이 흘러가듯 산골짜기를 지나, 냇가를 지났고 강가도 지나 이제 넘실대는 넓은 바다가 눈앞에 펼쳐졌습니다.

가난했지만 넉넉하고 아름다운 기억의 뜰을 품은 유년을 지나왔고, 청년다운 번뇌와 열정으로 잠 못 이루던 밤을 지나 교사가 되었고, 수많은 오류와 실패를 통해 더 좋은 선생님으로 거듭나고 있습니다.

그렇게 물처럼 흘러오는 동안 많은 사람을 만났습니다.

유년을 행복하게 해 주었던 어머니, 아버지, 형제, 그리고 친구들, 나의 삶을 있게 해 준 학교와 아이들, 그리고 끈끈한 정으로 이어진 동료들, 새로운 삶을 꿈꾸고 품게 해 준 나의 가족은 내 인생의 소중한 인연들입니다.

그들이 있어서 참 좋은 시절이었고 살만한 인생이었습니다.

가르침을 실천하면서 배움이 더 많았습니다. 그 배움의 덕목들이 한 걸음 한 걸음 내디딜 때마다 이 걸음이 정말 바른 걸음인지를 생각하게 해 주었습니다.

사람의 삶이 그렇듯이 언제나 비단 꽃길만 걸을 수는 없었습니다.

힘들고 고단한 날도 있었고, 회의와 갈등의 날들도 있었습니다. 내 마음에 들지 않는다는 이유로 사람들과의 관계를 맺는 일에도 서툴렀습니다. 다름의 차이를 인정하지 못하는 마음으로 사람을 대하다 보니 곳곳에 불화의 옹이가 깊게 패기도 했습니다.

"상선약수上善若水" 중국 초나라 노자는 '최고의 선善은 물과 같다'고 했습니다. 물은 얕은 곳으로 흐르며 주변을 아우릅니다. 바위를 만나면 부드럽게 감싸며 흘러야 하고 언덕을 만나면 옆구리를 돌아 흐르고, 절벽을 만나면 뛰어내리기도 해야 합니다. 그처럼 인내하며 많은 생명을 안아 감싸는 물의 선한 얼굴처럼 흘러왔다는 내 말이 어불성설일지도 모르겠습니다.

자랑스러움보다는 부끄러움이 더 많은 세월을 흘러와 지천명知天命의 나이를 지나고 보니 이제 내 얼굴과 나의 행동에 담긴 깊이를 생각해 볼 여유가 생겼습니다.

사람들 속에서 나를 깨닫고 싶었습니다. 내가 알고 있는 내가 아니라 내가 몰랐던 나를 찾는 일이 참으로 어려운 일임을 눈치채고 싶었습니다.

교사가 되어 굽이굽이 흘러오다 비로소 발견하였습니다. 글을 쓴다는 것, 눈에 보이는 것을 통해 생각나는 것을 자연스럽게 쓰는 것, 내 마음을 옮겨 놓는다는 것, 그것이 바로 내가 그토록 바라던 내 인생의 꿈이었음을 말입니다.

'진짜 선생님'이 얼마나 건방진 소리인지를 깨닫는 일이 나의 한 걸음이라 생각하며 그래도 감히 진짜를 닮은 선생이 되고 싶음을 고백하려 합니다.

길게 또는 짧게 나를 알게 된 많은 사람에게 나의 존재가 지나가 버린 따뜻한 훈풍이 아니라 미미하지만 오래도록 머무는 일상의 바람 같기를 소망하며 부족한 글을 내밀어 봅니다.

냇물아
흘러 흘러 어디로 가니
강물 따라 가고 싶어
강으로 간다

강물아
흘러 흘러 어디로 가니
넓은 세상 보고 싶어
바다로 간다

#시냇물

3부

선생님도
꿈이
있을까

4부

사랑받아
마땅한
아이

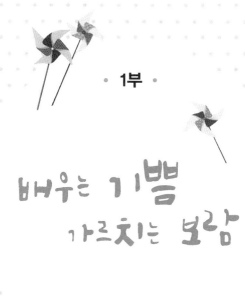

1부

배우는 기쁨
가르치는 보람

정빈이가 부르는
사랑의 노래

우리 학교 아이들은 월요일 아침마다 자신의 꿈을 모두에게 발표하는 '꿈 자랑 시간'을 갖습니다. 1학년부터 6학년까지 자신의 꿈과 희망을 찾아 발표합니다.

그 가운데 3학년 정빈이가 발표한 예쁜 꿈 자랑을 소개합니다. 나는 여러 가지 꿈을 가지고 있습니다.

요리사가 되어서 세계의 모든 사람이 좋아하는 요리를 만들어 세계의 사람들이 다 좋아하고 많이 먹어 주어서 대박이 나는 꿈이고, 노래도 잘하고, 악기도 잘 다루시는 우리 담임 선생님처럼 좋은 선생님이 되어서 아이들을 재미있게 가르쳐 주고 싶은 꿈도 있습니다.

또 내가 1학년 때 병원에 입원했는데 예쁜 간호사 언니가 매우 친절하고 좋아서 나도 이다음에 간호사가 되어 아픈 사람을 돌보아 주고 싶기도 하였습니다.

이렇게 많은 꿈이 있지만, 그중에서 내게 아주 특별한 꿈이 한 가지 있습니다. 1학년 때부터 학교에서 하는 방과 후 활동으로 뮤지컬을 배우고 있는데, 노래와 춤으로 메시지를 전달하고 사람을 감동하게 하는 것이 매우 좋아서 뮤지컬배우가 되고 싶은 것이 바로 그것입니다. 텔레비전에 나오는 걸 그룹의 가수 언니들이 춤추고 노래하는 모습이 정말 예뻐서 가수가 되고 무대에서 춤추고 노래하는 것도 좋을 것 같다는 생각도 듭니다.

내가 좋아하는 가수 중에 '손승연'이라는 가수 언니가 있는데 그 언니도 뮤지컬배우로 데뷔했다고 합니다. 그래서 뮤지컬배우가 되면 노래도 부르고 연기도 할 수 있으니까 꾸준히 노래도 하고 연기도 배워서 뮤지컬배우가 되어야겠다는 생각을 하게 되었습니다. 나는 노래 부르기를 무척 좋아합니다. 집에 있을 때면 라라라― 노래를 부르며 일기도 쓰고, 숙제도 하고, 책도 읽습니다. 거울 앞에서 아―아― 예쁘게 입의 모습을 만들어 보기도 하고 또 귀여운 동작을 흉내 내면서 노래를 부르면 내가 꼭 텔레비전에 나오는 가수나 배우같이 느껴져서 기분이 참 좋아집니다.

얼마 전에는 선생님 심부름으로 교무실에 갔는데 교감 선생님께서, "오늘 교감 선생님이 기분이 많이 안 좋은데 정빈이 노래를 들으면 좋아질 것 같네. 정빈아 고운 목소리로 노래 한 곡 불러주면 안 될까?" 하시는 것이었습니다.

그래서 곰곰 고민하다가 동요대회에서 대상을 받았던 노래 「꼭 안아 줄래요」를 불러 드렸지요.

눈을 감고 들으시던 교감 선생님께서 나를 꼭 안아 주시면서, "아이고 정빈이 덕분에 기분이 확 좋아졌어요. 너무너무 좋은 노래 잘 들었어요." 하시면서 좋아하셨습니다. 노래를 들으면 기분이 좋아진다니 교감 선생님도 나와 똑같은가보다 생각하였습니다. 여러분도 정빈이의 사랑 노래 한번 들어 보실래요?

꼭 안아 줄래요 내 친구 아픈 마음을
내가 속상할 때 누군가 그랬던 것처럼

어쩌다 생긴 미움은 어떡할까
사랑으로 사랑으로 안아 줄래요

어떠셨나요? 기분이 좋아졌나요? 내 노래를 들은 모든 사람이 기분이 좋아졌으면 좋겠습니다. 내가 이렇게 노래를 좋아하고 잘 부르게 된 것은 나의 어머니 덕분입니다. 내가 어머니 배 속에 있을 때부터 어머니께서 들려주시는 동요를 들었고 말을 배우게 되면서는 곧잘 따라 불렀다고 어머니께서 말씀하셨습니다.

일곱 살 때부터는 어머니의 손을 잡고 동요대회에 나갔습니다. 대상, 최우수상, 금상, 이렇게 많은 상도 받았습니다. 얼마 전에는 '케이팝 스타'라는 곳에서 전화가 와서 출연제안도 받은 적이 있습니다. 어머니께서는 아직 내가 어려서 대중매체에는 내보내고 싶지 않다고 하셨습니다. 나도 텔레비전에 나오는 것은 아직은 겁이 납니다. 처음에는 부끄러웠는데 언제부터인가 다른 사람 앞에서 노래를 부를 때면 참 즐거워집니다. 내 노래를 들은 사람들이 나의 목소리가 참 좋고 노래에 담긴 감정이 쉽게 전해진다는 말을 해 주면 더욱 힘이 납니다. 확실히는 모르겠지만, 감정이 전해진다는 것은 이런 것 같습니다.

내가 부르는 노래의 가사나 곡조가 슬프면 노래를 부르는 나도 왠지 슬퍼져서 눈물이 나올 것 같아지고 또 가사가 밝고 즐거운 노래를 부르면 나도 모르게 즐겁고 흥겨워집니다. 내가 느끼는 이런 기분을, 노래를 들은 사람들은 감정이 전해진다고 하는 것 같습니다.

얼마 전 어머니께서 뮤지컬 레미제라블을 보여주셨을 때입니다. 팡틴 역할을 하는 예쁜 배우의 노래를 들으면서 내용은 잘 몰랐지만 저는 눈물이 났습니다. 너무 슬프고 감동적이었습니다.

뮤지컬을 보고 와서 빅토르 위고라는 작가님이 쓴 레미제라블을 읽어 보았습니다. 아주 긴 원작의 내용을 어린이들의 수준에 맞게 만든 책이라고 했습니다. 처음에는 빵을 훔친 도둑이었고 신부님의 은촛대도 훔친 나쁜 사람이었지만 죄를 용서한 신부님의 행동에 감동하여 착하고 훌륭하게 바뀐 장발장은 자기를 희생하여 엄마를 잃고 학대받는 가여운 팡틴을 돌보고 세상에서 가장 행복하게 키워준다는 내용이었습니다.

책을 읽고 나서 뮤지컬과 다른 점도 알게 되었습니다. 책의 내용은 글자로 이루어진 이야기지만 뮤지컬은 사람들이 노래와 춤과 연기로 만들어내는 이야기라는 것이 서로 달랐습니다. 표현은 잘 못 하겠지만 느낌도 달랐습니다.

이렇게 나의 꿈은 사랑의 노래를 부르는 정빈이가 되고 싶은 것입니다. 노래와 연기를 참 잘하는 다른 나라에서도 알아주는 뮤지컬배우가 되어 슬픔과 기쁨을 전하는 사람이 되겠습니다.

슬픈 사람들을 다독거리고 기쁨은 함께하는 노래를 부르고 싶습니다. 그래서 세상에 가득히 좋은 노래의 씨앗을 뿌리는 사람이 될 것이라고 약속합니다.

3학년 정빈이의 꿈 이야기, 1학년 한울이의 꿈, 2학년 금별이의 꿈, 4학년 지후의 꿈, 5학년 성현이의 꿈, 6학년 민혁이의 꿈…….

70명 아이가 모두 저마다의 꿈을 발표하고, 앞으로 자신이 해야 할 일을 소개하는 것을 듣노라면 절로 미소가 지어집니다.

아직 꿈을 정하지 못한 친구들도 있습니다. 앞으로 그 꿈이 또 어떻게 바뀔지 모릅니다. 하지만 아이들의 가슴속에서 꿈의 씨앗 한 톨이 꿈틀거리는 생명력으로 빛나고 있다는 것은 희망의 징조입니다.

저 아이들의 꿈이 그들이 살아갈 세상을 이롭게 만들고, 살기 좋게 변화시키는 싹이 되리라는 것을 믿기 때문입니다.

꼭 안아 줄래요
내 친구 아픈 마음을
내가 속상할 때
누군가 그랬던 것처럼
어쩌다 생긴 미움은
어떡할까
사랑으로 사랑으로
안아 줄래요

꼭 안아줄래요

학교 가는 길

아침이면 풀잎에 조롱조롱 맺힌 이슬방울에 이제 막 솟아오른 햇빛이 스며들어 은구슬처럼 반짝였다. 굴뚝에 연기가 잦아들고 나면 얼마 지나지 않아 고요하던 동네 어귀에는 쪼르륵 고만고만한 아이들이 모여들었다. 이 골목 저 골목에서 이제 막 뛰어나온 아이들은 모두 상기된 얼굴이다.

남학생들은 모두 빡빡머리에 검정고무신과 무채색의 옷을 입었고 책보자기는 어깨를 가로질러 묶었다. 여학생들은 남자와 구별되게 귀퉁이에 나비가 달린 검정고무신을 신었고, 대개가 비슷한 스타일의 단발머리를 하고 옷도 비슷비슷한 무채색 계열의 옷을 입었다.

약간의 부러움을 품게 했던 애향단장(왜 그렇게 부르는지도 그때는 몰랐던) 6학년 오빠가 깃발을 들고 서 있으면 그 앞으로 1학년부터 6학년까지 차례로 줄을 섰다.

재빨리 허리에 손을 얹고 앞자리에 서는 조그만 계집아이가 있었다. 허리춤에는 책 보자기를 단단히 매고 앙다문 입술로 거리가 5리인 학교길을 걸어갈 채비를 하였던 그 아이는 눈빛을 반짝이며 애향단장 오빠가 소리칠 "앞으로 가" 구령을 기다렸다.

맨 마지막 아이까지 도착하면 깃발을 든 애향단장 오빠가 출발한다. 한 줄로 선 아이들은 자갈이 깔린 신작로를 따라 걸었다. 가끔 노래도 부르고 지나가다 만난 어른들께 차례로 인사를 하기도 했다.

조그만 꼬마 계집아이는 애향단장 오빠를 따라잡느라 한눈팔시간이 없었고 고무신 밑으로 아프게 밟히는 자갈돌을 피하느라 초록이 짙어가는 산언덕을 바라볼 틈조차 없었지만, 학교에 간다는 것이 너무도 좋아 마냥 신바람이 났었다.

마을을 지나 개울을 건너고, 산모롱이를 돌아 길게 늘어선 마을을 따라 걷다 보면 어느새 학교가 눈에 들어왔다. 산언덕 아래 길섶에는 분홍빛 패랭이꽃, 보랏빛 엉겅퀴 꽃이 지천이었다.

어른이 되고 나서도 가끔 그늘을 드리우며 무성하게 피어있는 아카시아 꽃이 하얗게 향기를 내뿜는 어느 날이거나, 패랭이꽃과 엉겅퀴 꽃이 피어있는 언덕을 지날 때나, 파란 하늘과 코스모스가 멋진 대비를 이루는 날이거나, 야트막한 산언덕에 억새가 바람에 하얗게 흔들리는 날이면, 학교 가는 길 위에 선 조그맣던 단발머리 소녀의 영상이 어제 본 영화처럼 내 기억 속에 선명하게 떠오른다.

여섯 번씩의 봄, 여름, 가을, 겨울을 시시각각 달라지는 풍경과 함께 학교 가는 길을 걸었고 그 길 위에서 아이들은 자랐다. 그때는 그랬다. 모두가 그런 아이들이었다. 그런 아이들이 사는 세상이었다.

6학년 때였을 것이다. 비가 오면 물이 불어 학교에 가지 못했던 개울에는 다리가 놓였고 차가 들어오도록 길이 더 넓혀졌다. 산골까지 전봇대가 세워지고 전기가 들어왔을 때는 새로운 세상이 환하게 열린 것 같았다. 그때까지도 키가 많이 자라지 못해 늘 제일 앞에 서서 손을 허리에 얹어야 했던, '앞으로 나란히'를 한 번 해보는 것이 소원이었던 조그만 소녀는 학교 가는 것이 정말 좋았다.

그래서 그랬을까? 그 소녀는 어른이 되어서도 아침마다 설레며 집을 나서고 마냥 즐겁게 학교에 간다. 학교에 가는 것이 너무도 행복한 선생이 되었다.

내가 태어날 무렵이던 1960년대 초의 우리나라는 1인당 국민소득이 82달러로 세계의 독립국 중 101번째로 가난한 나라였다. 내가 학교 다니던 70년대는 경제개발 계획과 새마을 운동이 한참이던 시기였다. 정말 누구도 흉내도 내지 못할 경제개발의 신화를 이루어낸, 격변기를 살아온 셈이다. 그 당시 두메산골의 소년 소녀들이 상급학교에 진학한 경우는 절반도 못 되었다. 특히 여학생들은 졸업하면 도시의 전자공장, 신발공장, 섬유공장으로 하나둘 기차를 타고 떠났던 시절이었다. 어린 나이에 취업이 되지 않으니 몇 살이 많은 언니의 나이로 언니의 이름으로 공장에서 일했던 그 소녀들은 나의 친구였고 나의 언니들이었다. 졸음을 참아가며 야간작업을 하고 손가락이 닳도록 전자부품을 매만지던 그들은 정작 주인공으로 주목받지는 못했지만, 이 나라 경제개발의 주역들인 셈이다.

그 사람들에겐 그때 학교 가는 길 위에서 친구들과 함께했던 기억이 아마도 유일하게 추억할 수 있는 유년의 기억일 것이다. 아무튼, 여섯 해 동안 딱 하루 결석하고 하루도 빠짐없이 비가 오나 눈이 오나 걸었던 5리 등굣길은 내 성장의 발판이 되었고, 살아오는 동안 내가 품은 감성과 내게서 우러나는 정서의 바탕이 되었다. 그때의 아이들은 모두가 자연에 녹아들어, 있는 그대로의 소박함을 담은 아이들이었다.

요즘 아이들의 학교 가는 길은 어떤 모습일까.

학교에 가는 것이 마냥 즐거운 아이들이라면 예나 지금이나 학교 가는 그 길이 즐거울 것이다. 반대로 학교에 가는 것이 지겹고 재미없는 아이라면 학교 가는 길이 가기 싫고 힘든, 지옥 같은 길이 될 것이다.

부모님이 태워다 주는 아이, 학원 차를 타고 오는 아이……. 요즘은 차를 타고 오는 아이들이 대부분이다. 걸어서 학교 오가는 길이 위험하고 불안하다. 쌩쌩 속도를 내는 차가 지나고, 지나는 사람마저 경계해야 한다.

아이들이 가고 싶어 하는 학교, 학교생활이 즐거운 아이들!
지금 우리 교육이 꿈꾸어야 할 것은 아이들이 행복한 학교를 만드는 것이다. 학교는 아이들이 걱정 없이 즐겁게 놀 수 있는 곳이어야 하고, 좋은 친구들을 만들어 함께 어울려야 하고, 알고 싶고 궁금한 것을 찾아 공부하는 곳이어야 한다. 그 옛날의 아이들이 학교 가는 길에서 추억을 만들고 재미를 누렸다면, 지금의 아이들은 교실에서, 학교에서 행복감을 맛보아야 하고 훗날에 간직할 추억 하나쯤 친구들과 더불어 만들어야 한다.

20세기에는 자연 속에서 가난했지만, 행복했던 아이들이 있었다면, 21세기 지금 이곳에는 눈부시게 발달한 과학의 혜택 속에서 풍요로운 아이들이 있다. 그때의 아이들, 지금의 아이들은 모두 행복해야 한다. 예나 지금이나 그 사실은 변하지 않는 진실이다.

어제의 아이들이 돌아가고 없는 학교에,
오늘은 또 오늘의 아이들이 있어 행복한 세상이 된다.

'책'이 고파야
책을 먹을 수 있다

'책' 이야기를 하면 언제나 생생하게 떠오르는 기억이 있다.

내가 초등학교 3학년 때였다. 그때 고전 읽기라는 독서 프로그램이 있었다. 한마디로 말해서 고전을 읽게 하는 프로그램이었다. 그 당시 학교에는 특별히 도서관이 따로 있었던 것도 아니고 학급문고가 있었는지도 기억에 없다. 다만 고전 읽기를 위한 책이었던, 초록색 매끈한 표지로 제본된 두꺼운 책만큼은 마치 눈앞에 있는 것처럼 선명하게 떠오른다. 《강감찬》, 《이순신》, 《을지문덕》, 《세종대왕》, 《신사임당》, 《퇴계 이황》, 《율곡 이이》 등의 위인전과 《박씨부인전》, 《허생전》, 《흥부전》 등 우리 고전, 그리고 동양고전인 《시경》, 《서경》, 《논어》 등 책의 종류가 제법 많았다.

학교에서는 고전 읽기를 할 학생을 3학년부터 학년별로 선발하고 매일 방과 후에 남아서 읽도록 했다. 책을 읽고 난 후 문제를 풀고 독후감을 쓰는 연습도 함께했다. 그리고 가을이 되면 교육청이 있는 도시 진주의 큰 학교에서 '고전 읽기 대회'에 참가하는 것이었다. 나는 3학년 대표로 선발되어 그중 3학년이 읽어야 할 책을 3권 정도 받아서 읽게 되었다.

책을 따로 사서 읽을 수가 없었던 나는 신문쪼가리, 새 농민 등 활자가 인쇄된 것은 다 읽어야 직성이 풀리는 아이였다. 엿장수 아저씨가 만화책을 찢어 엿을 싸주는 것을 보고 맨날 누워계시는 할머니의 고무신과 호미를 가져다주고 만화책으로 바꾸어 올 정도로 책이 읽고 싶었던 아이였다. 어쩌다 도시의 친척 집에 가면 책꽂이에 꽂힌 책을 돌아올 때까지 손에서 놓지 않기도 했다. 그러던 나에게 매끈한 새 책이 쥐어지고 마음대로 읽어도 된다는 사실은 감동을 넘어서는 황홀함이었다.

그 날부터 나는 내 속에서 나만이 감지할 수 있는 특별한 아이가 되었다. 공부시간이 끝나기만을 기다렸다가 친구들이 돌아간 텅 빈 교실에서 강감찬 장군을, 을지문덕을, 신사임당을 허겁지겁 먹어 치웠다. 시간이 되어서 집으로 돌아갈 시간이 되면 더 급하게 책장을 넘기곤 했다. 집에 가져가서 읽을 수 있도록 해주었으면 좋았을 텐데 책을 더럽힌다는 이유로 가져가지 못하게 했다.

석양을 바라보며 집으로 돌아오던 길, 학교를 나와 도착하는 첫 동네에서 같이 책을 읽던 4학년 언니와 헤어지고 나면 집까지 혼자 걸어가야 했다.

첫 동네가 끝나는 지점에 있던 아름드리 느티나무가 드리운 그림자는 어찌 그리 무섭던지 꼭 나를 덮쳐올 것 같은 기세였다. 산모롱이를 돌아가면 마주치는 얼기설기 기울어져 가던 상엿집은 금방 귀신이 나올 것만 같았다.

조그만 개울의 징검다리를 건너고 대밭을 지나고 마을을 또 지나고 타박타박 걷다가 흘깃흘깃 뒤돌아보고 종종 걸음치며 달려오면 그 길의 끝에는 우리 집이 있었다. 하얀 머릿수건을 쓰고 광목 앞치마를 두른 반가운 우리 어머니가 그곳에서 나를 기다리고 있었다. 무서움이 눈 녹듯 사라지는 순간이었다.

그해 가을 진주의 큰 학교에서 개최되는 고전 읽기 대회에 나를 비롯해 4학년 언니, 5학년 오빠, 6학년 오빠가 참가하였다. 그 대회에서 당당히 금상을 받았고 그때부터 명실공히 책을 잘 읽는 아이로 통하게 되었다.

겨울이 다가올 무렵, 우리 반에 서울에 살던 예쁜 여학생이 전학을 오게 되었다. 학교 옆 동네에 커다란 기와집이 있었고 그곳에는 할머니 한 분이 살고 있었는데 그 아이는 그 할머니의 손녀였다.

훗날에 안 사실이지만 부모님의 이혼으로 오빠와 함께 시골 할머니 댁으로 온 것이었다. 뽀얀 피부에 동그란 얼굴, 예쁜 옷을 입은 그 아이는 시골아이들과는 비교도 되지 않을 만큼 예뻤다. 목소리도 얼마나 예쁘던지 처음 들어 보는 서울말은 사람을 살살 녹게 했다. 남학생 여학생 모두가 그 아이 눈에 들고 싶어서 안달이었다. 그때까지만 해도 고전 읽기 대회에서 상을 받은 여운도 남았고, 공부도 제법 하고 부반장도 하고 있던 터라 내가 제일 잘 난 줄 알던 때였다. 그런데 예쁜 서울 아이에게 밀리세되자 자존심이 상한 나는 아예 고독해지기로 했다. 아직 다 읽지 못한 고전이라 말하는 초록색 책을 혼자서 야금야금 읽으며 그 아이를 멀리하고 관심을 두지 않으려 애썼다. 그러던 어느 날 내 눈을 놀라게 하고 내 마음을 산산이 흔들어 놓은 그것이 나타났다.

그 아이가 내 눈앞에서 보란 듯이 들고 있던 것은 예쁜 공주가 그려진 《백설 공주》 동화책이었다. 정말 엄청난 유혹이었다. 두껍고 하얗고 매끈매끈한 표지에 굵직한 글씨로 써진 '세계명작 제2권 백설 공주'. 출판사는 기억이 나지 않지만, 그동안 보아온 책 중에 가장 값지고 고급스러운 것이었다. 그리고 그 아이는 생글생글 웃으며 나긋나긋한 서울말로,

"이 책 너 빌려줄까?" 하는 것이 아닌가.

헤벌어진 입을 다물지 못하고 있던 나는 나도 모르게 덥석 먹이를 물고 말았다. 마음과는 다르게 얼결에 책을 낚아챈 나는 책 속에 고개를 파묻고 허겁지겁 먹어치우기 시작했다. 쉬는 시간은 물론이고 공부시간에도 선생님 눈을 피해 책상 밑에서 읽느라 정신을 차릴 수 없을 지경이었다. 수업을 마칠 무렵, 그 아

이가 내 앞에 턱 버티고 섰을 때 나도 모르게 그 책을 뺏기지 않으려는 듯 두 손으로 꽉 쥐고 그 아이를 올려다보았다.

"이제 돌려줘. 집에 가야 해."

"조금만 더 읽으모 되는데 다 읽고 주모 안 되나?"

떨리는 목소리로 은혜를 바라는 표정으로 그 아이를 바라봤지만 어림도 없다는 듯 낚아채 버리는 것이었다. 집으로 돌아오는 길은 허탈했다. 상상도 못 하던 세계를 경험하고 눈앞에서 놓쳐 버린 박탈감이었을 것이다.

백설 공주가 계모에게 쫓겨난 후 난쟁이를 만난 곳까지 읽었는지 사과를 먹다가 쓰러진 장면까지였는지, 그다음 이야기를 상상하고 몇 번이나 다른 이야기를 만들어 가며 집까지 돌아오던 기억이 난다. 심지어 잠들기 전까지도 다 읽지 못한 백설 공주의 나머지 이야기를 상상하곤 했다. 비극적인 이야기를 만들어 베개에 파묻혀 눈물을 흘리기도 하고, 행복한 이야기로 만들어 기뻐하기도 하면서 내가 백설 공주가 되는 상상으로 마냥 행복했다.

그다음 날부터 나는 마음을 비우고 기꺼이 그 아이의 마음에 쏙 드는 친구가 되기로 했다. 그 집 사랑 마루에 책꽂이 채로 놓여있다는 세계명작 50권과 위인전 40권에 나의 혼을 팔기로 한 것이다.

그 아이가 하자면 하고, 책가방도 들어주고 부반장의 권한으로 청소도 면제했다.

그 친구가 책꽂이에 꽂힌 책을 아무거나 척 뽑아서 내게 하사해 주기만 한다면 모멸감쯤은 참을 수 있었다. 거의 매일같이 그 아이의 책가방을 들어다 주고 책을 받아 읽다 보면 어찌 그리 시간이 빨리 가던지, 정말 빨리 가는 시간이 원망스러울 지경이었다. 다 읽지 못하고 책을 반납하고 돌아올 때의 그 기분이란 누구도 상상 못 할 안타까움이었다. 해가 질 무렵까지 책을 읽고 돌아오는 길은 참 춥고 스산했다. 《인어공주》,《소공녀》,《백조왕자》,《안데르센 동화집》,《빨간 머리 앤》,《제인 에어》,《폭풍의 언덕》……. 단지 몇 장만을 남겨두고 올 때의 그 아쉬운 마음이란. 지금 생각해도 그때의 나, 그 아이가 참 안쓰러워진다.

　차츰 나는 사색하는 아이가 되어 갔다. 다 읽지 못한 책의 여운을 오래도록 남겨두기도 했다. 책 속의 비극적인 주인공이 되어 보기도 하고 비극이 너무 아플 땐 행복한 결말을 만들어내는, 나만의 방법을 터득한 것이었다. 상상하는 일은 또 혼자서 돌아오는 무서운 길을 무섭지 않게 하는 방편이기도 했다. 그렇게 나는 그 아이의 집에 있는 책을 1년여 만에 모두 깨끗이 먹어 치웠다.

　그때 급하게 책을 읽는 습관이 들어 지금도 책 한 권을 사면 책장을 급하게 넘기는 버릇이 남아있다. 자라면서 나는 그 친구에게 얼마나 감사한 마음이 들었는지 모른다. 그 친구 덕분에 접하지 못하고 지나칠 수도 있었던 그 책들을 다 맛보게 되었고 사색의 행복함도 맛볼 수 있었다. 내 목마른 책 읽기의 갈증을 풀어 주었고 감성의 한 부분을 깊숙하게 성숙시켜 준 고마움이 너무나 크다. 오랫동안 만나지 못한 그 친구를 만날 기회가 생기면 맛있는 음식과 따뜻한 차 한 잔을 앞에 놓고 그때의 고마움을 전해 볼 생각이다.

지금의 우리 아이들은 책이 그렇게 간절하게 고파 본 적이 없었을 것이다. 학교에 가면 교실마다 학급문고가 있고, 도서관에도 정말로 좋은 책들이 즐비하게 꽂혀있다. 물론 집에도 좋은 책들이 많이 준비되어 있다. 너무 많이 있어서 고르지 못하고 먹지 못하는 것은 아닐까 가끔 생각해 본다.

우리가 음식을 먹을 때도 배가 고프지 않으면 음식이 당기지 않는다. 너무 많은 산해진미가 앞에 놓여있어도 한꺼번에 취하기가 어렵다. 우리가 한번에 먹을 양은 정해져 있기 때문이다.

요즘 우리 아이들 손에는 대개 스마트폰이 들려있다. 스마트폰 속에는 아이들이 좋아할 세상이 엄청나게 가득하다. 시각과 청각을 자극하는 애니메이션, 쉽게 찾을 수 있는 정보들과 잠시도 눈을 못 떼게 하는 흥미로운 게임의 천국이다. 너무 빠르게 지나가는 화면, 엄청난 속도감에 눈이 핑핑 도는데 느린 속도의 책을 누가 보겠느냐 말이다.

책을 읽는다는 것은 삶을 풍요롭게 하는 것이라는 것을 나는 어릴 적 경험을 통해 너무나 잘 알고 있다. 아이들에게 좋은 책을 읽게 하고 싶은데 참 어렵다. 아이들이 스스로 책에 재미를 느끼고 책을 손에 잡는 순간을 만들어야 한다는 것은 안다. 손쉽게 아이들을 책 속의 세계로 이끌 수 있다면 얼마나 좋으랴. 목마른 짐승을 물가로 끌고 올 수는 있지만 물을 마시는 것은 그 짐승의 의지인 것처럼, 마음이 말라 책을 읽고 싶은 갈증을 느끼고 스스로 책을 읽는 순간이 올 때까지 그것을 찾아 주는 것이 우리가 할 일이다. 책을 읽는 즐거움을 우리 아이들이 맛보게 되는 순간 스마트폰 게임의 나라와는 비교도 되지 않는 가슴 벅참을 경험하게 될 것이다.

요즘은 학교도서관에 책이 많지만, 아이들은 읽을 시간이 부족하다. 수업을 마치면 방과 후 수업, 학원수업을 들어야 하는 아이들은 너무도 바쁘다. 책 읽는 것뿐만 아니라 놀이도 스스로 선택하지 못하고 자유롭게 놀지도 못한다.

책 읽는 활동, 놀이하는 활동, 사색하는 시간 속에서 숨어있는 창의성을 끄집어내고, 상상력과 사고력, 감성을 길러 주는 것이 중요하다는 것쯤은 누구나 귀동냥으로도 알고 있다.

내 아이와 집에서 한 시간이라도 함께 책 읽는 시간을 가져보는 것도 좋은 방법이다. 또 원칙을 정해 아이들에게 부담을 주지 않는 방법으로 책을 가까이 만날 수 있게 해 주는 것은 어떨까?

그냥 읽는다.

(독서를 어떤 목적으로 하면 바로 재미가 없어진다)

시간을 정해서 읽는다.

(습관을 만들기 위해서 꼭 해볼 만하다)

선생님과 함께 읽는다.

(아이들에게는 선생님이 좋은 본보기이다)

부모님과 함께 읽는다.

(아이들에게는 부모님이 좋은 본보기이다)

독후 활동은 하지 않는다.

(할 경우에는 아주 쉽고 간단하게, 책 제목, 지은이 정도)

처음에는 쉽고 재미있는 책으로 접근한다.

(쉽고 재미있으되 장르를 다양하게)

책은 인생의 가장 큰 스승이고, 기분 좋은 배부름이고, 더 할 수 없는 즐거움이다.

책이 맛있다는 것을 알고 책이 간절하게 고파 보아야 책을 먹을 수 있다.

퐁퐁이 옹달샘과
툴툴이 옹달샘

'샘에 물이 가득 고이기 전에 그 물을 퍼 올리면 샘이 말라 버리고, 가득 고였을 때 지나는 이 모두 마시게 하면 샘은 더욱 가득 찬다'고 하는 옛말이 있습니다. 혹시 들어 본 적 있으신가요.

얼마 전 초등학교 2학년 담임을 할 때의 일입니다.

읽기 교과서에 '퐁퐁이와 툴툴이'라는 두 옹달샘 이야기가 나오는데, 그 이야기의 내용은 대충 이렇습니다.

숲 속에는 서로 이웃한 두 개의 옹달샘이 있습니다. 퐁퐁이와 툴툴이 옹달샘입니다. 툴툴이는 가슴 가득 차 있는 자신의 옹달샘에 맑은 하늘과 구름과 나무가 담겨있는 것이 너무 뿌듯하고 행복합니다. 가끔 물을 마시러 오는 동물들이 싫습니다. 뿌리를 내려 물을 쪽쪽 빨아들이는 풀과 나무도 밉습니다.

'이렇게 가다가는 내 가슴속 물이 다 말라 버릴 거야.'

걱정된 툴툴이 옹달샘은 다람쥐도 토끼도 더는 가까이 오지 못하게 합니다. 풀들에게도 나누어 주지 않으려 했습니다.

　그런데 이웃에 있는 퐁퐁이 옹달샘은 지나는 이 누구에게나 가슴을 활짝 드러내고 나누어 줍니다. 토끼에게도 다람쥐에게도, 그리고 곁에서 자라고 있는 여린 풀들에게 아낌없이 내줍니다. 날아가는 새에게도 손짓하고 지나는 바람도 쉬어가라 손짓합니다.

　툴툴이 옹달샘이 묻습니다.

　"그렇게 다 나누어 주면 물이 다 말라버리지 않느냐고……".

　퐁퐁이 옹달샘이 대답합니다.

　"내 가슴에는 날마다 물이 퐁퐁 솟아올라 다 퍼주고도 남는다고……".

　가을이 와서 나뭇잎이 소복이 떨어집니다. 퐁퐁이 옹달샘에서는 아직도 맑은 샘물이 퐁퐁 솟아오릅니다. 옹달샘 위로 공중제비를 하며 떨어진 나뭇잎은 다람쥐가 걷어냅니다. 그리고 후르르 물 마시고 갑니다.

　숲 속의 동물들이 하루에도 몇 번씩 다녀가는 퐁퐁이 옹달샘에서는 쉴 새 없이 맑은 물 솟아나 파란 가을 하늘이 가득 담겼습니다. 그러던 어느 날, 툴툴이 옹달샘이 있던 자리에서 비명이 가늘게 새어 나옵니다. 나뭇잎이 쌓여 아무것도 보이지 않습니다.

　"누가 이 나뭇잎 좀 치워줘. 숨이 막혀 죽을 것 같아……."

　그런데 아무도 그곳에 옹달샘이 있었다는 사실을 기억하지 못

합니다. 다람쥐도 토끼도 사슴도 바람까지도 그냥 지나쳐 갑니다. 가을이 깊어가고 날마다 떨어진 나뭇잎이 수북이 쌓여갑니다. 툴툴이 옹달샘의 비명도 더는 들리지 않습니다.

툴툴이 옹달샘처럼 내 것만 소중히 감싸 안고서 나누지도 않고, 베풀지도 않은 채 지금까지 살지 않았는지 생각해 봅니다.

나눔과 베풂은 실천입니다. 작은 것에서부터 나눌 수 있는 마음을 가진 이가 더 많은 것을 나누게 됩니다.

그때 우리 반에는 믿음직하게 잘 생긴 '한샘'이라는 이름을 가진 친구가 있었습니다. 인물도, 키도, 슬쩍 지어 보이는 미소도 참 예쁜 친구였지요. 그런데 학기 초가 지나고 얼마 후부터 친구들의 입에 자주 오르내리기 시작했습니다.

한샘이가 괴롭혀요. 한샘이가 놀려요. 한샘이가 욕했어요. 한샘이가 폭력 썼어요. 좋은 말로 타이르기도 했지만, 어느 날 한샘이가 또 친구를 괴롭혔습니다. 인내심이 바닥난 나는 이유도 묻지 않고 큰 소리로 혼을 내고 말았습니다. 친구들이 다 나가고 없는데 한샘이 혼자 책상에 엎드려 울고 있었습니다. 그런데 엎드려 울고 있는 그 등이 너무도 작았습니다. 자그맣게 떨고 있는 아이의 등이었습니다.

아! 내가 저 어린아이를 잡고 뭘 했나 후회스러웠습니다.

살며시 다가가 등을 쓰다듬으며 말했습니다.

"한샘아, 선생님이 이유도 안 묻고 혼내서 많이 슬펐구나."

그랬더니 고개를 끄덕입니다.

"선생님이 미안하다. 그런데 한샘아, 한샘이라는 이름이 참 좋은데, 한샘이는 이름의 뜻을 알고 있니?"

"모릅니다."

"한샘이의 '한'이라는 글자의 뜻은 우리 고유어로 '크다'라는 뜻을 가지고 있단다."

"예, 우물……."

"그래 말 그대로 한샘이라는 이름은 큰 샘, 큰 우물이라는 뜻을 가졌어. 큰 샘은 마을의 한가운데 자리하고 있으면서 샘에 가득 고인 물을 원하는 사람, 짐승, 꽃에 다 나누어 주는 거지. 때론 더러운 옷을 씻어 깨끗하게 해 주기도 하고, 그릇을 씻어 맛있는 음식을 담도록 해 주기도 하고, 목마른 사람의 갈증을 풀어 주고, 때 묻은 얼굴도 씻겨 주는 거야. 우리 읽기 책에 나온 퐁퐁이 옹달샘처럼 말이야. 어때 대단하지 않니? 한샘이가 그런 사람 되라고 부모님께서 한샘이라 이름 지어주신 걸 거야. 오늘 가서 부모님께 물어보렴."

눈물이 얼룩진 눈가에 은근슬쩍 미소가 스밉니다.

"이제 앞으로 친구들과 사이좋게 지내고, 큰 우물답게 행동하는 거다."

한샘이는 고개를 끄덕였습니다. 그 날 이후로 한샘이는 많이 달라졌습니다. 친구들에게 잘 웃어주고, 내게 가까이 다가와 심부름도 하는 착한 친구가 되었습니다.

어쩌다 또 잘못된 행동을 한 날의 일기장에는 "아이들아 나 때문에 미안해"라고 쓰는, 잘못을 반성하고 바른 행동을 하는 아이가 되었습니다. 그야말로 멋진 한샘이가 되었습니다.

말과 글의 의미를 알고 행동으로 실천하는 사람들노 많습니다. 어려운 가운데서도 가진 것 함께 나누고 더 줄 것이 없나 찾는 사람들은 더 많습니다. 세상을 행복하게 하는 이런 사람들이 있어 그래도 세상은 살만합니다.

혹시 나는 툴툴이 옹달샘처럼 살고나 있지 않았는지 생각해 봅니다. 퐁퐁이 옹달샘처럼 자주자주 가슴속 물을 퍼 올려야겠습니다.

첫 만남,
첫 이야기

어젯밤에 선생님은 잠을 설쳤단다. 빨리 밤이 가고 새날이 시작되어서 너희를 만나고 싶었기 때문이야.

아침에 너희를 만나니까 기분이 참 좋다. 어젯밤 선생님이 생각했던 것처럼 너희가 정말 예쁘고 착하고 맑아 보이기 때문이야. 너희는 어떠니? 많이 설레었다고? 그리고 떨리기도 했다고? 그래 선생님하고 똑같은 기분이었구나. 오늘 아침 학교 오는 내내 우리 선생님은 어떤 사람일까 궁금하기도 했을 거야. 호랑이같이 무서운 선생님은 걸리지 말아야 하는데, 예쁜 선생님과 만났으면 좋겠다, 그런 생각 하며 걸어왔겠구나. 선생님이 교실 앞에서 너희를 맞았을 때 너희 기분이 어땠을까?

"휴, 저 정도면 괜찮겠어." 하고 생각한 사람 손 들어 볼래? 하나, 둘, 셋……. 제법 많이 손들었네. 다행이다.

그럼 너희가 소개하기 전에 선생님부터 소개할게.

이름부터 말해야겠지? 이름은 류영선이야. 그런데 선생님이 그동안 맡았던 친구들은 선생님을 '유령선'이라 부르기도 해. 그 친구들이 선생님 이름을 가지고 장난을 좀 쳤지? 그런데 선생님은 그 별명이 그렇게 기분 나쁜 별명이 아니라고 생각하고 아이들을 겁줄 때 늘 써먹는단다.

나는 우리 반을 늘 배에다 비유하거든. 올 한해 우리는 ○ 학년 ○ 반이라는 배를 함께 타고 1년 동안 넓은 바다를 항해해야 하기 때문이야. 물론 유령선이 되어서는 안 되겠지. 개구쟁이 어린이들이 사는 건강하고 튼튼한 배가 되는 거야. 그래서 선생님은 우리가 탄 배를 유령선이 아니라 보물선이라고 할 거야. 선생님은 그 보물선의 선장이 되고 보물선의 주인은 바로 여러분이 되는 거지. 어때 멋지지 않니?

세상은 넓은 바다란다. 오늘부터 우리 반은 세상이란 넓은 바다를 향해서 돛을 올리고 항해를 시작하는 거야. 우리가 바다에서 건져 올릴 보물은 너무도 많아. 여러 과목의 학습을 통해서는 알고 싶었던 지식과 정보를 건져 올리자. 또 재미나는 체험활동, 동아리 활동, 진로활동으로 꿈과 희망을 낚아 올리는 거야. 책 읽기, 글쓰기로 삶을 살찌우자. 악기를 연주하며 노래를 부르고, 자연을 사랑하면서 아름다운 심성을 기르는 거야. 친구들과 함께하는 대화, 놀이, 모둠 활동, 청소 활동으로 사랑과 협동 그리고 배려의 마음을 보물선 안에 가득 채우는 거지.

우리가 함께 항해할 1년 동안, 바람도 없고 햇볕도 따뜻해서 배가 앞으로 나가기에 더없이 좋은 날도 있겠지. 하지만 때로는 바람이 불고, 비도 내리고, 파도가 거세게 칠 때도 있을 거야. 사실 매우 좋은 날만 있어도 항해하는 재미가 없기도 할 거야. 그지? 우리의 보물선이 순조로운 항해를 하고 보물을 가득 채우려면 선장의 힘만으로는 절대로 안 돼. 선장인 선생님은 키를 잡고 방향을 바르게 잡아서 목적지까지 무사히 도착하도록 힘쓰도록 할게. 보물을 가득 채우는 일은 보물선의 주인들인 여러분이 해야 할 일이 되는 거지. 어때? 멋진 모험이 될 것 같지 않니? 피터 팬의 모험, 캐리비안의 해적, 신밧드의 모험보다 더 멋진 우리 보물선의 모험을 선생님과 여러분이 함께 만들어 가는 거야.

자 그러면 1년 동안 어떻게 보물을 건져 올릴 것인지 선생님과 함께 의논해 가면서 선생님이 내주는 활동 계획을 살펴보자.

첫 번째는 아침 활동이야.

새날을 시작하는 아침은 늘 특별해야 한다고 생각해. 아침에 8시 40분까지 등교하여 월요일 아침은 토요일 일요일 날 있었던 일을 재미있게 글로 표현해 보는 글쓰기 활동을 할 거야. 주말에는 아무런 과제도 내주지 않는 대신에 월요일 아침을 주말 활동을 보고서로 쓰는 글쓰기 활동으로 열어 보는 거지. 화요일부터 목요일까지는 아침 20분 동안 선생님과 함께 책을 읽자. 여러분이 읽고 싶은 책 한 권을 골라 와서 그냥 읽는 거야. 독후감은 절대 쓰지 말자. 독서행사도 하지 않을 거야. 여러분은 그냥 재미있게 책을 읽는 거지. 우리 반에는 고전이 60권, 조선왕조실록 65권, 인물로 알아보는 한국사 55권, 그 외 과학도서, 창작동화가 모두 50권 정도 학급문고에 비치되어 있어. 올 한 해 목표는 아침 20분 동안을 이용해 이 책을 다 읽는 것으로 정해 보자.

금요일 아침은 신 나는 날이니까 운동장 놀이 활동으로 한주를 마무리하려고 한단다.

다음으로 공부활동에 대해서 알아보도록 하자.

먼저 쉬는 시간에는 잠시 휴식을 취하고 우리에게 필요한 배설의 기쁨을 맛보아야겠지. 그리고 다음 시간의 준비를 해야 해. 교과서와 공책, 필통이 가지런히 책상 위에 놓여있어야 한단다. 그리고 수업시간에는 이번 시간에 무엇을 어떻게 배울 것인지를 알고 나서 공부를 시작하는 거야.

모든 수업시간에는 여러분이 배워야 할 무엇인가를 찾기 위해 적극적으로 참여하는 자세가 중요해. 말하기, 듣기, 이해하기, 쓰기, 질문하기, 발표하기, 반응 보이기 등으로 배움을 건져 올리는 거야. 선생님은 여러분에게 배움이 일어나도록 돕는 일을 할 거야. 너희도 선생님과 교감(마음 통하기)을 할 수 있도록 노력하자.

다음은 청소 활동인데 선생님이 아주 중요하게 생각하는 부분이야. 청소 활동은 사람이 살아가는 생활 일부이기도 해. 청소하고 다듬지 않고서는 우리 주변의 환경을 깨끗하고 쾌적하게 할 수는 없다는 것을 여러분은 잘 알고 있을 거야. 교실이 깨끗해지려면 우리가 모두 함께 청소해야 하고 일부러 더럽히는 일은 없도록 해야지. 그래야 여러분이 건강하게 생활할 수 있는 깨끗하고 쾌적한 교실을 만들 수 있어. 우리 모두의 교실이니까 청소활동을 게을리하는 사람이 없도록 하자. 역할분담 및 청소는 내일부터 조직하고 활동하도록 할 거야. (오늘 선생님과 함께 청소를 도와줄 사람은 환영합니다!)

마지막으로 보물선의 규칙에 대해서 알아보자. 옛말에 사공이 많으면 배가 어디로 간다고 했지? 산으로 간다고 했어. 우리 보물선이 바다 한가운데서 갈 곳을 잃거나 엉뚱한 산으로 가는 것을 예방하기 위해 우리가 지켜야 할 규칙을 정해야 해. 보물선의 봉사위원을 선출하고 나면 함께 만들어 가는 규칙을 정해 보도록 하자. 그리고 역할활동, 건강 활동, 취미활동에 대해서도 의논해야 할 거야.

모두 함께 즐거운 여행이 되도록, 그리고 보물선을 꿈으로 가득 채울 수 있도록 우리 모두 다 같이 아자 아자 화이팅!

내일은 여러분의 소개를 듣도록 할게. 이 세상에 하나뿐이고 또 가장 소중하고 특별한 나를 친구들 앞에서 특별하게 소개하기 위해 특별한 소개방법을 생각해 보렴. 미리 글로 써보는 것도 좋겠지.

그럼 이상으로 첫 만남을 위한 이야기는 끝.

선생님에 대해 또 학급 활동에 더 궁금한 점이 있으면 망설이지 말고 언제든지 물어봐. 묻는 곳에 길이 있단다.

학기가 시작된 3월 첫날이 오면 아침부터 설레고 있다.

올해를 함께 보낼 우리 반의 귀여운 악동들이 궁금해진다. 어떻게 첫 만남 첫 이야기를 잘해서 선생님의 권위를 세우고 아이들과 함께 행복을 찾는 좋은 선생이 될 수 있을까 고민이 되기 시작한다.

그리고 첫 만남 첫 이야기를 한다. 사랑이 담긴 눈길과 신뢰가 담긴 목소리로 다정하게……

그날부터 우리는 부모와 자식의 인연 못지않게 값진 사제지간의 연을 맺게 된다.

세상은 넓은 바다란다.
오늘부터 우리 반은
세상이란 넓은 바다를 향해서
돛을 올리고
항해를 시작하는 거야.
우리가 바다에서
건져 올릴 보물은
너무도 많아.

#첫 만남 첫 이야기

소풍 가던 날

    단발머리에 검정고무신 신고, 책 보자기 허리에 둘러맨 작은 아이가 슬몃슬몃 마당을 들어섭니다.

    가을바람에 나뭇잎이 사그락사그락 마당을 지나갑니다. 불그레한 볏을 너털거리고 눈알을 뒤룩거리며 질풍같이 아이를 쫓아오던, 무서운 수탉이 보이지가 않아 참 다행입니다. 그래도 어디서 튀어나올지 모르는 수탉을 피하려고 대문을 지나 냅다 달려가 축담을 오르고 대청마루로 뛰어오릅니다. 집안에는 중풍으로 앓아누우신 할머니가 눈이 빠지게 기다렸던 아이를 반겨주지만 아이는 다른 생각에 잠겨있습니다.

    내일은 가을 소풍날입니다. 대청마루에 앉아 밖을 내다봅니다. 고즈넉한 오후입니다. 닭장으로 가서 달걀이 있는지 확인하고 싶지만 어디선가 달려 나올 수탉이 무서워서 가지 못합니다.

    "할매, 엄마는 일하러 갔나? 내일 소풍 가는데 장에 안 갔나?"

    "하, 엄마는 일하러 가고 할배가 장에 안 갔나. 이리 들어와서 내 좀 일바키도고. 니 기다린다고 할매가 죽는 줄 알았다. 어여 오줌 좀 뉘어다오."

내일 소풍 가는데 울 엄마는 무슨 반찬을 해주려고 그러는지 아무 기척이 없습니다. 반찬 국물 흐르지 않는 반찬 그릇 사달라고 했는데, 다 닳은 고무신은 또 어쩌라고, 걱정이 태산입니다.

그날 늦게 약주 한 잔에 얼큰하게 취하신 할아버지께서 한손에 들고 오신 보따리를 풀어놓자 아이의 걱정은 기쁨으로 바뀌었습니다. 가을이 오면, 아이들과 소풍을 가는 날이면 어김없이 떠오르는 기억의 장입니다. 소풍 가기 전날, 들뜨고 염려되었던 기억이 이리도 선명할까요.

소풍 가는 날은 또 어찌 그리 신 나고 좋았던지 그날 그 기억의 책장도 살며시 풀어 봅니다.

학교에 모여 전교생이 다 함께 출발하였지요. 1학년부터 6학년까지 한 반씩 있었지만, 학생 수는 아주 많았습니다. 그중 우리 학년 학생 수는 59명이었습니다. 제가 마지막 번호 59번이라 지금도 기억하고 있습니다. 친구들과 함께 3학년 뒤를 따라 줄지어 걸었습니다. 친구들 손잡고 학교를 나와 들판을 가로지르고 강둑을 지나며 우리는 노래를 불렀습니다. '강물아 흘러 흘러 어디로 가니 강물 따라가고 싶어 강으로 간다'였는지, 무슨 노래인지는 확실한 기억은 없습니다. 다만 강둑의 돌과 길섶의 풀들마저 그동안 보아온 느낌과는 다른 느낌으로 다가왔던 것 같습니

다. 곳곳에 보이던 꽃도 의미가 다르게 다가왔던 것은 소풍날의
설렘과 기대 때문이었겠지요. 그렇게 강물을 따라 도착한 강변
의 솔밭에서 친구들과 언니들과 동생들이 어우러져서 보물찾기,
예쁜 돌멩이 찾기, 공기놀이, 수건돌리기, 강물에 돌 던지기…….
놀이는 무궁무진했고 시간 가는 줄 모르고 놀았지요.

　그러다가 선생님의 부름에 모두 모여 앉아 6학년 회장의 사회
로 장기자랑 시간이 시작되었지요. 노래도 부르고 흉내도 내고
시끌벅적 재미난 시간이 꿈결처럼 흘러갔지요.

　드는 것, 매는 것 각종 가방이 지천인 요즘과 달리 그 시절에
는 가방을 가진 이가 드물었습니다. 모두 어머니가 옷감을 떼다
재봉틀로 만들어주신 보자기 가방을 들고 소풍을 갔습니다. 할
아버지께서 장에서 사오신 새 양말과 나비가 달린 흰 고무신, 입
고 싶던 츄리닝, 그때는 트레이닝복을 츄리닝이라 불렀지요. 곤
색(네이비) 바탕천에 어깨부터 팔목까지 하얀 두 줄무늬가 있는
츄리닝(운동복)이 유행이었습니다. 지금 생각해 보니 아디다스의
조상 이디다스였나 봅니다. 덕분에 맘껏 으스대며 걸었던 기억이
새롭습니다.

　점심시간이 오면 기분이 최고조였습니다. 내 보자기 가방 속에
는 삶은 계란 2개, 삶은 밤 한 줌, 단감 2개, 할머니 줌치(주머니)
에서 꺼내주신 눈깔사탕과 동전 50원, 쫄깃한 찰밥, 할아버지의
또 다른 선물인 반찬 국물 흐르지 않는 반찬 통에는 어머니가 아

껴두었던 솜씨로 준비한 솎음배추로 갓 담은 김치랑 수루매(오징어) 껍데기에 참기름 고추장 넣고 조물조물 무친 반찬이 먹음직스럽게 들어 있었습니다.

자갈밭에 둘러앉아 꺼내 든 도시락은 가지각색이었습니다. 자랑스럽게 펼치는 아이가 있는가 하면 돌아앉아 혼자 먹는 친구도 있었습니다. 아무튼, 그 날 도시락은 기가 막히게 맛있었지요. 사이다 한 병을 들고 온 친구의 인기도 대단했습니다. 한 모금 얻어 마시기 위해서 벌떼같이 아이들이 모여들었는데 나는 한 모금 얻어 마신 축에는 끼지 못했습니다. 그 친구가 남자여서 남자들끼리만 나누어 마셨거든요.

우리가 점심 먹는 동안에 선생님이 살짝 숨겨둔 보물찾기 시간입니다. 선생님이 솔밭을 가리키며 '보물을 찾아라!' 삑~ 호루라기를 불면 1학년부터 차례로 투입되어 보물탐험이 시작되었지요. 보물이 적힌 종이를 찾은 친구는 함성을 질렀고 나는 보물을 찾아 기뻐했던 기억이 없는 걸 보면 한 번도 보물을 찾지 못했던 것 같습니다. 할머니가 주신 용돈 50원으로 학교 앞 점방 아주머니가 한 보따리 이고 오신 과자를 식구 수대로 사 넣고 발걸음도 가볍게 랄랄라 돌아왔지요. 즐거운 소풍이 끝나고 돌아오는 길은 축제가 끝난 피로함으로 지쳐버렸고 가까운 마을부터 아이들은 집으로 돌아갔습니다. 우리 동네는 강변에서 가장 가까워서 완전 행운이었지요.

4학년 가을 소풍의 기억이었습니다.

훗날 어머니께 소풍 전날의 이야기를 듣게 되었습니다. 학교 마치고 오면 편찮으신 할머니 수발을 들어야 했던 어린 나를 위해 할머니께서 할아버지를 장에 보내셨다고 합니다. 곤색 운동복, 스텐반찬통, 수루매(오징어껍질), 흰나비고무신, 양말 등을 사오시라고 했다는 것이었지요. 40대 후반에 중풍에 걸리신 할머니는 20년이 넘게 누워만 계셨습니다.

"아가 왔나. 와 이리 늦었노?"

학교 갔다 오는 나를 애타게 기다리셨지요. 그렇게 누워만 계시던 할머니는 내가 6학년 되던 해 하얀 찔레꽃 다복이 핀 초여름날에 돌아가셨습니다. 할아버지도 오래전 돌아가셨고 두 분은 오래전에 옛사람이 되셨지만 지금도 손녀를 위해 애쓰셨던 그 마음은 잊을 수가 없습니다.

오늘은 우리 학교 전교생이 봄 소풍을 가는 날입니다. 우리 학교 교육과정에는 사계절 테마 학습이 계획되어 있는데, 오늘 봄 테마 학습에서는 공룡엑스포장에서 공룡에 대해 다양한 체험을 하게 됩니다.

아침부터 아이들은 신이 납니다. 빨강, 노랑, 파랑, 색색의 배낭이 빵빵하게 터질 듯이 묵직합니다. 색깔 고운 옷차림에 모자, 가벼운 운동화, 선글라스까지 준비된 친구도 있나 봅니다. 모자와 선글라스를 근사하게 쓰고는 운동장을 폴짝폴짝 뛰어다닙니다.

인원 점검을 끝내고 두 대의 버스에 전교생 72명과 교사 8명이 나누어 탔습니다.

도착하여 이곳저곳 체험을 끝낸 아이들이 모여들었습니다. 가장 기다리던 시간은 예나 지금이나 점심시간인가 봅니다. 제각기 꺼낸 도시락에는 엄마의 정성이 가득 담겨 있습니다. 김밥, 유부초밥, 꼬마 주먹밥, 꼬치, 과일 꼬치……. 풍요롭습니다. 음료수도 한 병씩, 과자도 가방에 가득합니다.

먹을 것이 너무 많아 도시락을 반쯤 남기는 아이들이 많습니다. 하지만 저 아이들은 분명 알고 있을 것입니다. 어머니가 밤잠을 설치며 나를 위해 준비한 도시락과 간식에 대한 고마움을 말입니다. 어머니의 사랑 하나면 충분하다는 것을 자라면서 더욱 깨닫게 될 것입니다. 어머니의 사랑은 부족함은 채워주고, 넘치는 풍요로움은 덜어내 주는 마술 같은 것이니까요.

소풍, 소풍, 소풍……. 하고 입속에서 가만히 되뇌어 보면, 흑백의 기억 속 들판 길에 손잡고 걸어가던 아이들의 노랫소리가 들려오는 듯하고, 봄이면 출렁이던 청보리밭과 가을이면 일렁이던 황금 들녘과 햇살에 반짝이며 잔잔히 흘러가던 강물이 눈앞에 아른거립니다.

지금 우리 아이들에게도 먼 훗날 떠올릴 만한, 자연과 함께하는 목가적이고 서정적인 소풍의 기억을 하나쯤 만들어주어야겠다 생각해 봅니다.

느림, 기다림, 그리고 그리움

아이들아,

5월이 오면 뒷동산에 찔레꽃이 하얗게 피고 아찔하도록 짙은 향내를 맡고 꿀을 따러 온 벌떼들이 빙빙 무리 지어 몰려들었단다. 들판에는 아지랑이처럼 아른거리던 황금빛 보리 이삭이 바람이 지나가면 스르르 누웠다 일어서기를 반복하고, 숲은 초록이 깊어져만 갔지. 밤이 되면 투명하리만치 서늘하게 와 닿던 공기, 그리고 별이 총총히 반짝이며 쏟아질 것 같던 하늘. 못자리 해 놓은 물 논에서는 개구리 맹꽁이가 깊어가는 밤을 노래했단다. 선생님이 살아온 그 시대 그 풍경, 그 아름답던 자연의 모습이 요즘은 늘 그리워진단다.

지금 주위를 둘러보면 온통 네모나게 우뚝 솟은 회색 건물들과 보드라운 흙을 뒤덮은 아스팔트 길, 밤이고 낮이고 그치지 않고 이어지는 자동차의 소음, 그리고 별이 보이지 않는 하늘만이 우리를 서글프게 하지. 내 어릴 적 그 아름다운 정경들과 그 고요한 정서를 너희들에게 전할 길 없어 안타까운 마음이다.

특히 우리나라는 세계화 정보화에 걸맞게 인터넷 보급률도 세계 1위, 스마트폰을 사용하는 인구도 세계 1위의 자랑스러운 나라라고 하더구나. 인터넷 속에는 무궁무진 끝없는 지식과 정보들이 가득하고, 길에서도 집에서도 모두가 스마트폰을 놓지 못하고 있는 시대가 되어버렸다.

얼마 전에는 우리나라 바둑기사 이세돌과 인공지능 알파고의 바둑대결이 세계인을 깜짝 놀라게 했고 우리가 상상했던 일들이 하나하나 이루어진다는 사실에 앞으로의 미래가 무섭기까지 했단다. 냉장고 속의 재료들로 만들 수 있는 요리가 무엇인지 알려주고 3D 입체 프린터가 요리를 만들어내는 시대가 눈앞에 온 것이 아니라 현실로 이루어지고 있다니 정말 놀랍지 않니. 하나둘 우리 주변의 사물들에도 인공지능이 담겨 가는데, 인간이 만들어낸 이 어마어마한 현실 세계를 너희들이 이제 감당해야 한다는구나. 아니 창의력을 키워서 앞서서 창조해야 한다는구나.

요즘 우리는 작고 가벼운 스마트폰을 통해서 무궁무진한 정보를 찾아내고 정성 들여 편지를 쓰지 않아도 터치 한 번만으로 누가 지금 어디서 무엇을 하는지 신속하고 정확하게 찾아내어 대화를 주고받는다. 스마트폰을 배우고 조작하는 기술은 가르쳐주지 않아도 어쩜 그리도 잘하는지 너희의 능력이 참 부러울 때도 있단다. 궁금한 것은 책을 펼쳐 찾지 않아도 스마트폰이 다 해결해 버리는 시대에 살고 있는 너희는 세계의 학생들과 비교 해서도 수학과 과학 분야에서 아주 우수한 학업 성취도를 보여 준단다. 하지만 우수한 학업 성취도와 비교하면 학습에 대한 흥 미와 행복감은 다른 나라의 아이들보다 훨씬 떨어진다는 통계도 있구나. 너무도 창의적인 너희의 창의성을 집에서 또 학교에서 죽이고 있다는 우려도 있단다.

　서로 다른 너희에게 함께 적용하는 교육과정이 창의성을 죽이 고, 정답을 찾는 교육방법이 또 그렇고, 자기가 잘할 수 있는 것 에서 소질과 적성을 찾기보다 경쟁에서 이겨 좋은 대학에 가는 것이 소질과 적성인 시대가 또 그렇다는구나.

　삶을 살아가는데 공부를 잘하는 것만이 목표는 아니라는 말 이겠지. 그렇다면 공부가 재미있고 사는 것이 행복하려면 너희가 찾아야 할 것은 무엇일까?

　선생님이 어렸을 때는 나무와 숲, 강과 바다, 하늘과 땅, 할아 버지 할머니, 아버지 어머니, 형제자매, 친구들만 있어도 행복했 단다. 걱정이 없었단다. 공부를 굳이 하라는 사람도 없었고, 집 안일은 모두가 함께했고, 아이들 작은 손도 보태었으며, 그 일들 을 통해 일상에서 생활하는 데 어려움이 없었단다.

　친구의 어려움을 이해했고, 내 앞에 놓인 일상의 자잘한 일들 도 해결할 수 있었지. 잘 안되면 될 때까지 기다려주고 이끌어서 할 수 있게 만들어 주었는데 요즘은 잘 안되면 부모가 대신해줘 버리는 경우가 더 많다더라. 그러다 보니 사람들은 '느림'과 '기다림'이 참을 수 없게 되어버렸고, 어른이나 아이나 모두가 바쁘게 뛰고 또 뛰는 시대가 되어버렸어. 어떻게 하면 너희가 느리게 걷고 기다리고 사색하는 기쁨을 맛보며 행복할 수 있을까?

모두가 빠르고 편리한 것만 찾는 이 시대에 한 번쯤은 '느림'과 '기다림'을 생각해봐야 하지 않을까 싶어. 그래서 생각하는 여유와 읽은 여운을 오래도록 느낄 수 있는 책, 그림이 있어 더욱 아름다운 동화《리디아의 정원》으로 너희를 초대하려고 한단다.

우리 모두 잠시 한숨 돌리고 느린 박자로 리디아의 정원을 산책해 보자.

이 책의 첫 장면에는 풍성하고 아름다운 리디아의 정원이 예쁘게 펼쳐져 있어. 그리고 해 질 무렵 일을 끝내고 돌아오는 할머니의 걱정스러운 표정과 참새같이 밝은 리디아의 표정이 대조를 이루어 웃음을 자아낸단다. 아버지가 오랫동안 일자리를 구하지 못해 집안 형편이 아주 어려워지고 리디아는 도시에서 빵집을 하는 외삼촌 댁에서 살기 위해 집을 떠나게 되지.

기차역에서 사랑하는 가족과 아쉬운 작별을 해야 하는 리디아는 꿋꿋하게 슬픔을 참아내고 오히려 슬픔에 잠겨있는 가족을 위로한단다. 아직 어린 나이인데도 말이지. 삭막한 도시에서 무뚝뚝한 외삼촌과의 첫 만남에서도 웃음을 잃지 않는 리디아는 낯설고 차가운 그곳에서 너무도 아름다운 기적을 만들어 낸단다. 무슨 기적일까? 선생님이 다 말해 버리면 너희가 읽고 보아야 할 재미를 빼앗는 거겠지. 그래서 가운데 부분은 너희의 몫으로 남겨둘까 해.

작고 가녀린 어린 소녀 리디아는 사랑하는 가족들 곁을 떠나서 낯선 곳에서도 웃음과 희망을 잃지 않았을 뿐만 아니라 주위를 환하게 밝혀주는 햇빛 같은 존재였단다. 웃을 줄 모르던 외삼촌에 밝은 기쁨을 주었고, 외삼촌의 빵집을 환하게 밝혀주었지. 이웃에게는 따뜻하고 순수한 사랑으로 주변을 밝혔단다. 책 속에는 정말 아름다운 리디아의 정원이 있고, 그 정원에는 꿈과 희망과 사랑이 담긴 꽃을 활짝 피운단다. 마지막 장면에서는 코끝이 찡하는 감동을 경험하게 될 거야.

이 책을 재미있게 읽으려면 이렇게 읽어 보렴.

처음에는 책장을 한 장 한 장 넘기면서 그림만을 먼저 보고 이야기를 상상해. 두 번째는 주인공 리디아가 되어서 그림 속으로 걸어 들어가는 거야. 세 번째는 책장을 넘기며 그림을 보고 이야기를 읽어 봐. 네 번째는 소리 내어 이야기를 한 번 더 읽어 봐.

마지막으로 엄마와 함께 책장을 넘기며 이야기를 나눠. 그다음에는 눈을 감고 리디아의 정원을 산책해 보는 거야.

내일이 토요일이구나.

차가운 스마트폰은 잠시 손에서 내려놓고, 따뜻한 엄마 아빠의 손을 잡고 햇빛 아래를 걸어가 보자.

가까운 곳에 있는 햇빛 환하게 드는 도서관에서, 아니면 초록이 짙어가는 숲 속에서, 강물이 흘러가는 강 언덕에서 리디아와 함께 예쁜 정원을 산책해 보렴. 하늘 한번, 먼 산 한번, 그리고 한 페이지 그리고 나 한번 돌아보면서 느리게 또 느리게…….

그리고 주변의 자연에서 느껴지는 맑고 고운 기운으로 마음이 날아갈 듯 가벼워지고, 따뜻한 엄마 아빠의 손에 담긴 사랑의 마음을 알아챌 수 있을 거야.

사계절의 아이들

3월

꿈으로 시작하는 달입니다. 아이들은 꿈을 꿉니다. 세상을 가득 품을 큰 꿈을……. 꿈을 꾸는 아이들은 행복합니다. 꿈을 향해서 높이, 멀리, 힘차게 날아야 하니까요.

4월

칭찬입니다. 아이들은 날마다 자신을 칭찬합니다. 자신을 칭찬할 수 있어야만 다른 사람도 칭찬할 수 있습니다. 칭찬으로 행복한 우리 교실, 우리 학교, 우리 집, 우리나라 자신이 아주 좋아 행복한 아이들이 만들어갑니다.

5월

사랑이 넘치는 달입니다. 부모님이 주시는 사랑은 너무 높고, 너무 깊어 헤아릴 수가 없습니다. 선생님이 주시는 사랑은 보답을 바라지 않는 순수한 사랑입니다. 친구와 나누는 사랑은 온 마음으로 거짓 없이 나누는 사랑입니다. 사랑, 사랑, 사랑…….

이 세상에 가장 아름다운 말, 사랑. 학교는 사랑으로 엮인 큰 울타리입니다.

6월

어린이 선언으로 약속합니다.

하나. 나는 매일 웃으면서 생활하는 건강한 어린이다.

하나. 나는 나를 좋아하며 다른 사람도 좋아하는 긍정적인 어린이다.

하나. 나는 무엇이든 해낼 수 있는 자신감이 넘치는 어린이다.

하나. 나는 다른 사람을 배려하고 이롭게 하는 멋진 어린이다.

하나. 나는 큰 꿈을 향해 최선을 다하는 행복한 어린이다.

7월

건강함을 담아 봅니다. 건강한 머리, 좋은 정보를 선택하고 활용하며 깨어있는 뇌, 건강하게 펄떡이는 따뜻한 심장.

건강한 몸, 즐거운 운동과 자연의 먹거리로 생기 있는 몸.

건강한 마음, 밝은 생각과 여유 있는 호흡으로 편안한 마음.

좋은 생각으로 모두가 건강한 아이들입니다.

8월

진리를 구합니다. 집에서, 학교에서, 놀이터에서, 자연에서 먹고, 놀고, 공부하고, 구하고 찾는 것, 가족과 선생님과 친구들과 함께하는 것, 그것이 바로 진리입니다.

지금 우리 아이들은 진리를 찾아 나래를 활짝 펴고 날아오릅니다.

9월

책을 읽는 것은? 좋은 것입니다. 맛도 있답니다. 반짝반짝 빛나는 눈, 예쁜 얼굴도 만들어 주어요. 향내 나는 그윽한 몸가짐도 가지게 해 주고요. 과거와 현재, 미래를 넘나드는 시간 여행도 시켜주지요. 우리 아이들은 몸과 마음을 살찌우는 좋은 책과의 만남을 좋아합니다.

10월

운동회는 협력입니다. 파란 하늘과 시원한 바람과 만국기가 펄럭이고 햇빛이 빛나는 날. 아이들은 마냥 신이 납니다. 볼살이 휘날리도록 달리고 또 달리고, 손바닥이 아프도록 짝짝짝, 소리가 터지도록 고래고래, 운동회 이기는 것이 아닙니다. 함께 가는 것입니다.

11월

음악에 감동합니다. 눈을 감고 있어도, 마음을 닫고 있어도, 어느샌가, 조용히 스며듭니다. 눈꺼풀을 들추고 아름다운 빛으로, 강물 같은 시원함으로 마음을 적셔 줍니다. 마음이 깊은 아이는 연주하고, 느끼고 감동할 줄 압니다.

12월

봉사는 고귀합니다. '베풂'과 '나눔'을 실천하는 일은 사람의 몸과 마음이 가장 좋아하는 일이라고 합니다. 나를 위해, 남을 위해, 우리 모두를 위해 내가 가진 것을 나눕니다. 따뜻한 마음을 나눕니다.

1월

지혜는 원할 때 얻을 수 있습니다. 학교는 지혜의 면류관을 닦고 닦아서 아이들에게 씌워 줍니다. 배움의 기쁨과 가르침의 즐거움을 나누는 지혜의 텃밭입니다.

2월

마무리의 달입니다. 새날의 설렘과, 처음의 기쁨을 맛보려면 마무리를 잘 다듬어야 합니다. 맺힘이 없도록, 아쉬움이 없도록. 학교의 2월은 마무리의 달입니다.

때를 기다리는 마음

고대 이집트에서는 '미룬다'는 단어의 뜻을 두 가지로 해석하고 있다고 합니다. '게으르다', '적당한 때를 기다린다' 가 그 두 가지 의미입니다. 나는 그중에서 적당한 때를 기다린다는 의미가 참 마음에 들었습니다.

평소에 나는 내가 할 일을 미루지 말자, 오늘 할 일은 오늘 끝내야 한다는 거의 강박적인 신념을 지니고 생활해 왔지요. 오늘 할 일을 처리하지 못하고 퇴근하는 선생님이 이해가 되지 않았습니다. 왜 제때 일을 처리하지 않는 건지 도무지 모를 지경이었습니다. 답답하면 내가 해 버리고 말았지요.

학년 전체 일을 모으는 과정에서도 그랬습니다. 오전에 평가하고, 오후에 채점하고, 다음날 아이들과 문제풀이하고 오답 정리한 후, 일람표를 만들고 분석하여 제출하는 일도 늘 일등으로 해야 했습니다.

숙제를 미룬 아이들에게는 해야 할 숙제의 몇 배가 되는 과중한 과제를 주어서 돌려보냈습니다. 오늘 할 일을 자기 전에 점검하고 다 못한 일이 있으면 자기 전에 마무리하고 자라고 강요해 오다시피 했습니다. 얼마나 숨이 막혀 왔을까요?

학교 일부만 완성된, 아직 마무리가 덜 된 학교에 부임한 적이 있습니다. 새로 지은 학교는 얼마나 깨끗하고 근사하겠느냐는 심정으로 미리 부임하였습니다. 그런데 정말 깜짝 놀랐습니다. 바깥에서 보는 외관만 그럴싸했습니다. 사흘 후면 아이들이 들이닥칠 교실과 복도, 특별실 등은 아직 군데군데 마감처리가 되지 않았고 공사 후 남아있는 흔적들로 엉망이었지요. 운동장에는 건축 부자재가 이곳저곳에 널려있는, 위험하고도 아찔한 상황이었습니다.

새로 부임한 선생님들은 사흘 동안 청소부가 되어야 했습니다. 막노동이 따로 없었지요. 우선 학생들을 받아야 할 교실부터 청소하고 책걸상 들여놓고, 학습교재 및 물품을 정리하고, 사흘 꼬박 출근해야 했습니다. 사흘째 때 아닌 봄비가 종일 내렸습니다. 그런데 4층 맨 꼭대기 교실 창틀 사이로 비가 스미고 어디선가 빗방울이 똑똑 흘러내리는 것이었습니다. 한마디로 말해서 날림 공사였습니다. 1년 정도 계획된 공사를 질질 끌다가 몇 달 만에 해치웠다는 것입니다.

우리나라의 건축기술은 세계가 알아준다는 말이 무슨 뜻인지

실감이 났습니다. 빠르게 완성하는 기술이 일등이고, 빠르게 망가지게 하는 기술이 일등이라는 말이 아닐까요?

우리 주변에 아파트 공사가 시작되면 날마다 날마다 그 모습이 달라집니다. 층수가 올라가고 외벽이 정리되고 사람이 입주하기까지 그 높은 빌딩이 순식간에 뚝딱 지어지는 것입니다.

유럽의 어느 나라는 작은 굴뚝을 하나 올리는데도 1년을 두고 본다는 이야기를 들은 적이 있습니다. 계절에 따라 바뀌는 바람의 방향, 비나 눈이 왔을 때의 상태 각종 기상의 변화를 관찰하면서 만들어진다는 이야기지요. 굴뚝을 완성할 적당한 때를 기다리는 것입니다.

물론 꼭 마무리해야 할 일을 뒤로 미루는 것은 게으름일 경우가 많습니다. 하지만 적당한 때를 보아서 가장 좋은 상황에 맞추어 일을 마무리하기 위해 미룬다는 것은 게으름이 아닙니다. 일을 이루는 현명한 방법이라고 할 수 있지요.

적당히 익기를 기다리면 절대 안 되는 일도 있습니다.

요즘 학교에서는 학교폭력 사안이 자주 발생합니다. 언어폭력, 신체폭력, 괴롭힘, 따돌림……. 관계되는 아이들의 진술을 읽어보면 정말 이런 일이 아이들에게서 발생했단 말인가? 싶어 아연할 정도입니다. 이럴 때는 학교 내 전담기구가 신속히 일을 처리해야 합니다.

학교폭력 사안별 대처 매뉴얼이 있습니다. 그 매뉴얼에는 사안이 발생하고 그것이 인지되는 즉시 지역교육지원청, 도교육청에 신고서를 제출해야 한다고 나와 있습니다. 바로 그 자리에서 사안을 파악하고 접수해야 합니다. 그 타임을 놓쳐 버리면 호미로 막을 일을 가래로도 막지 못하게 커져 버립니다.

잠시 먼 데를 향해 한눈파는 사이에 사건은 눈덩이처럼 커지고 브로커들까지 합세해서 아이들 일이 부모의 일로 퍼지고 법정 공방으로 이어집니다. 그 과정에 아이들의 소리는 메아리로 사라져 버리고 부모의 지시와 브로커와 말맞춤으로 조정되고 감정의 골은 깊어집니다. 피해보상금에 대한 합의도 한 치 양보가 없습니다. 사람과 사람 사이의 일들이 느긋하게 여유를 갖고 대화하고 타협하던 시기는 이미 지났습니다.

반면에 적당한 때를 위해 일을 미루어야 하는 일도 있습니다.

예전에 어머니께서 동동주를 담으셨습니다. 할아버지가 좋아하셨기 때문에 자주 담그셨지요. 우리가 먹던 밥은 쌀이 보일 듯 말 듯한 밥이었는데 술을 담글 때는 하얀 쌀로 쪄낸 고두밥을 썼습니다. 삼베 수건을 펴고 하얗게 밥을 널어 김을 빼고 식힌 후 깨끗한 우물물, 누룩 가루와 섞어 함께 항아리에 담아 아랫목에다 이불로 돌돌 싸매어 두었습니다.

그렇게 며칠을 띄우면 쏘는 듯한 술 냄새가 온 방을 진동하지요. 톡톡 발효거품 터지는 소리가 듣기 좋아질 때가 되면 아버지와 어머니께서는 함께 항아리를 운반해 뒤란의 바람 잘 드는 대나무밭 속에 보관해 두었다가 때마다 떠내어 체에 밭쳐 걸렀습니다. 그제야 뽀얀 술이 항아리에 가득 담겼습니다.

그 적당한 때가 되기를 기다리는 동안 누구도 조급해하지 않습니다. 하루 이틀 미룬다고 큰일 나지 않기 때문입니다. 잘 익어 숙성한 막걸리의 맛을 보려면 술 거르기를 미루어야 하는 것을 어머니는 누구보다 잘 알았습니다. 그래서 우리 집 술은 동네에서 늘 평판이 좋았던 것 같습니다.

꽃 이야기를 해 볼까요.

우리 집 거실 한쪽에서 때가 되기를 기다리며 숨죽이고 있던 독말풀이 희디흰 꽃을 피운 이야기입니다. 참새 혓바닥 같은 봉오리를 내민 지도 10여 일이 지났습니다. 봉오리 본 후부터 꽃피는 날이 언제쯤일까, 목 놓아 기다렸지요. 초록색 기다란 꽃잎싸개가 꼭 사내아기 오줌 머금고 앙다문 고추 모양으로 있다가 길쭉한 꽃대가 쑥쑥 자라나고 예술가가 정교하게 빚어놓은 것처럼 꽃잎 끝에 연보랏빛 치마 주름이 잡히기 시작합니다.

그때쯤 나는 오늘내일 필 거 같은 기대감에 사로잡혀 보고 또 보고를 반복했지요.

그런데 웬걸요.

필 것처럼 필 것처럼 하다가 꼬박 닷새를 넘기고서야 어제 조금 기미가 보여 그 순간을 놓치지 말아야겠다고 퇴근 후 책 한 권 들고 들여다보고 기다리고 있다가 '잠시인데 설마 그새 피겠어.' 생각하고는 저녁 준비를 위해 이것저것 하다가 또 그놈의 잡생각(좋은 말로 상념)에 사로잡혀 잠시 깜박 잊고 있었지요.

아! 독말풀 흰 꽃이 핀 것은 찰나였습니다.

돌아보니 순백의 여인이 화들짝 웃고 있었습니다. 내가 잠시 잊고 있었던 사이 비밀스레 앙다물고 있던 꽃잎을 짠, 하고 펼친 거였습니다. 그토록 굳건해서 절대 열리지 않을 것 같던 우주가 활짝 열렸습니다. 아무도 안 보는 사이에 가장 적당한 때, 어둠과 함께 그 꽃은 기품 있게 우아하게 피어난 거였습니다.

치마 주름이 하도 열리지 않아 성급한 마음에 손으로 잡아 열어 볼까도 하였는데 참고 기다리기를 잘했다는 생각을 하였습니다. 꽃은 이렇게 우아하게 때가 되기를 기다려 천천히 핀다는 것을 알게 해 준 날이었습니다.

아이들이 자라는 모습도 꽃이 피는 모습과 마찬가지입니다.

적당히 때를 기다리는 아이들에게 무언가를 보여 달라 떼를 쓰는 어른이 되어서는 안 될 일입니다. 스스로 익어 봉오리 맺고 꽃 피울 때까지 꺾지 않고 기다려주는 지혜가 필요한 것 같습니다. 너무 급하게 하려 하지 말고 때론 미루어 기다려주는 것도 해 볼 만한 일입니다.

바른이 가족의 약속

    한 마을에 서로 다른 두 집이 있었습니다. 한집은 늘 웃음소리가 끊이지 않았으며, 집안에서 흐르는 따사로운 기운으로 지나는 모든 이가 부러워하는 행복한 집이었습니다. 또 다른 집은 늘 싸늘한 냉기가 흐르고, 가족들 간에는 서로 화를 내고 다투는 소리가 끊이질 않았으며, 모두가 불만에 가득한 찌푸린 얼굴을 하고 있어 보는 이를 거북하게 만드는 집이었습니다.

    이웃집의 행복한 모습이 부러웠던 가장이 그 비결을 듣기 위해 찾아왔습니다.

    "여보게 자네 집은 우리 집보다 사는 형편도 더 어려운데 매일같이 무슨 일로 그렇게 웃음소리가 끊이질 않고 모두가 행복해 보이나? 그 비결이 듣고 싶어서 찾아왔네."

    "뭐 비결이랄 것까지야 있나. 잠시만 기다리게나."

    말을 마친 가장이 반 동강이 난 바지를 갈아입고서 가족을 불러 모았습니다.

"애들아 며칠 전 새로 산 바지가 이렇게 되었구나."

그 말을 들은 큰딸이 말했습니다.

"길이가 조금 길다는 아버지의 말씀을 듣고 제가 줄였는데 너무 많이 줄인 것 같습니다."

둘째 딸이 말했습니다.

"아닙니다. 아버지, 언니가 줄인 줄도 모르고 저도 조금 줄였습니다."

셋째, 넷째, 그리고 부인이 연이어 바지 길이를 조금씩 줄인 사연을 이야기하였습니다. 큰딸은 줄여 놓고 말하지 못한 자신의 탓이라고 하고, 다른 이들은 물어보지 않고 줄인 자신들의 탓이라며 어쩔 줄 몰라 하는 것이었습니다. 그 이야기를 들은 아버지는 크게 웃으며,

"아니다. 분명하게 누구를 정해서 고쳐 달라고 하지 못한 내 탓이다. 그렇지만 이렇게 줄여 놓고 보니 아주 시원한 반바지가 되었구나. 이 옷은 여름에 입으면 딱 그만이겠다. 하하하"

가족 모두는 서로 자기 탓인 양 미안해하며 그렇게 한바탕 웃는 것이었습니다.

그 모습을 본 이웃집의 아버지는 집으로 돌아가 장에서 산 긴 바지를 내놓으며 바지 길이가 길어서 입기가 불편하다고 누가 줄여주었으면 좋겠다는 말을 하고 기다렸습니다. 하지만 며칠이 지나도 바지 길이는 그대로였고 화가 난 아버지가 가족을 불러 모

았습니다.

"지난번에 바지가 길다고 했는데 왜 바지가 아직도 그대로이냐?"

이 말을 들은 가족들은, 큰딸은 동생이, 작은딸은 또 따른 동생이, 또 다른 동생은 어머니가 어머니는 딸 중 누군가가 할 줄 알고 그랬다는 변명을 늘어놓으며 서로에게 책임을 전가하는 것이었습니다.

그제야 아버지는 웃음이 끊이지 않는 이웃집과 모두가 불만에 가득 차 있는 자신의 집의 차이를 이야기하며 웃음이 끊이지 않는 행복한 가정을 위해 서로 노력하게 되었다고 하지요. 이는 80년대 도덕 교과서에 나오는 이야기입니다. 바지가 길면 수선집에 맡기는 요즘 사람들에게는 이해하기 힘든 풍경이고 또 시대에 맞지 않는 이야기일지 모릅니다. 하지만 '가족'이라는 개념은 시대가 변한다고 해서 따라 변하는 것은 아닙니다. 우리 가족, 우리 가정은 사람이 살아가는 사회를 이루는 바탕이고 기본이기 때문입니다. 그래서 사회의 바탕과 기본이 되는 가정이 흔들리면 사회가 바로 서지 못하고 혼란스러워질 것은 불을 보듯 당연한 결과일 것입니다.

21세기, 우리가 사는 세상은 날마다 달라지고 있습니다. 물질적으로 많은 것이 풍부해졌고, 우리나라의 인터넷 보급률, 스마트폰 보급률, 자동차보유율은 세계적으로 높은 수준에 있습니다. 알고 싶은 정보는 클릭, 터치 한 번으로도 넘치게 구할 수 있습니다. 그렇지만 살기 좋은 시대에 사는 우리는 교통사고, 안전사고와 자살률이 OECD 국가 중에 불명예스럽게도 1위 아니면 상위권입니다.

과학의 발달과 눈부신 경제성장의 결과와는 반하여 가정폭력, 아동학대, 학교폭력에 시달리던 아이가 죽을 결심을 하고, 직장을 구하지 못한 가장이 자살하고, 생활고에 시달리던 일가족이 함께 목숨을 끊는 현실, 이 모두가 바른 인성이 바탕이 되지 못하고 서로를 이해하는 마음과 배려하지 못하는 마음에서 발생하는 문제인 것 같아 가슴이 아픕니다.

가난해도 서로를 탓하지 않고 형제간에 따뜻한 우애를 지키며 부모와 어른을 공경하는 일은 요즘 시대 찾아보기 힘든 일이 되었습니다. 가정에서 아버지의 권위는 돈을 많이 벌어다 주는 것에 달렸고, 어머니의 역할은 조기 교육에 앞장서서 영재를 만들고 입시정보를 많이 알아 좋은 대학에 입학시키는 것이 되고 말았습니다. 자식을 성공하게 하는 것이 부모의 할 일이 되어버렸고 그렇지 못한 부모는 무능한 부모가 되어버렸습니다. 그러한 기준은 누가 만들었을까요. 아이들일까요? 부모일까요? 선생님일까요? 아니면 사회일까요? 다시 한 번 깊이 생각하고 반성하고 달라져야 한다고 생각합니다.

여기 바른 생활 가정, 행복한 가족이 되고 싶은 바른이의 이야기를 살짝 들어보겠습니다.

2015년 대한민국 지방 소도시, 소시민 가정의 바른이네 가족은 모두 4명입니다. 아버지께서는 조그만 회사에 다니시고, 어머니는 초등학교 선생님입니다. 장래 박지성 선수같이 유명한 축구 선수가 되는 것이 꿈인 바른이는 초등학교 6학년 남자아이입니다. 중학교 2학년이라 한창 사춘기를 보내고 있는 누나 고운이는 책 읽기를 좋아해서 작가가 되고 싶지만, 아직 뭐가 되고 싶은지, 꿈이 뭔지 모르겠다고 하지요.

얼마 전까지 함께 사시던 할머니께서는 고운이가 태어났을 때부터 부모님을 도와 고운이와 바른이를 돌보아 주셨습니다. 그러다가 바른이가 5학년, 고운이가 중학교에 입학하던 해에 "이제 바른이도 제 할 일을 할 수 있고, 고운이도 중학생이 되었으니 나는 고향에 가서 내 인생을 살아야겠다." 하시며 시골 고향으로 가신다고 선언했지요. 온 가족은 멘탈 붕괴! 특히 할머니를 많이 의지하던 바른이는 며칠 동안 고집을 부렸습니다. 하지만 할머니께서 원래 살던 고향에서 옛집도 보살피고 텃밭도 가꾸면서 할머니 또래의 친구들과 함께 어울려서 살아보고 싶다고 하시는 말씀에 바른이도 고집을 꺾을 수밖에 없었습니다.

할머니께서 시골로 가신 후 아버지와 어머니께서는 온 가족을 모아 놓고 가족회의를 하자고 하셨습니다. 가족회의 의제는 '행복한 가정이 되기 위한 우리 가족의 약속'이었습니다.

아버지 : 그동안 집안일을 거의 다 해 주신 할머니 덕분에 우리가 편하게 살 수 있었다. 이제 할머니께서 계시지 않으니 집안일을 어떻게 하면 좋을까? 어머니도 직장에 나가시니까 우리가 도와서 스스로 제 할 일을 해야 할 것 같다. 너희 생각은 어떠냐?

어머니 : 그래 엄마가 할머니의 빈자리를 다 채울 수는 없을 것 같다. 엄마도 엄마의 시간이 필요하고 또 하는 일도 있으니까 우리 가족 모두가 함께 도와서 행복한 가정이 되었으면 좋겠다.

고운이 : 좋은 생각이라고 생각해요. 내가 무엇을 해야 할지 생각해 볼게요.

바른이 : 저도 할 수 있어요. 방 정리도 하고, 설거지도 할 수 있어요.

아버지 : 아, 그러면 지금부터 각자 할 수 있는 집안일부터 생각해 보고, 자신을 위한 일, 가족 모두를 위한 일로 나누어서 적어보자. 그리고 10분 후에 각자 발표해 보고 정말 할 수 있는 일을 찾아서 하기로 각자 약속하도록 할까?

10분 후

아버지 : 모두가 진심으로 참여해 주어서 좋은 결과가 나올 것 같다. 그럼 먼저 아버지의 약속부터 발표할까? 아버지는 퇴근

시간이 정확하지 않으니 아침 시간에 집안일을 돕도록 할게. 엄마가 출근준비, 너희는 등교 준비를 할 동안 내가 아침 식사를 준비하는 거지. 그리고 일찍 퇴근하는 날에는 청소와 빨래를 돕도록 하겠다.

어머니 : 좋아요. 그럼 나는 퇴근 후 저녁 식사를 준비하겠습니다. 다음 날 아침에 먹을 반찬까지 준비해 두면 당신이 아침을 차리는 데 도움이 되겠네요. 청소는 매일 해야 하고 빨래는 일주일에 두 번 정도 도와주면 그 외 잘 보이지 않는 집안일은 내가 하도록 하겠어요.

고운이 : 저는 침대 정리, 옷 정리, 내 방 정리, 책상 정리를 할 수 있어요. 모두를 위한 일은 아버지, 어머니께서 식사준비를 할 때 거들기, 바른이 숙제 돕기 정도일 거 같아요. 그 외에도 부모님이 시키시는 일을 하도록 할게요.

바른이 : 나도 누나와 비슷해요. 스스로 할 수 있는 일부터 말하면 내 방 정리 정돈, 공부 스스로 하기, 집안 어지르지 않기, 어머니 도와드리기예요. 그 외에도 가족이 함께하는 일은 열심히 돕기로 약속해요.

어머니 : 모두 고맙다. 이제 자신의 약속을 글로 적어서 잘 보이는 데 걸어 두고 꼭 실천하자.

아버지 : 우리 집의 집안일은 우리가 모두 행복해지기 위해 하는 것이다. 가족 모두가 자신과의 약속을 잘 지켜주기 바란다. 또 하나, 그동안 우리 가족이 너무 바쁘게 살아오느라 해 보지

못한 일이 많은 것 같다. 건강한 가정, 행복한 가정을 만들기 위해서 꼭 했으면 하는 바람도 말해 보자.

바른이 : 저는 우리 가족이 운동을 좀 했으면 좋겠어요. 일주일에 이틀 정도는 운동장에서 달리기나 축구를 하고 싶어요.

고운이 : 나는 운동은 싫지만, 꼭 해야 한다면 저녁에 집에서 할 수 있는 스트레칭이나 요가 정도로 하고 싶어. 그리고 가끔 가족이 모두 함께 여행을 갔으면 좋겠어요.

어머니 : 나도 운동장에 가는 건 좀 그렇고 고운이랑 엄마는 요가를 해볼까?

아버지 : 그래 좋다. 바른이와 아버지는 수요일, 금요일 이틀은 저녁 먹고 운동장에서 축구 연습을 하고 고운이와 엄마는 집이나 요가원에서 요가를 하면 되겠네. 여행 계획은 휴일로 잡아보자.

어머니, 바른이, 고운이 : 모두 찬성!

바른이네 가족은 한 달에 네 번 있는 토, 일 휴일을 이렇게 이용하기로 하였습니다.

첫째 주 휴일은 시골에 계신 할머니 댁을 찾기로 하였습니다.

둘째 주 휴일은 모두 자기 자신을 위한 시간으로 쓰도록 하였습니다.

셋째 주 휴일은 가족이 모두 함께 하는 시간으로 등산, 여행, 레저활동, 문화생활을 하는 데 쓰기로 하였습니다.

넷째 주 휴일은 가족이 아닌 다른 사람을 위한 시간으로 쓰기로 하였습니다.

 할머니께서 시골에 가신 지 2년이 지났습니다.
 아침이 되면 바른이 어머니께서는 여유롭게 화장을 하시고 예쁜 옷으로 골라 입고서 우아하게 식탁에 앉으십니다. 바른이도 일찌감치 방 정리, 학교 갈 준비를 끝내고 아버지를 도와 밥상을 차립니다. 고운이 누나도 머리 손질하느라 조금 시간이 걸리지만, 약속은 꼭 지킵니다. 아버지가 차려놓으신 밥상에 앉으면 바른이는 큰소리로 외칩니다. "오늘 아침도 우리 가족을 위해 밥상을 차려 주신 아버지를 위해 다 함께 박수를!" 짝! 짝! 짝! 아침 밥상은 가족이 함께해서 더욱 행복합니다.
 어머니께서는 퇴근하시면서 시장을 봐 오시거나 인터넷으로 주문해서 생활용품을 구매하십니다. 또 저녁을 준비하시면서 청소도 하시고, 빨래도 하시고 이것저것 챙기십니다. 바른이는 스스로 해야 할 일이 끝나면 어머니를 도와서 저녁 밥상에 수저를 놓기도 하고 반찬을 꺼내 놓기도 합니다. 어머니가 차려놓은 밥상에서는 아버지가 어머니의 어깨를 껴안으시며 큰소리로 외치십니다. "우리 가족을 위해 맛있는 밥상을 차려 주신 어머니께 다 함께 사랑의 박수를!" 짝! 짝! 짝!
 맛있는 저녁 식사가 끝나면 바른이와 아버지는 운동장에서 축구 연습을 하거나 스포츠센터에서 배드민턴을 하고 어머니는 문화센터에서 일주일에 두 번 하는 요가 강좌를 신청해서 요가를 하십니다. 누나가 일찍 오는 날에는 온 가족이 함께 배드민턴을 합니다.

수요일, 금요일, 토·일 저녁은 모두가 함께이지만 다른 요일은 다 함께 못할 때가 있습니다. 아버지가 빠질 때도 있고, 어머니가 빠질 때도 있고 누나는 월요일과 목요일은 방과 후 수업 때문에 저녁을 함께하지 못하지만 그건 어찌할 수가 없습니다. 모두가 조금씩 양보하지요.

이렇게 일과를 마친 가족은 잠시 식탁에 모여 과일과 차를 마시면서 대화를 나누고 하루 생활을 점검합니다. 대개 저녁 아홉 시부터는 자기만의 시간을 가집니다. 바른이는 그 시간이 되면 일기를 쓰고, 숙제를 챙기고 내일 등교 준비를 한 후 책을 읽습니다. 컴퓨터게임을 잠시 즐기기도 합니다. 고운이 누나의 시간은 비밀입니다. 부모님께서는 두 분 만의 시간을 즐기십니다. 열한 시 이후는 모두 잠자리에 들어야 할 시간입니다. 바른이와 고운이가 쑥쑥 키가 크기를 바라는 부모님께서는 열 시에 잠자리에 들길 원하시지만 바른이와 고운이가 떼를 써서 얻어낸 시간입니다. 종일 많이 움직인 바른이는 곧 꿈나라로 여행을 떠나지요.

첫 번째 휴일이 되면 온 가족이 시골 할머니 댁을 찾아 텃밭의 채소도 가꾸고, 들판도 뛰어다니고, 산에도 올라 도시에서 볼 수 없는 것들을 보면서 즐겁게 지내고 옵니다. 방학이 오면 바른이는 혼자 버스를 타고 할머니 댁에 갑니다. 지난 겨울 방학 때는 꽁꽁 얼어붙은 냇가에서 동네 형들과 얼음지치기도 하고 군고구마도 구워 먹으며 책도 읽으면서 즐겁고 신 나게 보냈습니다. 여름방학 때는 냇가에서 물장구도 치고 옥수수도 쪄서 먹고, 밤하늘에 별구경도 실컷 하고 개구리, 거미, 엔만한 곤충의 이름은 다 알 게 되었습니다. 시골에서 할머니와 보내는 시간은 너무도 재미있고 소중한 시간입니다. 그래서 지금은 할머니가 시골로 가신 것이 정말 잘한 일이라는 생각을 하게 되었습니다.

둘째 주 휴일은 아빠와 고운이 누나가 제일 좋아하는, 자기만의 시간을 즐기는 날입니다.

아버지께서는 주로 '아무것도 안 하고 싶다. 이미 아무것도 안 하고 있지만, 더 격렬하게 아무것도 안 하고 싶다'고 하시며 잠을 주무시거나 책을 보시거나 TV를 시청합니다. 고운이 누나는 스마트폰을 실컷 하고, 책을 읽고, 모자랐던 잠을 보충하고 전화로 친구들과 수다도 하고 그렇게 자기만의 시간을 갖습니다.

어머니께서는 쇼핑도 하고, 책도 읽고, 친구도 만나고, 푹 쉬십니다. 바른이는 토요일 낮, 일요일 낮에도 친구들과 축구를 하면서 시간을 보냅니다. 가끔은 어머니의 쇼핑하실 때 짐꾼이 되기도 합니다.

셋째 주 휴일은 온 가족이 함께하는 시간입니다. 우리나라의 큰 산, 작은 산을 찾아다니며 아름다운 자연과 함께 공존하기 위해서 사람이 해야 할 일을 배웁니다. 풀, 꽃, 나무, 작은 동물의 소중함을 배우는 기회가 되어 정말 좋습니다. 특히 가족이 돌아가면서 여행지의 모든 것을 미리 공부해서 여행안내를 해야 해서 더욱 보람 있습니다. 바른이는 경주, 지리산, 경복궁에 대한 안내를 맡아 하면서 책과 컴퓨터에서 공부한 것과 직접 체험하는 것의 차이를 알게 되었습니다. 우리나라 곳곳의 문화유적지를 찾아 직접 다니면서 체험도 하고 공부도 하게 되어서 좋았고 특히 가족이 함께 차를 타고, 함께 음식을 만들어 먹기도 하고, 그 지역의 맛집을 찾기도 해서 다음 여행이 기다려지기도 합니다. 사정으로 몇 번 빠진 것 빼고는 2년 동안 다녀온 여행은 무려 열네 번이나 됩니다. 이렇게 하다 보면 몇 년 안에 우리나라를 모두 둘러볼지도 모른다고 자랑스럽게 이야기하곤 합니다. 여행을 가지 못할 때는 영화도 보고, 가까운 휴양지에서 하이킹이나 캠핑도 합니다. 그리고 박물관 견학, 지역의 문화행사에도 참여하는 뜻깊은 시간을 가집니다.

넷째 주는 힘들고 어려운 이웃을 찾아 함께 하는 휴일입니다. 가족 각자의 이름으로 한 달 동안 용돈을 모아 나라가 어려워 힘든 지구촌 친구들을 후원하고 가까이 있는 보육원과 노인요양원에 가서 봉사활동을 합니다. 어머니께서는 나만 생각하지 않고 도움이 필요한 사람에게 작은 도움이라도 줄 수 있는 것은 우리가 삶을 살아가며 할 수 있는 가장 보람된 일이라고 말씀하십니다. 아버지께서는 도움을 준다고 으스대거나 자랑할 일이 아니라고도 말씀하십니다. 내가 가진 것이 모두 내 것으로 생각하는 것은 욕심이고 내가 가진 것을 나누고 함께 살아가는 것이 우리가 할 일이라고도 말씀하셨습니다. 고운이 누나는 장래희망이 생겼다고 말합니다. 모두가 행복한 사회복지를 실현하는 데 도움이 되는 사람이 되고 싶다고……

휴일 일정은 때로는 사정에 따라 바뀔 때도 있지만, 그달에 계획한 일은 꼭 실천하는 편입니다. 행복하고 기분 좋은 약속이니까요. 바른이는 오늘도 축구공을 들고 기분 좋게 학교로 갑니다. 오늘도 운동장에서 신 나게 친구들과 축구를 하고 선생님과 함께 재미있게 공부할 생각을 하니 발걸음도 가볍습니다.

바른이 가족의 약속은 웃음이 넘치는 즐겁고 행복한 가정, 더 나아가서 사회를 건강하게 만들기 위한 서로에 대한 믿음입니다.

'가정이 바로 서야 나라가 산다. 바른 인성이 교육이다. 가화만사성家和萬事成.'
문헌이나 역사적 자료를 통해 우리는 예로부터 가정이 사회와 국가를 이루는 바탕이 되어 왔음을 확인할 수 있습니다. 생각과 행동이 건강한 부모가 이룬 가정, 그 바탕은 튼튼하고 올곧아 그 속에 자란 아이들은 바르고 건강할 수밖에 없습니다.

   건강한 몸과 바른 마음으로, 믿음의 토대 위에 이루어진 가정이라는 튼튼한 울타리, 그 속에서 모든 가족은 행복할 것입니다. 그리고 그러한 가족이 모여 이루어진 사회는 굳건한 성벽이 되어 어떤 위험에도 안전하게 모두를 지켜줄 것입니다.

· 2부 ·

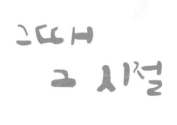

그때
그 시절

동 학년
행복 연구실

동 학년 연구실은 교사 학습공동체로서, 집단 지성의 산실이다. 또한 바람직한 인간관계 형성, 토의와 토론의 장이라고 할 수 있다. 우리 학교 어느 동 학년의 연구실 풍경을 그려볼까 한다.

새 학년 첫날, 다섯 교사의 본격적인 첫 만남이 있었다. 몇 년간 같이 근무했지만 한 연구실에서 같은 학년 담임으로는 처음 만나는 날이었다.

연장자순으로 A, B, C, D, E 선생이라 칭하기로 한다.

1반 담임 A 선생은 방년 62세, 정년을 앞두었지만, 우유 빛깔 혈색 좋은 동안 미녀이며, 정보통신 기기 조작에도 능숙하여 아이들에게도 밀리지 않는 최신 정보를 꿰뚫고 있고, 자태 및 걸음은 정년을 20년 앞둔 사람마냥 활기차다.

2반 담임 B 선생은 올해 나이 47세, 나름 세상을 좀 안다고 생각하며 부장이랍시고 약간의 명령도 서슴지 않는다. 부장 회의 내용을 전달할 때는 격앙된 어조로 말한다. 별 중요한 일도 아닌 것을 고압적인 자세로 부풀리는 경향이 다소 엿보인다. 인간관계는 그다지 나쁘지 않아 보이며, 연구실을 깨끗이 하는 데는 열심이다.

3반 담임 C 선생은 올해 나이 44세, 젊은 시절에 정말 미인이었다는 소리를 많이 들었다는 주변인의 전언이 있을 정도로 조막만 한 얼굴이 예쁘게 생겼다. 그런데 화나면 한 성깔 한다. 아침에 가끔 에스프레소 커피를 챙겨와 연구실을 커피 향으로 채운다. 만성 두통에 시달리며, 특히 그날(?)이 오면 분위기 험악해진다. 취미생활은 다양하며, 그중에서 퀼트에 사로잡혀 닥치는 대로 깁고 꿰매어 다수의 작품을 만들었고 동료들에게 팍팍 쏘기도 한다. 때론 다정하지만, 또 때로는 그저 그렇다.

4반 담임 D 선생, 동 학년의 유일한 남자다. 천지가 개벽해도 싫은 것은 안 하며, 4차원의 신세대이면서도 보수적 경향이 강하고 쉽게 마음을 열지 않는 깍쟁이다. 마음이 순수해서 타 남자에게서 간혹 보이는 야릇한 시선이나 짓궂은 농담은 절대 하지 않으며, 그런 상황에 같이 동조해 웃어 주지도 않는, 심지가 굳센 점이 참 장점이다. 아내에 대해서도, 아들에 대해서도 그리고 반의 아이들에 대해서도 객관적인 시선으로 관찰하고 판단하는 냉철함이 있으며, 창의적인 학급경영이 돋보인다. 때론 아프리카의 세렝게티 공원에서 홀로 서 있는 수사자처럼 고독해 보인다.

밴드에서 탁월한 기타리스트로 활동하고 있다. 참 잘 어울린다.

5반 담임 E 선생, 꽃다운 처녀이다. 보고만 있어도 예쁜데 하는 행동도 예쁘다. '붕붕'이라는 수컷 몰티즈와 6개월째 동거 중이며, 이제 막 자유로운 싱글을 정리하고 결혼을 전제로 한 만남을 준비하기 위해 마음을 활짝 열어 놓고 기다리고 있다. 연구실의 막내로 눈치 빠르게 상황을 판단하여 자신이 할 일을 찾아서 척척 해내고 분위기를 부드럽게 하는 목소리와 미소로 연구실을 환하게 한다. 첼로 연주 실력이 수준급이며, 다른 악기도 여럿 다루고 있다.

다섯 선생님들은 아침출근과 동시에 자신의 교실에서 등교하는 아이들을 다정한 눈 맞춤 인사로 맞아들인다. 아침 활동 시작 5분 전, 모두 마음의 준비를 위한 커피 한잔을 공수하러 연구실에 모인다.

"안녕하세요? 별일 없으시지요?"

짧은 5분 동안 따뜻한 차 한잔을 마시고, 어제 퇴근 후 오늘 출근 전까지 각자의 가정사 이야기가 빠르게 오간다. 큰 사건을 중심으로 간단히 그러나 의도는 충분히 전달된다. 그리고 앞다투어 각자의 교실로 향한다.

오전 수업이 끝나고 급식시간 식사지도, 오후 수업이 각 반에서 담임 선생님과 아이들의 의도대로 이루어지고 아이들은 집으로 돌아가거나 방과후 교실로 이동한다. 아침보다 축 처진(특히 B와 C는 심하게) 어깨로 연구실로 들어선다.

"오늘 우리 반에 누구는 세수를 안 하고 와서 밤새 쥐가 밟은 얼굴 모양으로 들어왔어요."

"아이고! 우리 반에 누구는 수학 익힘책 풀라고 했더니 오늘 몸이 좀 안 좋아서 못하겠다고 하더라. 뛰어놀 때는 멀쩡했는데……."

"우리 반에 민이는 수업시간에 기발한 질문을 했어요. 정말 창의적이지 않아요?"

"우리 반 현진이 있죠. 그 녀석이……."

서로 질세라 자기 반 아이들 이야기에 모두 열을 올린다. 하지만 가만히 관찰하면, 남의 반 아이들 이야기는 듣는 둥 마는 둥이다. 각자 취향에 맞추어 30분 정도 차 한 잔의 여유를 즐기며 수업에 관해 대화를 나누고 정보를 공유한다. 과학실험수업에서 발생한 오류문제, 체육수업에서 발견된 문제점, 수학수업에서 효과적인 방법을 나눈다. 교재 연구 및 수업에 적용할 정보검색과 활용방법에 대한 연수 아닌 연수가 끝나고 나면, 방과 후 학급경영을 위해 각자의 교실로 흩어진다.

퇴근 10분 전, 연구실로부터 메시지가 날아온다.

"선생님들, 배고파요. 으하하! 간식 드시러 오세요."

귀여운 막내의 호출이다.

"앗싸! 간식 좋지요."

간식 앞에 두고 그때부터 여유롭게 모두는 신변잡기로 떠들썩하다. 퇴근 전의, 짧지만 행복한 여유이다.

교직 연차가 쌓일수록 동 학년의 동료는 늘어간다. 어느 해 동 학년은 마음 맞아 행복했고, 또 어느 해 동 학년은 어느 선생님으로 인해 즐거웠고, 또 어느 해에는 서로 마음이 불편했고, 또 어느 해 동 학년은 헤어지기 아쉬워 지금까지 모임을 한다. 한 번 동 학년은 영원한 동 학년이다. 어떤 선생님은 작동(작년 동 학년), 작작동(작년의 작년 동 학년) 등 동 학년 모임이 몇 개나 된다고 자랑하기도 한다.

교직 생활의 희로애락의 중심에는 단연코 아이들이 있다. 그 다음이 동 학년 교사들과의 인간관계이다. 교사는 새 학년 첫날 아이들을 만나는 순간 그 아이들은 모두 나의 아이가 된다. 집에 있는 자식이 아니라 학교에 있는 자식이 되는 것이다. 그 아이들 행동 하나하나에 희로애락을 함께 한다. 그리고 함께 연구하고 함께 가야 하는 동료 선생님들과 관계는 1년의 행복을 좌우하기도 한다.

동 학년 연구실에서의 나는 어떤 동료였을까? 한 해를 마칠 때면 선생님들은 자신의 자리를 되돌아본다고 한다. 화를 잘 내지는 않았는지, 답답한 사람은 아니었는지, 소통이 힘든 사람이었는지 자문해 보는 것이다. 때론 아무것도 아닌 사소한 일에 화를 내고 관계를 악화시켜, 그해 동 학년 연구실의 한 해 농사는 흉년이 되어버린다. '아잔 브라흐마'는 "화를 낸다는 것은 영리한 반응이 아니다. 지혜로운 사람은 행복하며, 행복한 사람은 화내지 않는다. 화를 내는 것은 비이성적인 일이다"라고 했다.

정말 공감하는 말이 아닐 수 없다. 분노는 관계를 파괴하고 자기 자신을 파멸로 이끈다. 화내지 않는 여유가 동 학년 연구실을 행복한 공간으로 만드는 지혜가 아닐까?

동 학년 연구실은 하나의 작은 사회다. 소통이 잘되는 동 학년이 많을수록 그 학교는 행복하다.

선생님들이 행복하고 학교가 행복하면 아이들은 더 행복해진다. 그것은 바로 모든 것은 변하는 시대에 변하지 않는 진실이기도 하다.

나를 변화시킨 아이들

　1990년 6학년 5반, 내가 만났던 51명 아이들은 주체할 수 없
는 끼와 당돌함, 그리고 정을 가득 품은 사랑스러운 아이들이었
다. 그때 나는 스물아홉 살 미혼이었다. 교사경력 7년 차의 초보
를 막 벗어났던 시절, 겁 없고 의욕이 넘쳐났던 그런 때였다. 초
보 딱지를 갓 떼 내고 최고의 운전자가 된 듯 자만으로 가득 차
도로에서 좌충우돌하는 운전자 같았다고나 할까. 나름 넘치는
의욕이 좋은 교사가 되기 위한 미덕이라 여기며 6학년 5반 우리
교실에서 군림(?)하고 있었다.

　학기 초에 아이들을 잡지 않으면 1년이 괴로울 것이라는 편견
에 사로잡혀 생활지도를 한답시고 아이들을 사사건건 얽매었고
혹시 아이들에게 얕보일까 봐 강한 척, 센 척하며 위압적인 태도
로 아이들을 길들이려 했다. 학습시간에는 무조건 능력 위주로
칭찬했고 월말고사에서 좋은 성적을 내기 위해 가차 없이 매를

들기도 했다. 1등이 아니면 아무 쓸모가 없다는 망발도 서슴지
않았다.

　3월, 4월, 별 말썽 없이 지나갔고 성적도 학년 전체에서 상위권
을 놓치지 않았다. 스승의 날을 앞둔 5월 어느 날, 배가 갑자기
아파 수업이 채 끝나기 전에 화장실에 가게 되었다. 볼일을 끝내
지 못했는데 쉬는 시간 종이 울렸고 아이들이 우르르 들어왔다.

　"야! 5반, 너희는 스승의 날 이벤트 어떻게 할 건데?"

　"스승의 날 좋아하시네. 우리 유령히스테리한테는 그런 것 안
해도 된다. 짜증 난다."

　인애의 카랑카랑한 목소리가 들려왔다. 뒤이어,

　"공부 잘하는 아이들만 사람이고 우리한테는 관심도 없다."

　"노처녀 히스테리가?"

　한참 동안 5반 선생인 나를 욕하고는 우르르 사라졌다.

　'이것들을 그냥……'

　맘 같아서는 당장 뛰어 나가 요절을 내고 싶었지만 차마 그럴
엄두도 내지 못하고 수치심에 치를 떨었다. 이 사태를 어찌 해결
해야 할지 눈에 보이는 것이 없을 지경이었다.

　떨리는 마음을 애써 추스르고 교실에 들어섰다. 아이들은 다
음 시간 수업을 준비하고는 예의 얌전하고 천연덕스러운 얼굴
로 말갛게 나를 바라보고 있었다. '꿀꺽' 침을 삼키고 애써 태연
한 얼굴로 수업을 진행하는 내 머릿속은 벌집을 쑤셔놓은 듯 복

잡해졌다. 어디서부터 무엇이 잘못되었을까. 학급경영에 은근한 자부심까지 들 정도로 그동안 모범적이고 예절 발랐던 아이들의 행동은 진심이 아니었단 말인가.

인애와 동참했던 아이들과 대화를 해보고 싶었지만, 감정이 앞설 것 같아 자제하고 지켜보기로 했다. 생각해 보니 인애는 항상 도발적인 눈빛이었던 것 같기도 했다.

그동안 내가 모르고 있었던 학급 분위기를 아무 일 없었던 듯 조용히 관찰했다. 내가 있을 때는 쥐죽은 듯하던 교실이 잠시 자리를 비우면 활기가 넘쳤다. 그렇게 의젓하고 멋지던 반장과 똑소리 나던 부반장을 필두로 춤과 노래는 기본이었고 앞에 앉아 있던 장난꾸러기 승훈이의 개그에 모두 난리였다. 그러다가 내가 교실에 들어서면 언제 그랬냐는 듯 시침을 뚝 떼고 말 잘 듣는 아이들로 돌아와 있었다. 그동안 나의 왕국이라 생각했던 교실에서 나는 철저히 이방인에 불과했다. 아이들의 연극에 감쪽같이 속은 것 같아 마음이 쓰라렸다.

아이들이 돌아가고 난 후 텅 빈 교실에서 아이들이 남기고 간 흔적을 더듬으며 책상 앞에 앉아 무엇이 잘못된 것인지 어디서부터 바뀌어야 하는지 그동안 내가 했던 행동들을 되돌아보았다.

아침부터 딱딱한 얼굴로 들어와 아침 자율학습을 시키고, 늦게 온 아이들을 다그쳤다. 매일 과제를 내주었고, 반장 부반장에게 검사하게 했으며 일기를 매일같이 점검하며 지적하고 댓글을 달아 통제했다. 그날 해야 할 학습 목표를 정해놓고 통과하지 못한 친구는 방과 후까지 남겨 점검했고, 키와 덩치가 거의 나만한 아이들에게 얕보일까 봐 큰소리는 물론이고 욕도 거침없이 했으며, 규칙을 정해 매질도 했다. 좋은 성과를 내는 아이들을 칭찬했고 그렇지 못한 친구들에게는 더 위압적으로 대했다.

점심시간에 도시락을 먹을 때도 제 자리에서 소리하나 내지 못하게 했고, 점심 후 남은 시간은 과제와 일기 학습목표량을 다 채운 친구에게만 허용되었고 남겨진 아이들은 나의 감시하에 벌레 씹은 얼굴로 앉아 있어야만 했다.

청소시간에는 티끌 하나 허용하지 않았고, 노는 아이들은 즉결처분을 받았으며, 책상 줄, 서랍 속, 사물함 속, 바닥, 어디 하나 오점을 남기지 않도록 했다. 아이들이 없는 교실에서 가로세로 줄이 맞춰진 책상, 반듯하게 정리된 사물함, 깨끗하게 닦인 거울이 나를 보고 비웃고 있는 것 같았다.

잘 닦인 거울 앞에 섰다. 거울에 비친 내 얼굴은 딱딱하고 포악하고 과장되게 일그러져 있었다. 정말 예쁘지 않은 모습이었다. 몇 년 동안 교단에 서서 얼마나 많은 잘못을 했던 것일까. 아이들 잡는 노하우라며 후배 교사에게 했던 발언도 떠올랐다. 부끄러웠다.

아이들은 얼마나 숨이 막혔을까?
그날부터 나는 나의 고집과 그동안 옳다고 믿었던 것들과 성과를 내기 위해 안달하고 그것을 통해 잘 가르친다고 위안 삼으려 했던 것들을 놓아 보기로 했다. 그러자 아이들 하나하나의 모습이 눈에 들어왔다. 모두 아이들답게 장난스럽고 꼭 그만한 나이의 아이들이 가질만한 선한 얼굴이었다.

승훈이는 정말 장난꾸러기였는데 말 못 할 아픔을 가지고 있었다. 정규와 승훈이 재포, 현영이는 단짝이었다. 의젓한 현영이는 학급 반장으로서 아이들을 이끄는 리더십이 뛰어났다. 병규는 과학 쪽으로 아주 뛰어난 재능을 갖고 있었는데 얼굴이 많이 그늘져 있었다. 인애는 눈이 초롱초롱 도발적이었다. 인애와 현희, 신영, 영주를 중심으로 여학생들은 네 개 정도의 그룹으로 나뉘어 서로 친한 친구들끼리 어울리는 것 같았다. 남학생들도 나름 친한 그룹이 있긴 했지만 모두 함께 잘 어울리는 것 같았다. 그동안 과제, 일기, 공부, 검사에 떠밀려 챙겨보지 못했던 아이들의 모습이었다.

며칠의 갈등과 고뇌, 회한과 반성을 거쳐 나는 나 자신의 문제부터 아이들에게 고백하기로 작정했다.
수업을 일찍 마치고 아이들 앞에 섰다.
그리고 그동안 나의 횡포에 대한 아이들의 생각을 물었다.
"너희는 선생님에 대해서 어떻게 생각하니?"
"……"

‘무슨 트집을 잡으려고?’하는 얼굴로 아무도 대답하지 않았다. 나는 며칠 전 화장실에서 있었던 일을 이야기했다.

"며칠 동안 선생님이 많은 생각을 했다. 그동안 내가 잘하려고 했던 일들이 너희를 힘들게 했던 부분이 많이 있었던 것 같다. 우리 학급은 선생님을 위해 존재하는 곳이 아니라 너희를 위해 있는 것이다. 너희가 있기 때문에 선생님이 존재하는 것임을 잊고 있었다. 너희가 생각하는 우리 학급에 대해서, 선생님에 대해서 하고 싶은 말이 있으면 솔직하게 말해 주면 좋겠다. 너희 이야기를 듣고 함께 우리 학급의 문화를 새롭게 만들어 가고 싶다. 물론 너희와 함께 말이다."

머뭇거리는 아이들의 침묵을 깨고 인애가 일어났다.

"선생님, 진심이세요?"

"그럼 진심이다. 오늘부터 나는 너희를 나와 동등한 위치에 놓고 나와 말이 통하는 사람으로 대하기로 했다. 인애 너도 그 날 화장실에서 나를 동등한 위치에 놓고 욕했잖아?"

오랜만에 농담까지 곁들여 부드럽게 말하자 봇물 터지듯 아이들의 불만이 터져 나왔다.

"선생님, 저는 제가 한 과제를 친구들의 손이 아닌 선생님의 손으로 점검받고 싶습니다. 과제를 하는 이유가 그것이잖아요?"

"체육 시간에는 체육을 했으면 좋겠습니다."

"점심시간에 친한 친구들끼리 어울려서 먹도록 해 주세요."

"쉬는 시간에 놀 수 있도록 해 주세요."

그날부터 우리 반은 개혁을 단행했다. 아이들이 주인인 학급으로 만들어 가기로 했다. 모든 학급행사는 함께 계획하고 모두 한마음으로 참여하기로 했고, 학급회의를 통해 결정하기로 했다. 짝은 2주일에 한 번 바꾸기, 일기는 일주일에 3~4일, 과제는 일기가 없는 날에 하기, 모든 결과물에 대한 점검은 선생님이 직접 하기, 체육 시간과 쉬는 시간은 자유롭게 쓰기, 청소시간은 즐겁게, 아침 활동은 다양하게……

그리고 우리는 여름방학에는 기차를 타고 시골 우리 집에 가서 시골체험을 했고, 버스 타고 지리산 계곡에 찾아가 야영을 했고, 운동회 날은 기발한 응원으로 응원상을 차지했다. 그뿐이랴, 수학여행 때는 버스 기사님의 엄청난 칭찬을 들으며 끼를 발휘한, 최고의 즐거운 시간으로 추억을 만들었고, 그해 가을쯤에는 모두가 부러워하는 최고의 학급이 되었다. 아이들의 표정은 진지하고 자유롭고 행복했다.

물론 아이들 사이에 벌어지는 사소한 우여곡절도 있었지만, 그것 또한 그 또래의 당연한 일임을 배우고 받아들였다. 아이들과 함께 고민하고 행복했던 시간이었다.

그해 가을, 끝자락에 나는 결혼을 하게 되었고 특별휴가 하루 전날 소식을 전해 들은 아이들은 눈물을 보이며 내 앞을 서성거렸다. 그리고 결혼식 날 생각지도 않은 축복을 우리 반 그 친구들이 가져다주었다. 언제 연습했는지 하얀 셔츠에 빨간 리본을 맨 우리 반 친구들이 해바라기의 「사랑으로」를 열창해 주었다. 변성기에 접어든 아이들의 노래는 불협화음이었지만 나는 아이들 하나하나의 목소리를 구별할 수 있었다. 장중한 저음의 현영이, 당찬 소프라노 인애, 음치 병규의 튀어 나간 소리……. 그 노래가 그렇게 긴 노래라는 사실을 그 날 처음으로 알았다.

노래를 들으며 뿌듯함과 함께 뜨겁게 눈앞을 가리던 것은 정말 자랑스러운 아이들과 교감할 수 있었다는 뿌듯함의 눈물이었다.

특별휴가를 마치고 돌아와,

"너희 내가 결혼한다는데 왜 울었어?" 하고 물어보니 "아, 아저씨가 불쌍해서……"라고 능청스레 말하던 장난꾸러기들.

훗날에 나를 찾아온 고등학생 승훈이가 그랬다. 그때는 꼭 선생님을 뺏기는 것 같았다고. 그리고 선생님은 그냥 결혼 안 했으면 싶어서였다고…….

그해 졸업식에는 기쁨과 아쉬움의 눈물을 많이 흘렸다. 지금 생각해 보니 그때가 내 인생의 절정, 선생님으로서 전환점이 아니었나 싶다.

그때 그 아이들이 전해 준 선물, 한마음으로 준비해 전해준 빛바랜 사진첩이 지금도 서가에 꽂혀 있다. 참 좋았던 우리 반 친구들 한명 한명의 사진과 프로필이 적혀 있다. 그때 그 미소와 모습들이 그대로 멈추어 있으니 볼 때마다 슬며시 웃음 지어지고 눈가 촉촉이 젖어온다. 참 따스한 기억들이다.

　누구보다 나에게 강렬하게 도발(?)했던 인애, 네 덕분에 나는 나를 변화시킬 수 있었다. 오랜 세월 잊지 않고 보여준 너의 따스한 정이 고맙다. 그리고 아픈 마음을 내게 보여주고, 나를 믿어 주었던 개구쟁이 승훈, 먼 나라 미국에서 멋지게 살아가는 모습을 보여 주어서 고맙다.

　너희가 내가 걸어온 길의 희망이었단다.

　교직 생활 30여 년, 많은 아이와 인연을 맺었지만, 아직도 기억이 선연한 아이들은 그때 6학년 5반 아이들이다. 나를 낮추므로 배울 수 있다는 가르침을 알게 해 준 고마운 친구들이다. 못난 나를 일깨워주었고 그나마 교단에서 몹쓸 선생님이 아닌 괜찮은 선생님으로 거듭나게 해준 아이들이기 때문이다. 그 아이들을 떠올리면서 진짜를 닮아 가는 선생님의 길을 걸을 수 있었다고 감히 말해 본다.

　그리고 불혹의 나이를 앞두고 있을 그 친구들의 가슴에 6학년 5반의 추억 한 자락쯤은 자리하고 있지 않을까 생각하며, 모두 저마다 꾸었던 꿈으로 행복하기를 빌어본다.

　'성과를 이루기를 원하면 포악해지고, 본질을 가르치면 선해진다'라는 교훈을 생각하고 실천하게 해 준 아이들아, 정말 고맙다.

안개와 그리움

늘 그렇듯 오늘 아침에도 바쁘게 준비를 하고 자동차에 올라 비장한 각오로 도로 위에 섰습니다.

내 앞서가는 누군가를 따라잡기 위해 자동차의 꽁무니만 노려보며 액셀러레이터를 깊게 밟고 부아앙— 아르피엠을 상승시켜봅니다.

'아, 왜 이리 꾸물거리노? 빨리 가라 쫌!'

질주본능이 발동하여 뒤처지면 큰일이라도 날 것처럼 이 차선 저 차선을 누비며 생각도 없이 앞만 보고 달려갑니다. 나처럼 이 차선 저 차선을 넘나들며 내 뒤를 따라오던 검정 고급 승용차가 차선을 바꿔 쌩하니 내 차를 지나칩니다. 힐끗 쳐다보니 차창이 새카매 운전자가 보이지 않습니다. 시커먼 차창 저쪽에서 익명의 시선이 나를 쏘아봅니다.

갑자기 맥이 풀려 깊게 밟았던 엑셀을 슬며시 풀어버렸습니다.

깊은숨을 몰아쉬며 이성을 되찾아 여유를 갖고 차창 밖을 쳐다 보니 멀리 들판을 가로 지르는 실개천 위로 하얀 안개가 드리워져 있습니다. 사방에 제법 짙은 안개가 끼어서 아련한 아침 분위기를 만들어주고 있었음을 뒤늦게 깨닫고 나도 모르게 얼굴에 주었던 힘을 풀고 입꼬리와 눈을 편하게 만들어 봅니다.

내비게이션이 가리키는 시각을 보니 천천히 가도 될 만큼 이른 시각인데 난 왜 그리 달렸을까? 고개를 갸웃했지요. 그리고 잠시 상념에 젖어 보았습니다.

강여울을 덮은 안개와 멀리 안갯속에 덮인 코스모스 길, 그 길을 따라 걷던 단발머리 여중생, 그 어깨 위로 느리게 안개 고스란히 얹히던 가을 아침으로 되돌아가 봅니다.

초가을 아침이면 강 마을 내 고향은 온통 안개에 덮여 신비했었지요. 조금 높았던 내 집에서 바라보면 안개의 서늘하면서도 깨끗하고 하얀 기운이 저 멀리 푸르스름한 강물 위부터 들판 위, 코스모스가 터널처럼 무리 지어 피어있던 넓은 신작로 길 위로 구름처럼 얹혀 있었습니다. 하늘과 땅의 경계를 허물고 한없이 펼쳐진 보드라운 안개는 비밀을 감춘 듯 은밀하기까지 했습니다. 보이지 않는 안개의 끝자락 저쪽, 아득한 들판의 끝에 있던 중학교까지는 십 릿길이었습니다.

이른 아침을 먹고 무거운 가방을 들고 그 안갯속으로 들어서면 삐삐 마른 여중생은 꿈길을 서성이는 소녀가 될 수 있었습니다. 바스락바스락 자갈길을 걸으며 양쪽 길섶에 무성히 자라 더널을 만들며 피어있는 코스모스 꽃잎에 손바닥을 펼쳐 스쳐보기도 하고, 그중에 초롱초롱 예쁜 꽃 한 송이를 따서 머리에 꽂아보기도 하고, 가방을 들지 않은 한쪽 팔을 펼쳐 빙글 돌아보기도 하고, 보이지 않는 상상 속의 누군가에게 말을 걸기도 했습니다. 그러다가 저만큼 멀리서 등교하는 남학생의 자전거 바퀴 구르는 소리가 들려오면 다시 자세를 바로잡고 앞만 보며 새침한 척했던 시절이었지요.

아득한 시원의 오솔길 같던 그 길을 벗어날 때쯤, 돌아오는 해와 바람에게 자리를 비켜준 안개는 말끔히 사라지고, 안갯속을 헤쳐 나와 촉촉이 젖은 여학생의 곱슬곱슬한 머리카락에는 방울방울 물방울이 맺혀있던 아침이었습니다.

어린 시절 보았던 아침 안개는 그토록 신선함을 주었고 신비롭기까지 했습니다. 그래서 그 가을 아침 등굣길에는 혼자가 좋았습니다.

그런데 요즘은 모두 안개를 꺼리더군요. 안개가 끼는 곳은 조심 운전해야 하는 지역이 되었고, 공기 중에 있던 각종 오염물질이 안갯속에 녹아들어 호흡기에도 피부에도 눈에도 좋지 않은 위험요인이 되었습니다. 안개가 내려앉은 날에는 외출도 삼가야 하는, 그런 반갑지 않은 날씨로 전락해 버리고 말았습니다.

하얗게 촉촉이 젖어 숲도, 집도, 들도 강도 감춰 버리던 그 비밀스러운 안개의 신비로움을 이제는 다른 시선으로 바라보아야 하는 사실이 안타깝기도 합니다.

소설 속에도 가끔 등장하는 안개에 대한 묘사는 대부분 기분 나쁘고 음울한 분위기로 표현되어 있습니다.

사회를 경악하게 했던 소설 도가니의 첫 부분에 스멀스멀 피어오르던 불길한 기운으로 묘사된 안개는 어두운 사실의 전조이기도 했습니다. 안개 낀 밤, 어두운 뒷골목의 거리에서 불길한 사고가 발생하는 영화의 장면들이 우리 일상생활에서 안개를 밀어내 버린 건 아닌지 생각해 봅니다. 결국에는 인간이 만들어낸 문명의 이기가 빚어낸 공해가 안개를 오염시켰는데, 안개를 탓하는 인간들의 태도가 모순이라는 생각이 들어 서글퍼지기도 합니다.

비밀스럽고 신비함이 깃든, 꿈길 같은, 촉촉하게 습기 머금은 채 나를 숨겨주는 포근한 안개의 길이 나는 좋습니다. 다시 단발머리 여중생이 되어 그 길을 걸어보고 싶습니다. 내 유년의 기억 속 안개는, 손안에 쥐고 싶지만 잡히지 않는 안타까운 그리움입니다.

차를 타도 빠름 빠름! 컴퓨터를 켜도 빠름 빠름! 스마트폰을 켜도 빠름 빠름! 빠름에 젖어 우리는 어디인지도 모를 목적지를 향해 질주하고 있습니다.

이렇게 느린 안개가 스르르 발목을 잡는 날에는 방금 안갯속을 갓 지나온 물기 젖은 소녀의 싱그러움으로 돌아가 다시 한 번 안개 젖은 코스모스 길로 성큼 들어서 보려 합니다.

의사와 컴퓨터, 그리고 선생님

　두 달에 한 번 정기검진을 받으러 오는 갑상선 전문병원의 대기실이다. 기다리는 동안 이웃 블로그에서 오늘 포스팅이 된 새 글을 읽고 있다. 문득 고개를 들어 예약대기자 명단을 바라보았다. 화면의 이름들이 잘 보이지 않는다. 글자들이 아른거려 내 이름이 몇 번째인지 확인이 되지 않는다.

　잠시 고개를 뒤로 젖히고 눈을 감았다. 손으로 눈 주위를 꼭꼭 눌러준다. 건조한 눈에 물기가 조금 돈다.

　어제 아침에는 청주의 초정에서 온천욕을 했는데 오늘은 돌아와 이곳에 앉아 있다. 이곳은 세종대왕께서 한글 편찬을 완성하기 위해 아픈 눈을 씻고 피부병을 다스렸다고 유명해진 곳이라 했다. 세종대왕이 마셨을 그 물을 마시고 몸을 담그고 눈을 씻으면서 몇백 년이 흘러도 변하지 않는 자연의 모습이 감탄스러웠다. 건조하던 눈을 씻자 따끔따끔 시원하게 개운했는데 스마트폰에 눈을 혹사한 탓인지 다시 침침하다.

　사람들은 고작 한 세기, 100년도 못 살면서 온갖 희로애락을 이야기하는데 몇천 년, 몇만 년을 묵묵하게 사람 사는 세상을 들여다본 자연은 인간이 얼마나 가소로웠을까 생각해 본다. 세종대왕의 행궁터는 어느 기업이 사유지가 되어 있었다. 사람들이 말하는 내 땅은 과연 그의 땅일까? 길어야 100년 사는 인간이 그 땅을 가지고 가는 것도 아닌데, 그 땅은 거기 그 자리에 그대로 있는데 말이다. 아무튼, 어제의 그 개운했던 마음이 병원에 오니 가라앉아 버렸다는 이야기를 하고 싶었다.

　'갑상선 전문병원, 갑상선 수술 8,000례'

　커다란 광고 문구가 어른어른 보인다. 저 8,000건 중에 나도 한 건 보태었다는 것 아닌가. 목 아래 나비 모양의 갑상선에서는 인체의 대사를 원활하게 해 주는 호르몬을 생성해 준다. 아주 작지만, 우리 몸에 없어서는 안 될 중요한 기관이다. 과잉 진단이라는 지적도 있지만, 갑상선 질환은 현대인이 많이 앓게 된 '현대병' 중 하나다. 갑상선 기능 항진증, 갑상선 기능 저하증, 갑상선 종양 수술로 인한 호르몬 저하증이 그 대표적인 질환이다. 원인은 확실하게 밝혀진 것은 없지만, 스마트폰 사용으로 인한 전자파, 환경오염, 스트레스 등이 원인이 아닐까 하는 전문가의 견해를 본 적이 있다.

열 명씩 보여주는 화면에 드디어 내 이름이 나타났다. 내 앞에 대기자는 아홉 명, 나는 열 번째 순서다. 한참이 지났는데 화면이 정지한 것처럼 대기자가 줄어들지 않는다. 여덟 명씩 앉는 긴 의자가 네 줄, 네 명씩 앉는 의자가 양옆으로 두 줄씩 놓인 의자는 빈틈없이 사람으로 꽉 찼다.

모두가 스마트폰을 들여다보고 있다. 등을 구부정하게 숙인 채 미동도 없이 들여다보고 있다. 조금 전의 나처럼. 아니 지금 나 역시 스마트폰을 들여다보며 포스팅에 열중하고 있으니 할 말이 없다.

내 앞의 아줌마가 진료를 마치고 나간다. 내 이름이 불린다.

"특별히 불편한 데는 없나요?"

의자에 앉자 컴퓨터 화면을 응시하며 의사가 묻는다. 지난번과 똑같은 질문이다. 아침에 일어나면 발이 아파 한동안 걷기 힘들고, 손가락뼈, 무릎 관절, 허리가 아프지만

"네 특별히 불편한 데는 없습니다"라고 대답한다. 또 골밀도 검사를 하자고 할까 봐, 정형외과와 연계해 줄까 봐서다.

"지난번 검사가 11월이었네요. 오늘 검사 있습니다."

여전히 컴퓨터만 바라본다.

"평소대로 두 달 치 약 있습니다. 오늘 검사는 간호사에게 안내받으면 됩니다."

비로소 고개를 들고 힐끗 들고 바라본다. 차디찬 돋보기 너머로 권태로운 눈이 감정 없이 메마르다.

"예에."

컴퓨터 속의 내 차트에는 무슨 정보가 있는 걸까? 집중하고 있는 의사의 어깨너머로 힐끔 곁눈질해 본다.

수술 일자, 지난번 혈액 검사의 결과, 초음파 사진……. 컴퓨터 화면에는 일자별로 표시된 표가 있고 내용은 남의 나라 말들로 빼곡하게 채워져 있다. 저것을 다 읽고 이해하고 분석하여 병을 짚어내는 의사는 전문가다. 데이터를 정확히 분석하는 전문가니 무슨 사족을 달겠는가?

얼마 전까지만 해도 이 병원은 종이 차트로 환자를 진료했다. 절차는 복잡하고 시간은 많이 걸렸지만, 의사와 환자 간의 친밀감은 높은 편이었던 것 같다. 종합병원으로 새로 건물을 지으면서 현대화되고 모든 것들이 신속하고 정밀해졌다. 그렇게 북적대던, 간호사가 크게 이름을 부르고 사람들이 웅성대던 진료실도 대기실도 조용해졌다. 그러고 보면 컴퓨터가 너무도 많은 것을 해낸다.

이 병원에서는 세 사람이 진료실에 들어간다. 한 사람은 의사에게 진료받고 두 사람은 물끄러미 바라보고 앉아 있다. 그 사람이 진료받고 나가면 다른 사람이 들어와 채워진다. 밖에 너무 많은 사람이 대기하고 있어 진료를 빨리하려는 목적인 것 같다.

환자를 바라보며 눈을 맞추고 눈빛 속에서 환자의 마음을 읽어본다면 무언가 다른 것도 찾아낼 수 있을 텐데 의사는 환자의 얼굴을 보지 않고도 컴퓨터 속에서 해답을 찾는다. 병원을 찾아

온 환자가 지푸라기라도 잡는 심정으로 만나고 싶은 사람은 의사이지 컴퓨터가 아니다. 그래서 모두 자신의 아픔을 자신의 마음을 알아 달라고 주절주절 말한다. 내 앞에서 진료를 보던 사람은 의사가 듣든 말든 혼자서 말을 이어갔다. 수술한 부위가 가려워 밤에 몇 번이나 깬다. 살이 많이 쪘다, 다이어트 약을 지어 먹어도 좋으냐, 그쪽 병원 의사가 물어보고 약을 지어 먹으라 했다, 등등. 그러자 컴퓨터만 바라보던 의사가 약간 짜증 난 듯 다이어트 약을 먹으면 재발하니까 먹지 말라고 했다. 그리고 잠을 잘 수 있도록 약을 따로 처방해 주겠다고 말했다. 그것뿐이었다.

앞으로 인공지능이 의사를 대신할 날이 머지않았다는데 그때가 되면 나는 차라리 인공지능이 진단하고 처방해 주는 병원을 찾아가야겠다고 마음먹는다.

우리 주변에는 선생님이 너무 많다. 미용실에 가도 선생님, 나이 지긋한 분도 선생님, 학원 선생님…….

그 많은 선생님 중에서 학교에서 아이들을 가르치는 선생님은 전문가이다. 교육과정의 전문가, 수업의 전문가, 생활지도의 전문가, 인성 및 진로 지도의 전문가다.

무엇보다도 아이의 눈빛을 읽고, 마음을 헤아리며, 그것에 맞는 처방으로 아이의 마음을 치유하는 전문가다. 친밀감을 표현하고, 눈빛을 교환하고, 학생에게 맞추는 맞춤식 행복교육의 전문가이다.

교권이 추락하여 짓밟혀도 선생님은 학생이 전부인 사람이다. 머리보다 가슴으로 사람을 지키는 전문가임을 우리는 믿는다. 그렇기에 누가 무어라 해도 우리는 선생님이다.

인공지능이 아무리 탁월해도 사람의 마음을 읽어내고 맞추어 내지는 못할 것이다. 인공지능을 만든 것은 다름 아닌 사람이라는 말이다.

'배운다는 것은 자기를 낮추는 것이다. 가르친다는 것은 다만 희망에 대하여 이야기하는 것이다. 사랑한다는 것은 서로 마주보는 것이 아니라 같은 곳을 함께 바라보는 것이다.'

쇠귀 신영복, 선생님의 《처음처럼》이라는 책에서 읽은 글귀이다. 요즘들어 부드러우면서도 핵심을 꿰뚫는 그 말이 너무도 절실하게 다가온다.

칭찬과 꾸짖음은
종이 한 장 차이

봄에 피는 꽃은 차분하고 우아한 모습이 애잔하면서도 아름답습니다. 차가우면서도 따뜻한 색, 하양, 분홍, 노란 꽃이 많습니다. 여름에 보는 꽃은 숨이 막히도록 격정적입니다. 화려한 빛깔과 요염한 자태로 뜨거운 태양을 사모하는 꽃이지요.

똑같은 꽃도 가을 아침에 보는 꽃은 어쩐지 애잔하게 가슴을 먹먹하게 만듭니다. 오늘 아침 갑자기 낮아진 기온에 오히려 싱싱하게 핀 베고니아가 다리 위 난간 위에서 선명한 생기로 다가오더군요. 고속도로 주변의 꽃밭에는 주홍빛 샐비어, 샛노란 메리골드, 하얀색 데이지가 청초하고 선명한 빛깔로 가을을 가을답게 해 주고 있습니다.

가을꽃은 언제 보아도 코스모스가 최고입니다. 언덕에, 길가에 새파란 하늘과 기막히게 조화를 이루는 분홍, 꽃분홍, 하얀 코스모스가 하늘거리던 어린 날의 등하굣길이 생각납니다. 운동회 연습으로 늦어진 어스름 하굣길에 코스모스는 참 좋은 친구였습니다. 아직 피지 않은 물오른 봉오리를 '톡톡' 터뜨리며 걷던 시골길, 내 고향길이 떠오릅니다. 상큼하고 씁쓰레한 향을 온몸에 묻히며 타박타박 걸어가곤 했지요.

아는 이의 블로그에는 코스모스 향기가 가득했습니다. 히동 북천이라는 곳에 코스모스가 한창이라는 소식과 함께 말이지요. 이번 주말에는 그곳으로 떠나, 코스모스와 기차와 노르스름한 들판의 향취를 느껴 보아야겠다고 생각해 봅니다.

세월은 이토록 무심합니다.

봄, 여름이 순식간에 흘러갔습니다. 뜨겁게 타오르던 태양과 찬란히 빛나던 신록으로 들끓던 청춘의 시대가 지나고 아늑하고 조용하며 깊은 향이 배어나는 청초함의 계절, 가을이 왔습니다. 곧 하얀 눈이 세상을 덮을 겨울 왕국이 오겠지요.

선생님들, 이 가을에 모두 청초하게 삶을 가꾸어가고 있는지요? 청초는커녕 쏟아지는 업무와 새롭게 알아야 할 교육의 방법을 배우고 실천하느라 허덕이며 사신다고요.

'칭찬은 고래도 춤추게 한다'는 이야기 아시죠?

그런데 요즘은 이렇게 말한답니다. 고래도 박수받은 다음에는 움직이지도 않는다는군요. EBS 교육프로그램 《학교란 무엇인가》라는 프로그램에서 과도한 칭찬이 주는 역효과에 대한 것을 보았습니다.

생각해 보지도 않고 가볍게 하는 칭찬이 아이를 오히려 주눅이 들게 하고, 칭찬에 중독되어 필요한 조언이나 충고를 받아들이지 못한다는 사실이 많은 실험과 연구에서 검증되고 있다는 이야기였습니다.

'피그말리온 효과'가 어떠니 칭찬을 하라고, 하라고 해대더니. 이제는 그것도 가려가면서 해야 한다니 참으로 어렵습니다.

한때 우리는 교실에서 칭찬하기 운동을 유행처럼 하였습니다. 칭찬받을 일을 한 아이에게 칭찬스티커를 주면 칭찬나무에 붙이고, 서로 칭찬하는 칭찬릴레이까지 하며 칭찬을 해대기에 숨이 턱에 차오를 정도였습니다. 그런데 정작 아이들은 칭찬이 너무 힘들다고, 칭찬 때문에 더 잘할 수가 없다고 한다니 우리는 아이들의 기분은 생각지 않고 누군가가 낸 검증도 안 된 이론에 따라서 춤춘 꼴이 되어버렸습니다.

그때는 누군가 한마디 하면 서로 칭찬 많이 하려고 잘하려고 정신없이 바빴습니다. '넌 잘할 수 있어, 넌 천재야, 너 진짜 똑똑하구나, 아유 우리 ○○이 말고는 아무도 할 수 없을 거야……'라는 등의 칭찬이었습니다.

잘못된 행동에도 먼저 칭찬으로 다가가서 '너 참 잘하고 있고 착한데 그것은 이렇게 하면 어떨까?'라고 하는 것이 교사의 미덕으로 여겨지던 때였죠.

물론 감정을 앞세우라는 이야기가 아닙니다. 칭찬을 받을만한 행동을 했을 때는 당연히 칭찬해 주어야 합니다. 그런데 잘못된 행동에도 칭찬부터 앞세우는 것은 아이들을 오히려 혼란스럽게 하는 것이라는 생각이 듭니다.

잘못한 아이에게 옳고 그름을 구별하게 하려면 차근차근 따져서 이야기해야 합니다. 잘못된 행동에 꾸지람과 가르침을 주어 바로잡게 하는 것이 교육입니다.

좋은 칭찬은 재능에 대한 칭찬이 아니라, '열심히 생각하더니 해냈구나, 어려운 문제인데 깊이 생각하더니 끝까지 해냈네. 이건 이렇게 생각해 보니 해결되었지?' 등 노력에 대한 격려라고 합니다. 아이들도 그걸 원한다고 하는군요.

참 어렵습니다. 숨 좀 편안히 마음껏 쉬어가며 살고 싶은데 그것이 잘 안 된다구요. 숨 쉬는 학교, 숨 쉬는 선생님, 숨 쉬는 아이들, 살아있는 교육, 배움이 있는 교실, 창의 인성 교육, 진로교육, 핵심역량……. 선생님들 숨이 턱에 차오르는 소리를 들으며 아이들이 얼마나 숨찰까 생각해 봅니다.

숨이 막히면 심폐소생술을 해야 합니다. 인공호흡, 자동제세동기, 신속한 처치로 '골든 타임'을 놓쳐서는 안 됩니다. 숨 쉬고 산다는 것이 얼마나 중요한데, 어제 살다간 사람들이 그토록 살고 싶던 내일을 사는 우리는 숨 쉬는 것에 감사할 여유가 없었습니다. 아니 그동안 우리는 숨 쉬는 것에 대해서는 생각지 않고 지냈습니다.

이제부터 펄떡펄떡 뛰는 심장과 숨 쉬는 소리에 귀 기울여, 사는 것처럼 살기 위해서 한 걸음 천천히, 한 박자 느리게 걸어야겠습니다.

칭찬할 일 있으면 칭찬하고, 꾸짖을 일 있으면 꾸짖고, 남을 아프게 했다면 저도 아파 보면서 순리대로 자연스럽게 살아가는 일. 너무 거창한 이론에다 짜 맞추지 말고 그냥 아이들에게 맞게 하면 될 일입니다. 칭찬과 꾸짖음은 종이 한 장 차이입니다. 칭찬할 일은 칭찬하고 꾸짖음을 받을 일은 꾸짖어 주는 것, 그것이 바로 공정함이고 교육입니다.

우리 아이들은 제각기 다른 꽃입니다. 온실 속의 꽃으로 붙박이지 말고 흔들리며 자라야 할 꽃들입니다. 들판에 핀 꽃이 건강하고 강합니다. 어느 시인이 흔들리며 피는 것이 꽃이라 하더군요. 우리 아이들이 따뜻한 바람에도 차가운 바람에도 자연스럽게 흔들리도록 흔들어 주는 일, 자연스럽게 숨 쉬게 해 주는 일이 바로 지금 선생님인 우리가 할 일입니다.

봄꽃, 여름꽃, 가을꽃, 그리고 겨울꽃은 저마다 꽃답게 계절따라 피고 있는데, 우리는 날마다 피고 있는지, 지고 있는지, 숨쉬고 있는지 자각도 못 한 채 가고 있지나 않은지요.

이제부터 느끼면서 흔들리면서 나답게 아이답게 걸어가는 일을 배워야겠습니다. 날마다 흔들리며 걷고 있다는 것, 바로 그것이 살아있음이라 기쁘게 감사하면서 말이지요.

합창 발표회의 추억

아침에 교문을 들어서면 음악실에서는 아이들의 낭랑한 노랫소리가 들린다.

3학년 21명, 4학년 10명, 모두 31명의 친구가 동아리 활동으로 합창하게 됐고, 가을에 열리는 음악 발표회에 참가해 보기로 했다. 노래를 좋아하고, 합창지도를 잘하는 선생님의 흥겨운 지도 소리가 듣기 좋다. 음악실을 들여다보니 얼마 전 학교에서 열심히 공부하다 방학을 맞아 날아간 제비들처럼 입을 동그랗게 벌리고 노래하는 모습이 너무도 예쁘다. 예쁜 안무도 함께한다. 우리 선생님의 지도능력도 탁월하다.

40년 전, 가을바람이 살랑 불어오던 10월 어느 토요일. 합창대회에 참여하기 위해 새벽바람을 맞으며 산을 넘고 마을을 지나 기차를 타러 가던 고갯길, 하얀 셔츠와 검정 치마를 바람에 나부끼며 줄지어 걸어가던 그때 그 소녀들이 흑백의 영화처럼 스처 지나간다. 그때 나는 4학년이었다.

그해 3월, 새로 부임하신 총각 선생님이 담임이 되었고 도시에서 온 선생님은 피부가 백옥같이 하얀 데다 늘 싱글싱글 웃음 짓는 얼굴로 우리를 대해 주었다. 지금 아이들이 아이돌 오빠를 연호하는 것처럼 그때 우리는 선생님만 보면 마냥 좋았고 설레었고 부끄러웠다. 처음으로 내 까만 얼굴이, 낡은 옷이, 초라한 도시락이 부끄러웠다.

무엇보다 그때까지 한 번도 들어본 적이 없었던, 교실 한구석에 장식품처럼 서 있던 풍금의 소리를 들을 수 있었던 것은 정말로 행운이었다. 찻길에서 내려 자전거를 타고 씩씩하게 휘파람을 불며 출근하시던 선생님은 걸어가고 있는 우리에게 손을 흔들어 주었고 가끔 자전거 의자 뒷좌석에 아픈 아이나 꼬마 아이를 번쩍 안아 태우고 가 주셨다. 행운의 주인공이 된 아이들을 얼마나 부러워했던지…….

교실에 들어서면 맑게 울려 퍼지던 풍금 소리, 가볍게 몸을 좌우로 흔들며 부르던 선생님의 노랫소리, 미끄러지듯 건반 위에서 춤추던 선생님의 하얀 손. 그때 우리는 학교 가는 것이 너무도 즐거웠고, 선생님을 만나는 일이 그렇게 행복했다. 5, 6학년 언니들이 우리 반 교실을 슬금슬금 훔쳐보는 것이 은근히 자랑스러웠고 혹시 선생님의 관심을 끌까봐 질투도 나고 그랬었다.

그러던 어느 날 오후, 선생님은 4, 5, 6학년들을 불러 놓고 한 사람씩, '아 에 이 오 우, 도 미 솔 미 도' 음정 테스트를 하셨다. 이유도 모르고 음정을 따라 부르던 아이들은 쑥스러워 했고, 부끄러워서 아예 도망을 가버리는 친구들도 있었다. 우여곡절 끝에 뽑힌 아이들에게 선생님은 오후가 되면 모아놓고 노래를 가르쳐주셨다. 가을에 진주에서 있을 합창대회에 참가한나는 이야기를 해 주셨고, 처음으로 풍금 반주를 들으며 노래다운 노래를 배웠다. 고향, 초록 바다, 과꽃, 섬집 아기, 봉선화, 고향의 봄……. 풍금 소리와 함께 울려 퍼지던 노랫소리, 선생님께 배웠던 그때 그 동요가 아직도 기억에 생생하다.

그때 그 선생님이 아니었다면 내 어릴 적 마음에 아름다운 심상 하나는 생겨나지 않았을 것이다. 그렇게 연습했던 노래로 합창 대회에 참가하게 되었다. 진주에서 열리는 개천 예술제, 문화 행사 중 하나로 열리는 초등학생 합창 대회에 우리가 참가하게 된 것이다.

대회 전날 다섯 마을 아이들이 아침 일찍 고개를 넘고 마을을 지나 또 고개를 넘어 기차역으로 향하였다. 기차역에 모인 친구와 언니들의 모습은 내가 보기에도 각양각색이었다. 선생님이 입고 오라던 하얀 블라우스와 검정 치마는 길든 짧든 입었는데 스타킹을 신은 아이 양말을 신은 아이, 색깔이 다른 양말에 고무신, 운동화, 샌들 등. 기차 안에서 언니들이 스타킹은 되고 양말은 되니 안 되니 시끄러웠다. 정거장 세 곳을 지나 진주역에 도착하였고 6학년 언니를 따라 내리니 진주가 댁이었던 우리 선생님이 기다리고 있었다. 난생처음 시내버스를 탔고 대회가 열리는 학교에 도착하였다. 선생님께서 미리 피아노 반주와 맞춰봐야 한다며 강당으로 들어갔고 그곳에는 선생님의 여자 친구가 기다리고 있었다. 예쁜 여자 선생님은 우리들의 모습을 보더니 기가 막혔던지 한참 동안 말없이 선생님과 눈빛을 교환하셨다. 그리고는 우리에게 양말을 모두 벗으라고 했다.

여름내 그을려 시커먼 맨발을 보인다는 것에 부끄러웠던 우리는 전부다 머뭇머뭇했고 선생님의 여자 친구는 자꾸 벗어야 예쁘다고 했다. 그리고는 고무줄을 사와 우리들의 풀어 헝클어진 머리를 모두 묶어 주었다. 할 수 없이 양말을 모두 벗고 맨발로 강당에 오른 우리는 요즘 말로 리허설을 했다. 선생님의 여자 친구가 연주하는 피아노 반주는 낯설었고 말쑥하게 차려입은 선생님의 지휘는 눈을 어디에다 두어야 할지 모를 정도로 멋있었다.

대기실에 앉아 있으니 다른 학교 참가학생들이 속속 도착하였다. 그제야 우리는 선생님의 여자 친구가 왜 그렇게 당황스러운 표정을 지었는지 알 수 있었다.

다른 학교의 참가자들은 모두 말쑥한 무대복에 예쁜 모자에 얼굴에는 화장까지 한 모습이었다. 체크무늬 원피스에 받쳐 입은 나풀나풀한 블라우스, 체크무늬 베레모, 하얀색 반 양말, 흰 실내화, 그걸 바라보는 모두는 나와 똑같은 생각을 하는 것 같았다. 나의 모습, 친구의 모습이 어쩌면 그다지 촌스럽든지 우리를 힐끗힐끗 바라보는 그 아이들 앞에서 주눅이 들어 모두 고개를 푹 숙이고 있었다.

그때 선생님이 그러셨다.

"애들아, 뭘 그렇게 쳐다보니? 옷을 잘 입는다고 노래를 잘하는 것이 아니란다. 마음으로 노래에만 집중해라 우리 촌놈의 힘을 보여주자. 내가 생각하기에는 너희만큼 고운 소리를 낼 줄 아는 사람이 없을 거야."

듣고 있던 선생님의 여자 친구도 말했다.

"내가 보기에는 지금 너희의 모습이 참 예쁘다. 걱정하지 말고 자신 있게 부르렴. 양말을 벗게 한 건 양말이 여러 가지 종류라서 시선이 흐트러질까 봐 그런 거야. 맨다리가 더 예쁘단다."

드디어 우리 차례가 되었고 선생님의 말씀에 용기를 얻은 우리는 지정곡 「초록 바다」와 자유곡 「고향」을 맨발과 맨다리로 서서 열심히 불렀다. 그때 우리는 선생님의 다정하게 웃음 띤 얼굴과 하얀 손의 이끌림만으로 자신감을 얻은 우리는 연습할 때보다 더 조화롭고 풍부해진 감성으로 노래를 끝낼 수가 있었다.

까만 얼굴, 얼기설기 묶은 머리, 제각각의 흰 블라우스, 검정 치마, 시커먼 맨발이어도 좋았다. 좋아하는 선생님과 노래를 부르고 무대에 서 본다는 것이 너무도 자랑스러웠으니까.

박수 소리가 크게 들려왔고 우리는 무대를 내려와 하얗게 웃으며 손뼉을 마주쳤고 그제야 각자 벗어둔 양말과 신발을 신을 수 있었다. 여름 동안 새카맣게 그을린 다리가 너무 부끄러웠는데……

선생님과 함께 들어간 '영성각' 중국집에서 처음으로 짜장면을 먹었다. 시커먼 국수, 기름진 음식에 금방 질려버렸지만, 촌놈이랄까 봐 꾸역꾸역 먹었던 기억은 두고두고 잊히지 않는다.

그리고 진주 시내를 걸어 남강 다리를 구경하고 집으로 돌아갈 때는 버스에 태워 주셨다. 소형버스(마이크로버스)는 복잡했다. 우리 아이들 40명과 개천 예술제 구경 온 일반 손님이 함께 탔으니 터져버릴 지경이었다. 우리는 어른들 사이에 끼어서 숨도 못 쉴 정도의 갑갑함으로 죽을 지경이었고 조그만 빨간 버스는 자갈길 위를 춤추며 튀어 오르며 가다가 내려주고를 쉴 새 없이 반복했다. 사람들이 많이 내리고 조금 헐거워진 차의 곳곳에서 멀미로 얼굴이 노래진 아이들이 구역질하기 시작했다. 낮에 먹은 기름진 짜장면과 단무지는 춤추는 버스에서 출렁거린 덕분에 뱃속에 머무르지 못하고 바깥구경을 하고야 만 것이었다. 아, 그 아수라장이라니.

꾹 참고 있던 아이들도 여기저기 토해내는 토사물 냄새에 그만 견디지 못하고 너도 나도 동참하는 바람에 차장 언니를 아연하게 했다. 어른들을 힘들게 했지만 아무도 크게 꾸짖지는 않았던 것 같다. 좁은 버스 속에 소화되지 않은 짜장면 토사물을 상상해 보시라. 우리들의 흰 블라우스도 이미 엉망이 되었고 그날 멀미를 하지 않은 친구는 40명 중에 채 10명도 되지 않았다. 악몽같은 1시간을 버티고 모두는 한 정류장에 내렸고 길가에서 한번 더 시원하게 쏟아낸 우리는 들판 길을 걷고 다리를 건너 각자의 마을로 향했다.

합창 대회 참가 결과는 은상이었다. 처음 출전한 무대에서 아주 좋은 상이었다고 선생님이 말씀해 주셨지만 그런 것은 아무래도 좋았다. 합창을 배우고 무대에 섰던 그 꼬꼬마들은 지금 50대 중반을 넘었고, 가끔 그날의 기억을 떠올리며 입가에 웃음짓고 있을지도 모를 일이다.

그때 우리에게 노래의 즐거움과 함께 기차와 버스의 추억, 짜장면과 멀미의 상관관계를 경험하게 해 주었던 선생님은 창작 동요제에서 여러 번 수상하셨고 얼마 전에 퇴임하셨다.

그렇게 모두가 좋아하던 선생님은 1년 후 전근을 가셨고 교실의 풍금은 다시 뚜껑이 닫혔지만 우리는 종종 그 앞에 서서 합창흉내를 내곤 했다. 노래를 부를 때는 손을 배꼽 앞에 당겨 모으고, 다리는 약간 벌리고, 배에 힘을 꽉 주고, 어깨에 힘을 빼고, 턱을 살짝 당기고 입을 크게 벌리고, 눈은 웃으라던 그 선생님의 가르침이 아직도 머리에 쏙 박혀 있는 것은 그때 그 가르침이 너무나 즐거웠기 때문이리라.

아무렴 어쩌랴. 햇볕 따스한 토요일, 음악 발표회에 나간 우리 학교 학생들 30여 명은 내가 옛날 그렇게 부러워하던 예쁜 무대복을 입고, 동작도 다양하게, 화음도 조화롭게, 떨지도 않고 당당하게 노래 불렀다. 열광적인 박수도 받았다. 지도해 주신 선생님의 웃음과 하얀 손끝으로 이끌어 주는 지휘가 빛나던 무대였다.

이 아이들에게는 예쁜 노래 가르쳐준 좋은 선생님과 무대에서 노래 불렀던 즐거움, 그리고 울려 퍼진 박수와 환호 소리가 오랫동안 추억으로 남을 것이다.

지금은 점심시간, 가을 햇볕 가득한 운동장에는 그 아이들이 까르르 웃으면서 뛰놀고 있다.

졸업생에게 주는 글

졸업생에게 주는 글 1

긴 겨울을 견디어 낸 뒷산의 나무들이 얼마 있지 않아 다가올 봄을 향해 두 팔을 뻗고 하늘을 우러르며 서 있습니다. 나날이 두꺼워지는 햇볕을 온몸으로 받으며 이제 조금씩 광합성을 시작하고 땅의 온기와 땅속에서 움트는 생명의 속삭임에 귀를 기울이고 있는 듯합니다.

키 작고 여린 나무들의 모습으로 학교생활을 시작했을 때부터 운동장을 씩씩하게 누비며 이제 제법 튼튼한 소년 나무가 된 여러분을 바라보며, 함께 자란 나무들이 모여 이룬 저 숲은 지금 여기 서 있는 여러분의 모습을 닮았습니다.

여섯 해의 봄, 여름, 가을, 겨울을 한결같이 여러분을 지켜본 저 뒷산의 나무들은 이제 졸업을 앞둔 여러분에게 무슨 말을 하고 싶을까 생각해 보았습니다. 아마도 내가 해 주고 싶은 이야기와 같은 이야기가 아닐까 생각해 보았습니다.

졸업생 여러분!

여러분의 나이 열세 살입니다.

나무로 치자면 이제 막 뿌리와 줄기를 바로 세우고 어린 잎을 하늘 향해 뻗어 올리려는 열세 살짜리 나무가 되겠지요. 세상이라는 대지에 단단히 뿌리를 내리고 무한한 하늘과 태양을 향해 줄기와 잎을 뻗어 올리는, 아직은 어린나무입니다.

그 나무에게 기름진 땅과 태양의 은총과 적당한 비와 바람이 조화롭게 골고루 주어진다면 나무의 성장은 걱정 없이 순조로워질 것입니다. 하지만 때론 거친 비바람이 가지를 부러뜨리고 뒤흔들어 뿌리째 뽑힐 위험에 이르게 될 수도 있을 것입니다.

지금 여러분은 키도 크고 몸도 많이 자라 어른이 다 된 것 같지만, 아직 열세 살 어린나무와 같습니다. 숲 속이나 들판의 어린나무가 겪어야 할 고난만큼이나 여러분 앞에도 기름진 땅, 잔잔한 바람, 밝은 태양만 있는 것이 아닙니다. 뿌리치기 힘든 유혹에 흔들리기도 할 것이고 뜻하지 않은 어려움에 힘들기도 하겠지요. 가끔은 뜻하지 않은 어려움이 순간순간 앞을 막아서고 어린나무가 비바람에 꺾이듯이 포기하고 싶을 때가 있을 것입니다.

여러분은 어떤 나무가 되고 싶습니까?

거친 비바람을 견디고, 어려움을 참아내고 굳건한 뿌리와 튼튼한 줄기, 그리고 잎이 무성한 한 그루의 멋진 나무가 되고 싶지 않습니까?

우리 학교 졸업생 여러분은 당연히 그런 나무가 될 수 있다고 생각합니다.

여러분이 어려움을 이겨낸 굳건한 나무가 되기 위해서는 여러분 자신을 위한 비전을 세워야 합니다. 여러분을 여러분답게 하고 여러분의 미래를 행복하게 해 줄 수 있는 비전이 무엇일까요? 그것은 여러분이 하고 싶고, 여러분이 잘할 수 있으며, 그 일로 하여 다른 사람을 이롭게 하고 내가 행한 일을 통해 세상 모두가 행복할 수 있는 그런 꿈, 그렇게 자신 있는 목표가 바로 비전이 될 수 있습니다. 비전이 세워지면 힘차게 도전하십시오.

실패도 겁내지 않아야 합니다. 나무는 한쪽 가지가 꺾이면 다른 쪽 가지를 통해 균형을 잡습니다. 실패해 본 사람만이 바로 잡을 수 있습니다. 성공은 아이큐가 높다고 해서, 그리고 재산이 많다고 해서 이루어지는 것이 아니라고 했습니다. 대책 없이 노력만 한다고 해서 이루어지는 것도 아닙니다.

내가 실현할 수 있는, 내게 즐거운 비전을 세우고 그것을 위해 계획을 세운 다음 차근차근히 해야 할 일을 분석하여 작은 것부터 실천하는 습관을 들이십시오.

우리나라를 빛내는 발레리나 강수진, 빙상 위에서 한 편의 아름다운 드라마를 그려낸 김연아, 어릴 적 소망했던 꿈을 이룬 사람들은 실패와 시련을 거듭하였고 많은 시간을 투자하여 땀 흘리며 노력하였습니다. 그들은 그들의 꿈을 이루었고 많은 사람에

게 희망과 행복을 안겨 주었습니다. 꿈꾸는 사람만이 꿈을 이룰
수 있습니다.

졸업생 여러분,

비전을 세우십시오. 그 비전을 꿈으로 키우십시오. 그리고 서
슴없이 도전해 보십시오. 그리하여 힘차게 두 팔을 벌리고 우리
나라를, 세계를 여러분의 것으로 만들어 보십시오.

그리하면 먼 훗날 아름드리 큰 나무가 되어 세상에 넓은 그늘
을 드리우고 수많은 사람을 품어주는 그런 멋진 사람이 될 수 있
을 것입니다.

졸업생 여러분의 앞날이 도전하는 기쁨으로 가득 차길 바라
며, 머지않은 날, 멋진 사람이 되어 세계를 누빌 여러분의 모습
을 기대합니다. 그때가 되면 저 뒷산의 나무들도 아름드리 거목
이 되어 푸른 숲을 이루고 큰 산이 되어 여러분을 지켜보고 있겠
지요.

졸업생에게 주는 글 2

형설지공螢雪之功, 학이시습지學而時習之면 불역열호不亦悅乎라.

중국 진나라의 차윤車胤이라는 사람은 반딧불로 글을 읽고 손
강孫康이라는 이는 하얀 눈에서 반사된 빛으로 글을 읽었다는 고
사에서 온 말로, 고생해서 공부한 공이 드러남을 비유하는 말입
니다.

가난한 사람이 배고픔과 어려움을 참고 반딧불이를 모아 그 빛으로 책을 읽고, 하얗게 내려 쌓인 눈에서 반사된 빛으로 공부해서 성공했다는 이야기는 요즘 같은 시대에 어울리지 않는 말이라고 생각할지 모릅니다.

모든 것이 풍족한 세상, 갖고 싶은 것은 어떻게 해서라도 손에 넣고 감각적인 것에만 한눈팔고 있는 젊은이를 볼 때면 참으로 안타깝습니다. 부족한 가운데서 얻어지는 즐거움을 경험하지 못하는 시대입니다. 아무리 풍족해도 늘 사람들은 부족하다, 부족하다며 상대적 결핍에 시달리는 것도 사실입니다.

졸업생 여러분!

여러분은 그동안 6년을 한결같이 부모님의 사랑과 선생님의 가르침을 받는 공부에만 전념해 왔습니다. 이제 스스로 학문의 즐거움을 찾을 줄 알아야 하고 스스로 탐구하며 배움의 기쁨을 누려야 하는 시기입니다.

공부는 하고 싶어서 해야 즐겁고, 잘 됩니다.

반딧불이를 모으고 하얀 눈 아래서 책을 펼친 것은 공부가 정말 하고 싶어서였을 것입니다. 공부의 즐거움이 배부름보다 편안함보다 더 간절하고 좋았기 때문에 그리하였을 것입니다. 팔순을 넘긴 할머니가 공부를 시작하며, 눈앞에 글자를 두고도 읽지 못하는 캄캄함, 사물의 이치를 몰라 돌아가야 하는 서러움을 어떻게 말로 표현할 수가 없다고 말한 것을 본 적 있습니다. 그처럼 배우고 싶어도 배우지 못하는 서러움을 겪어보지 못한 사람은 모른다고 했습니다.

　미래학자들이 2020년대부터는 4차 산업혁명 시대라고 했습니다. 각종 디지털기기와 인간이 공존하는 시대라고 했습니다. 이 4차 산업혁명의 키워드는 날마다 조금씩 우리 곁에 와 있는 것들입니다. 빅 데이터BIG DATA, 생명공학, 가상현실, 사물 인터넷, 인공지능, 로봇, 공유경제, 드론, 무인자동차 등이 그것입니다.

　그동안 인간만이 가능하다고 여겼던 인지하고, 학습하고, 추론하는 과정을 '인공지능AI도 가능하다고 하니 사람들이 앞으로 무엇을 해야 할지 인간의 역량에 대해 생각해봐야 할 문제가 되었습니다. 모든 것을 이제 기계가 다 할 수 있는데 인간은 무엇을 할 수 있나?

　여러분이 미래의 세상에서 구해야 할 일자리의 미래도 달라진다고 합니다. 그동안 우리가 상상했던 모든 것들이 현실에서 가능해진다고 하면 우리가 배워야 할 배움도 달라져야 하겠지요. 여러분들이 먼저 배우고 익히고 창조해야 기계를 세상에 이롭도록 지배할 수 있겠지요. 그 모든 것의 중심에는 여러분이 있습니다. 여러분이 바로 그 해답입니다.

　새로운 직업, 새로운 변화를 받아들이기 위해서는 기본적인 인문학적 소양을 키워야 합니다. 세상을 따뜻하게 바라보는 시선, 다른 사람의 아픔을 공감하는 감수성, 사람만이 가질 수 있는 품성을 자신에게 맞는 옷으로 갖춰 입어야 합니다.

자기 스스로 배우고 익히고 상상하고, 다른 사람과 더불어 협력하고, 공유하는 자세를 취하여야 합니다. 기계보다는 사람과의 관계에 중심을 두어야 합니다. 나, 친구, 부모, 형제, 이웃들과의 소통이 먼저입니다.

세상은 달라지고 있고, 달라지는 세상 따라 배워야 할 것도 달라졌지만 배움에 대한 자세만큼은 옛날과 다르지 않습니다.

'물에 의해 돌이 뚫리는 것은 물의 힘이 아니라 물의 잦음에 있다.' 배움의 즐거움을 자주 누리다 보면 끝내는 바위를 뚫는 창조적 힘이 발현될 것입니다.

가까운 미래는 여러분이 주인공입니다. 졸업생 여러분을 세상에 내놓으며 여러분의 미래를 축복합니다.

실패도 겁내지 않아야 합니다.
나무는 한쪽 가지가 꺾이면
다른 쪽 가지를 통해
균형을 잡습니다.
실패해 본 사람만이
바로 잡을 수 있습니다.

#졸업생에게 주는 글

청소합시다

허리 아픈 동안 잠잠했던 알레르기 비염이, 허리 조금 나으니 다시 시작되고 있습니다.

'신은 참을 수 있을 만큼의 시련만 준다'고 감사해 했더니 역시나 신은 공평한가 봅니다. 그토록 극성스럽게 울어대던 매미들의 노래인지 울음인지가 조금 줄어들고, 선선한 바람이 조금 묻은 가을 햇살이 아직은 따갑습니다. 마지막 과실을 익게 하고, 곡식을 알차게 하며, 가을 채소를 살찌게 하는 은혜입니다. 내게는 가을은 알레르기 비염이 극심해지는 최악의 계절이지만 그래도 좋습니다.

우리 선생님들 날마다 행복하시지요?

저는 참 행복합니다. 올 수 있는 곳이, 만날 수 있는 사람이, 그리고 매일 나를 기다리고 있는 일이 있다는 것이 그저 행복하네요.

잠자리 한 마리가 교무실에 들어와 갈 곳 몰라 방황하고 있습니다. 어딘가에 앉기만 하면 살며시 잡아서 밖으로 내보낼 수 있으련만 빙빙 허공을 맴돌기만 합니다.

정말 가을은 가을인가 봅니다.

대청소를 앞두고 몇 마디 올려봅니다.

날마다 청명하게 다가올 가을을 맞이하기 위한 대청소 계획을 세웠습니다. 맑게 닦인 창가로 가을 하늘을 엿보고 그 서늘하고 깨끗한 푸름을 가슴에 가득 담는다면 우리 아이들의 몸과 마음이, 선생님의 정신이 또한 맑아지지 않을까 합니다.

학교 울타리 주변에는 지나가던 어른이 휙 던져 넣은 쓰레기가 쌓입니다. 매일 치운다고 치워도 하룻밤 지나고 나면 또 쌓이고 맙니다. 어둠을 틈타 투기하는 못된 버릇의 사람들은 눈앞의 이익만을 좇으며, 쓰레기와 함께 양심도 함께 버린 사람들이라는 것을 우리 아이들에게 배우게 해 주는 귀한 시간도 될 듯합니다.

내가 초등학교 다닐 때 교실 한 칸을 늘리는 증축 공사를 했던 것 같습니다. 우리는 등교할 때 책 보자기와 함께 양은 대야를 들고 등교했습니다. 아침부터 그 대야를 들고 전교생은 2㎞가 넘게 떨어진 강가로 자갈 채취를 하러 갔습니다. 고사리같이 작고 여린 손으로 자잘한 자갈돌을 대야에 담아 머리에 이고 다시 되돌아 그 먼 길을 걸어서 학교에 도착하면 선생님이 손목에다

도장을 찍어 주었습니다. 그렇게 하루에 두세 번을 오가면서 목이 아프게 자갈돌을 날랐던 기억이 떠오릅니다.

작게 담으면 목표치를 달성할 만큼 더 오가야 했던지라 힘에 부치게 담아서 머리에 이고 날랐던 그 힘들었던 기억이 학교생활의 기억 중 가장 선명한 것은 왜일까요? 영문도 모른 채 힘들었던 노동을 해야 했던 그 시절, 지금 생각해 보니 황당하기 그지없습니다. 그리고 그 겨울 우물물 길어 올려 걸레를 빨고 시린 손을 호호 불며 새로 지어진 건물을 청소하던 일도 함께 떠오릅니다. 너무도 여린 손들은 곧 빨갛게 되었고, 선생님들은 회초리를 들고 이곳저곳을 가리키며 청소를 독려했지요.

우리는 콧물을 훔치며 그러지 않아도 겨울 추위에 얼어 터진 손을 호호 불며 먼지를 쓸고 닦아내고 우리가 공부할 교실을 치웠습니다. 지금 아이들을 그렇게 혹사한다면 어찌 될까요? 가난한 시절, 가난한 학교의 사정이라 어찌할 수 없었던 일이었는지는 모르겠지만, 그 당시 어린아이들에게 참으로 부당했던 처사였다는 생각을 해 봅니다.

요즘 학교에서는 그런 일은 없습니다. 화장실 청소, 마루, 현관 등 실내외 힘든 일은 우리 주무관님과 환경 주임님이 종일 깨끗이 해 주시고 인력을 써서 할 일은 용역을 맡기기 때문입니다. 그렇게 하지 않아도 되는 세상이 되어서 참 다행입니다.

다만 걱정할 일은 우리 아이들이 청소를 멀리하다 보니 자신의 주변 정리에 대한 생각이 많이 부족하다는 것입니다.

예사롭게 버리고, 예사롭게 더럽히고, 예사롭게 지나치고, 모든 것이 예사로워지다 보니 주변에 관심도 적어지고 정리 정돈과 청소를 통해 주변을 깨끗이 해야 한다는 생각이 부족해지는 것 같습니다.

지구에서 인간이 다른 동물과 달리 구별되는 특징은 많습니다. 예를 들면 옷을 입는다는 것, 입은 옷을 자주 세탁하고 갈아입는다는 것, 불을 사용하여 먹을거리를 조리하고, 삶고, 지지고, 볶고, 굽고…….

그중에 가장 다르다고 자랑할 만한 특징은 공간을 활용한다는 것이겠지요. 3차원의 공간을 4차원적인 시각으로 설계하고 활용하는 인간, 우리가 사는 집, 학교, 직장, 도로, 상가, 목욕탕 등이 정말 위대한 창조라 생각지 않으시나요?

이렇게 위대한 인간에게는 깨끗함을 추구하는 장점이 있습니다. 잘 버리고 더럽히지만 마음먹고 청소할 때도 있으니까요. 제일 먼저 사람이 배우도록 지도해야 할 것은 자신의 주변을 정리하는 습관인 것 같습니다. 그것이 이루어지지 않는 한 우리는 우리가 창조한 공간에서 쓰레기와 함께 쓰레기가 되어 비명 질러대는 날이 올 것만 같습니다.

동물들은 자연의 공간만을 활용합니다.

호랑이의 학교를 보신 적 있나요?

사자의 화장실, 곰의 아파트는요?

새의 쓰레기장은?

곤충의 야구장은?

물고기들의 호텔은?

그 동물들이 의식주를 해결하고 있는 공간은 숲이며, 강이며, 흙이고 하늘입니다. 그들은 나름의 질서를 유지하며 자신들의 공간을 있는 그대로 활용하고 있습니다. 다만 인간들의 훼손으로 생태계가 파괴되고 지구가 몸살을 앓고 있을 뿐이지요. 인간들의 편리 때문에 자연이 개발되지 않는다면 들은, 강물은, 숲은 자연의 섭리로 스스로 운행될 것입니다.

단언컨대, 인간들이 자신을 위해서 자연이 존재한다고 믿고 있는 이 무지로부터 깨달음을 얻지 않는다면 숲과 강과 하늘과 땅에 의해 인간은 그리고 숱한 생명은 멸망할 것입니다.

우리가 사는 작은 공간, 학교의 환경과 질서는 교육으로 이루어져야 하며 자발성에 의해 실현되어야 할 소명이며, 이것이 우리 아이들이 살아갈 초록별 지구를 살리는 일이기도 합니다.

교육이 바로 서면 환경도 바로 서겠지요. 질서도 바로 세워질 것입니다. 청소는 사회적인 인간이 갖추어야 할 미덕이며, 공부입니다. 선생님과 아이들이 함께 배우고 가르쳐야 할 학습입니다.

무릇 자연 속에 생명이 있고, 생명이 존재하는 한 지구는 깨끗해져야 한다고 생각합니다. 자기 주변을 깨끗이 하고, 학교를 깨끗이 하고, 내 집을 깨끗이 하는 일이 나라를 깨끗이 하는 일이 될 것으로 생각하며 대청소를 통해 마음도 대청소하는 날이 되었으면 좋겠습니다.

　사람 속의 자연, 자연 속의 사람, 그것을 알아가도록 선생님이 먼저 솔선수범합시다.

한 끼 밥의 품격

요즘 TV프로에는 과하다 싶을 만큼 먹방 및 쿡방을 표방한 방송이 많습니다. 먹는 것에 목숨을 건 사람들처럼 전부 모여 먹고 마시면서 황홀하게 맛있다는 표현을 연발하더군요. 음식이 맛있기만 하면 되는 것처럼, 오로지 맛에만 탐닉하는 것 같았습니다.

채널만 돌리면 나오는 요리 프로가 요즘의 대세인 것은 확실하지만 먹는 것에 대해 다시 생각해봐야 한다고 말하고 싶어집니다. 음식 안에 담긴 정성, 음식을 먹으면서 가져야 할 태도, 만드는 사람의 진지함과 수고로움, 음식 재료에 대한 경외감이 있어야 한다고 생각합니다.

선생님들 오늘 점심밥 맛있게 드셨는지요. 맛만 음미하며 드셨나요? 아니면 음식재료를 공급한 사람들, 음식을 만든 사람들에 대한 생각도 조금 하셨는지요. 따뜻한 한 끼의 밥이 주는 기쁨을 우리는 가끔 잊으며 살고 있지 않나 하는 생각을 해 봅니다.

예전 배고프던 시절을 겪지 못한 세대는 절대 그 고마움을 알 수가 없을 것입니다. 옛날이었다면 지금쯤 보릿고개가 끝나고 보리 타작한 보리쌀로 구수하게 밥을 지어 온 가족이 배불리 먹으며 한 시름 놓을 시기이겠군요. 오늘 점심시간에 우리 아이들이 밥에 대한 고마움을 모르고, 또 밥 먹는 일에 집중하지 않고 아주 소란스러운 것 같아 의견을 내놓아 봅니다.

그리스의 선박왕 '오나시스'를 아시지요?

맨손으로 세계를 놀라게 할 만큼 부를 축적했고 세기의 미녀(마리아 칼라스, 재클린의 여동생, 재클린 케네디, 또, 또……)들과의 엄청난 스캔들로 떠들썩했던 코 크고 못생긴 남자였지요. 한마디로 그의 인생 전반을 놓고 볼 때 '개처럼 벌어서 개처럼 쓰다가 죽었다'라고 하기도 한다더군요. 그렇지만 그의 인생에서 간과해서는 안 될 것들도 많다고 봅니다.

그중 하나, 부자가 되기 전 그는 부둣가에서 하루 벌어 한 끼 해결할 정도의 급여를 받는 노동자였다고 합니다. 그는 그 돈을 저축해서 부를 쌓을 일반적인 생각을 하지 않고 고급 레스토랑의 한 끼 식삿값으로 날려 버렸다고 합니다. 그 당시 부둣가에는 엄청난 부자들이 있었고, 그들은 날마다 고급 레스토랑에서 식사하였지요. 오나시스는 그들이 식사하는 모습을 날마다 몰래 훔쳐보면서 식사 예법을 배웠고 일주일 열심히 막노동해서 돈이 모이면 그 식당으로 향했다고 합니다.

세탁소에서 옷을 빌려 입고 한 달에 한 번, 10일에 한 번, 7일에 한 번, 5일에 한 번……. 그렇게 그는 레스토랑의 명물이 되었다고 합니다. 품격 있고 우아하게 고급스러운 음식으로 배를 채우고 그 시간만큼은 그 레스토랑을 출입하는 다른 부자들과 다를 바가 없다고 생각했던 것이지요. 그 후에 그는 그 레스토랑에서 만난 투자가와 마음을 나누게 되었습니다. 투자가는 오나시스의 배포에 반하여 투자하게 되었고, 덕분에 그는 성공할 수 있었습니다. 훗날, 오나시스는 그렇게 회상했다고 합니다.

　'그 레스토랑의 하룻저녁 만찬이 내 삶의 기쁨이었고 내 꿈에 한발 다가가는 소중한 시간이었다. 나는 품격 있는 신사로서 갖추어야 할 매너도 누구와 비교해도 손색이 없었고 격식을 갖추었으며 당당했다. 얼마 후에 내가 그 고급 레스토랑의 중요한 고객이 될 것을 알았기에 나는 주눅이 들지 않았다.'

　물론 고급 식당의 고급진 음식에 품격이 있고 가난한 밥상에는 품격이 없다는 것이 아닙니다.

　다만 부자의 밥상이건 빈자의 밥상이건 간에 한끼 밥에 대한 생각의 차이를 말하는 것입니다. 우리나라는 예부터 할아버지 할머니, 아버지, 어머니 그리고 많은 형제가 작은 방에 모여 앉아 넉넉지 않은 음식을 먹으면서도 서로를 배려하고 예절을 지켰습니다. 그러니까 우리나라에는 예전부터 '밥상머리 교육'이 있었다는 것이지요.

어른이 들기 전에는 수저를 들지 않고 어른이 다 드시고 수저를 놓은 후에 수저를 놓는다.

쩝쩝거리며 소리 내어 먹지 않는다.

깨작거리지 않는다.

웃음 띤 얼굴로 먹는다.

고마운 마음으로 먹는다.

반찬을 탓하지 않는다.

밥을 먹을 때는 그 행동에 집중한다(딴짓하지 않는다).

눈길은 온화하게, 등은 바로 세우고 앉아서 먹는다.

이야기하며 먹지 않는다.

입술은 되도록 붙이고 음식을 씹는다.

밥그릇을 달각거리지 않는다.

게걸스럽게 맛있는 것만 탐하지 않는다.

먹는 일에 있어서 품격을 갖추는 것은 어릴 때부터 갖추어야 할 중요한 덕목이라고 생각합니다. 내일 점심시간 전에 잠시 짬을 내어 품격 있는 식사예절에 대해 함께 이야기해 보는 시간 어떠신지요?

요즘 공중파 채널의 요리 프로그램 중에 《삼시세끼》라는 프로를 자주 시청합니다. 산골 마을이나 바닷가 마을에서 곡식과 채소를 기르고 낚시를 하면서 하루 세 번의 식사를 해결하는 프로그램이었습니다. 모내기를 하고 오리농법으로 벼농사를 짓고, 호박, 오이, 당근, 토마토, 상추, 고추 갖가지 채소를 길러 밥상을 차리는 모습이 참 정겨웠습니다. 어린아이들이 소꿉놀이하는 모습처럼 순수해 보였습니다. 요리를 준비하는 손길은 경건하고 정갈했고 땀을 뻘뻘 흘리며 만든 요리를 앞에 두고 앉은 사람들의 모습에서 품격이 느껴졌습니다. 한 끼 밥상을 위해 흘리는 땀과 노력이 가상했습니다. 손쉽게 구할 수 있는 인스턴트식품, 쉽게 조리되는 패스트푸드가 대세인 요즘에 보기 좋은 광경이었습니다. 먹는다는 것은 그래야 할 것 같습니다.

늘 우리 아이들에게 선생님들이 쏟는 사랑은 과할 정도 많습니다. 그래서 아마 우리 아이들은 행복지수가 아주 높을 것으로 생각합니다. 하지만 넘치는 사랑만이 아이들을 위한 것은 아닐 것입니다. 바탕을 마련하고 기본을 단단하게 세우는 일, 우리 선생님이 할 일입니다. 경계는 확실하게 세워주는 것이 우리 아이들을 위한 올바른 교육이 아닐까 생각합니다. 친구, 선생님, 어른, 아이가 함께하는 공동체 생활에서 지켜야 할 행동들에 대해서 함께 고민해 보시기 바랍니다.

급식뿐만 아니라 학습이동, 청소, 운동장 놀이 등 기본적인 질서 지도로 좋은 습관과 바른 행동, 안전한 생활이 이루어질 수 있도록 하는 것은 교육에서 이루어져야 할 일입니다.

첫째, 급식활동

- 급식시간에는 손을 깨끗이 씻고 위생소독을 잘합시다.
- 급식소에서 큰소리를 내게 되면 침이 튈 수 있습니다.
- 주위 친구들이 불편하지 않도록 자세를 바로 합니다.
- 음식을 골고루 꼭꼭 씹어서 먹을 수 있도록 합니다.
- 좋아하는 음식을 친구에게 달라고 하지 않습니다. 내가 좋아하는 것은 친구도 좋아할 수 있습니다.
- 즐거운 기분으로 먹습니다.
- 선생님과 함께 먹습니다.
- 밥 먹으면서 딴짓을 하지 않습니다.
- 가벼운 웃음과 담소로 즐거운 식사시간을 만듭시다.

둘째, 학습이동시간
- 줄을 서서 이동합니다.
- 복도와 계단은 사뿐사뿐 걸어갑니다.
- 특히 계단을 내려올 때는 잘 보고 내려옵니다.
- 전담선생님, 방과 후 선생님, 학교의 어른들을 만나면 예절 바르게 행동합니다.
- 학습 준비물은 잘 챙깁니다.

셋째, 운동장 놀이 활동
- 놀이터는 함께 사용하고 양보합니다.
- 위험한 놀이는 하지 않습니다.

- 비 온 후 운동장이 젖었을 때에는 운동장 놀이를 하지 않습
  니다.
- 운동장에서 신 나게 뛰고 즐겁게 놉니다.

　어제 혁신학교 설명회에 다녀왔습니다. 우리 학교는 선생님들부터 참다운 혁신이 이루어지고 있음을 다시 한 번 느끼면서 뿌듯했습니다. 모두가 선생님들 덕분입니다. 시간 날 때 어제 설명회 후기를 올리도록 하겠습니다.

　남은 시간도 아이들과 함께 즐거우시기를…….

스스로 결정하는 사람

새 학기가 시작한 지 엊그제 같은데 벌써 9월이 반 넘어 지났습니다. 그동안 우리 학교의 동산은 3월에는 꽃샘추위에도 아랑곳하지 않는 매화꽃과 동백꽃이 피었다 지고, 4월에는 목련이 환하게 밝혀주다가 영산홍으로 불타오른 후 이팝나무 하얀 꽃으로 뒤덮었다가, 5월에는 장미가 붉게 피어 다채롭게 치장해 주었습니다. 지금 6월은 옅은 초록, 짙은 초록 등 가지각색의 초록이 싱싱하고 무성합니다.

이렇게 예쁜 동산의 변화만큼 우리 어린이들도 몸과 마음이 쑥쑥 자라 나날이 변화하고 있는 모습이 보입니다.

3월에는 부모님 모시고 교육과정 설명회를 하면서 급식소에서 부모님이랑 같이 맛있는 밥을 먹으며 음식이 만들어지기까지 많은 사람이 애쓴 것을 생각하고 고마워하는 시간을 가졌습니다. 또 산에 올라 1년 동안 지킬 약속을 다짐하고 타임캡슐에 약속

쪽지를 담아두었습니다.

4월에는 현장체험학습을 가서 공룡의 시대를 체험하는 시간을 가졌고, 은혜학교에서 장애 친구와 서로 도우며 함께하는 시간을 가졌습니다. 5월에는 신나는 운동회와 줄넘기, 스포츠클럽으로 몸과 마음을 키웠습니다. 6월에는 우리 학교에서 연구하는 소프트웨어 교육을 보여주는 수업 나눔의 날 행사가 있었고 많은 교장 선생님과 교감 선생님께 우리 수업을 보여주었습니다.

그리고 체육관의 화장실과 샤워시설이 새롭게 꾸며졌고, 교실까지 이동할 때 맨발로 이동하지 않게 현관 입구에 신발장을 근사하게 만들고 쉼 공간을 만들었습니다. 아이들과 의논하여 '아이뜰'이라 이름도 붙였습니다. 학급에서는 아이뜰에서 지켜야 할 규칙을 정했고, 전체 어린이회에서 가장 필요하고 꼭 지켜야 할 규칙을 제정하였습니다.

7월에는 학교의 앞뜰에서 하는 야영활동을 했습니다. 요리 경연대회, 촛불의식, 캠프파이어, 용기 키우기 활동으로 즐거웠습니다. 그리고 여름방학을 맞아 자기관리역량을 키우고 가족과 함께 많은 체험활동을 하였습니다. 2학기를 맞이했습니다. 1학년, 2학년이 눈에 띄게 많이 자랐습니다. 6학년은 부쩍 말수가 적어졌고요. 학교는 일상으로 돌아와 살아 숨 쉬고 있습니다.

곧, 꿈자랑 학예회가 있을 것이고 수업나눔행사, 타임캡슐 속 약속 쪽지를 열어 자신과의 약속도 점검해야 합니다. 그리하고 나면 겨울방학이 기다리고 있겠지요.

학교 교육과정의 운영은 당장 눈에 보이는 변화를 이끌어 내기 위함이 아닙니다. 교육의 성과는 하루아침에 얻을 수 있는 것이 아니기 때문입니다. 작지만, 눈에 보이지는 않지만 시도하는 것만큼의 보람은 우리 아이들의 삶에 조금씩 변화를 이끌어냅니다. 콩나물시루에 물을 주면 금방 빠져 나가 버리지만 콩나물은 물이 지나가고 난 만큼 자라나듯이 말이지요. 이렇듯 조금씩, 날마다 자라나는 아이들이 있기에 우리가 기울이는 노력들이 결코 헛되지 않으리라는 믿음으로 학교의 교육과정은 운영되고 있습니다.

지난주에는 5학년 남학생들이 성에 대한 호기심이 왕성해져서 작은 일이 벌어졌지만 서로 용서하고 다시는 그러지 않겠다는 다짐으로 마무리하였습니다. 날마다 아이들과 함께하는 시간이 참 행복합니다. 밝은 얼굴로 인사 잘하는 어린이, 선생님과 함께 즐겁게 배우는 어린이, 친구와 사이좋은 어린이들이 주인인 우리 학교는 역사와 전통을 이어가며 미래를 준비하는 인재들이 있는 곳이라 더 뿌듯합니다.

그런 우리 학교의 착한 어린이들에게 꿈을 전하는 시간에 무슨 말을 해 줄까 생각하다가 미국의 40대 대통령 레이건의 '자기 일은 스스로 결정'하라는 연설이 기억에 남아서 그 이야기를 들려주었습니다.

레이건이 중학교 2학년 때 신던 구두가 낡아 새 구두를 맞추러 구둣가게에 들렀습니다. 가게 주인이 레이건의 발 치수를 재고 물었습니다.

"애야, 구두 끝을 뾰족하게 해 줄까, 둥글게 해 줄까?"

질문을 받은 레이건은 어떻게 할까 고민을 하였습니다.

"잘 모르겠는데 생각해 보고 말씀드리겠습니다."

어물쩍 미루는 사이 일주일이 흘렀고 그때까지 결정을 내리지 못한 레이건은 가게 주인에게 어물어물 넘겨버렸습니다. 구두가 다 되었다고 연락을 받은 레이건이 받아든 신발은 한쪽은 둥글고 한쪽은 뾰족한 구두였다는군요. 그 구두가 다 해질 때까지 친구의 놀림을 받은 레이건이 얻은 교훈은 '나의 일은 내가 스스로 결정해야 한다'는 것이었답니다. 그 이후로 레이건은 무슨 일에든 자기 일은 자신이 결정하고 그 결정을 성공적으로 빛내기 위해 최선을 다하였다고 합니다. 그 결과 미국의 대통령에 당선되었고 미국 국민을 위해 사는 것이 참 행복하다고 말했습니다.

행복한 미래를 준비하는 어린이 여러분!

여러분은 그런 경험이 없었나요? 남이 하니까 따라 하고, 부모님이 하라고 하니까, 선생님이 하라고 시켜서 학교에서 학원에서 남이 가르치는 공부만 하지 않았는지 생각해 봅시다. 그 공부가 과연 즐거웠을까요? 그렇지 않았을 것입니다. 안 하면 혼나니까, 시키니까 억지로 할 때가 많았을 것이고 그래서 오히려 공부가 싫고 괴로웠을 것입니다.

이제부터 여러분은 자기 일은 자신이 결정하는 사람이 되어 스스로 책을 펴 스스로 공부하는, 배움의 즐거움을 찾기를 바랍니다.

내가 스스로 결정해서 하는 일은 남이 시켜서 하는 일보다 훨씬 재미있습니다. 여러분이 스스로 행복한 미래를 꿈꾸고, 스스로 그 꿈을 이루기 위해 노력하는 즐거움을 누리기를 바랍니다.

· 3부 ·

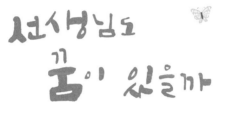
선생님도
꿈이 있을까

자유인을 꿈꾸며

　초겨울의 싸함으로 코끝이 아릿하다. 문득 발길이 멈춘 연못가, 아! 그것은 신비롭고 경이로움이었다. 며칠 전까지도 연못 속은 한 치 앞도 알 수 없는 미궁이었다. 그런데 말갛게 가라앉은 연못 속은 시리도록 수줍은 알몸이었다. 나의 놀람만치나 하늘도, 주변의 나무도 놀랐음인지 연못 속에 동그마니 앉아 있었다. 붕어, 잉어, 향어, 비단잉어, 손바닥만 한 것부터 손가락만 한 것들이 마치 이방인이 된 것처럼, 바쁘게 무리 지어 허둥대고 있었다. 속살이 드러난 것에 대한 부끄러움인지 보이는 것에 대한 두려움인지, 스치는 바람결에도 아른대는 그림자에도 화르르 흩어지는 것이었다.

　물속 깊은 곳은 떨림도 끄떡도 없으리라 했었는데, 이곳저곳 여유로울 그들도 인간군상과 다를 바 없음이라. 영악하게 살아야 잘 사는 것이 되는 세상, 스스럼없이 주고받던 농담도 독이 되는 세상, 거기가 여기이고 여기가 거기인 것 같다.

오랜만에 접어두었던 책을 펼쳐 들었다. 나는 이 책을 15년 전 대학 시절에 접했다.

검은색 표지에 얇은 책 한 권, 크리슈나무르티의 《자유인이 되기 위하여》. 어떤 경로로 그 책이 나한테 왔는지 기억은 나지 않지만 폼나게 며칠을 들고 다녔던 기억이 난다. 아마도 서너 줄 읽었는지 서너 장 읽었는지……. 그러다가 까맣게 잊고 있었는데 문득 오늘 자유인을 향한 열망으로 이 책을 다시 만나고 싶어졌다.

먼 곳에 둔 깊은 시선과 편안하고 온화한 모습을 대하자니 마음이 편안해지긴 했지만 그래도 쉽게 책을 열 수가 없음은 제목이 주는 무게 때문이리라.

그동안 가까이해왔던 소설, 시, 수필의 경우 한 장 한 장을 설렘과 기대와 기쁨으로 빠져들 수가 있었다. 그런데 이 책은, 한 페이지를 읽고 다른 페이지를 대하는 순간의 그 모호함과 생경함이라니. 빠져들려고 노력하면 할수록 언저리에서 맴돌 뿐이었다. 말 그대로 자유인이 된다는 것이 이렇게 힘든 작업인지, 너무나 많은 삶의 문제들에 대해 나의 머리가 둔감해져 버린 것인지, 아니면 자유를 열망하면서도 자유가 생소하여 두려움을 느꼈는지도 모른다.

아무튼, 며칠을 쉬엄쉬엄 읽어가면서 고개를 끄덕이게도 되었고, 책을 손에서 놓고 멍하니 상념에 잠기기도 했다. 아등바등, 헐레벌떡, 치열하게 살면서도 막상 돌아보니 뚜렷이 '이거다!' 할 수 있는 흔적이 없었다. 아니 흔적을 더듬으려 하는 자체가 삶의 오류임을 어렴풋이나마 깨달을 수 있었다.

그동안 나는 나를 옭아매고 있는 현실, 즉 남편, 자식, 집안일, 명예, 직업, 돈, 잡다한 일상들을 불만과 짜증과 고통으로 받아들였다.

말 잘 듣고 내 뜻대로 할 수 있는 남편이었으면, 공부 잘하고 건강하고 참하고 당당한 아이들이었으면, 직장에서는 능력을 인정받는 사람이었으면, 잡다한 집안일에서 좀 벗어났으면, 돈을 풍족하게 쓰고도 남는 여유가 생겼으면, 이러한 것들이 늘 내가 바라고 원해왔던 것들이었다. 단 한 번도 만족스럽게 기쁨을 누려보지 못함을 불행해 했지 나 자신을 알아보려고 했던 적은 단 한 번도 없었다. 내가 아닌 내 주변 세계가 나를 억압하고, 힘들게 하고, 고통스럽게 하는 것으로 생각해왔기 때문이다.

현자 크리슈나무르티는 "우리들은 평화, 행복, 현실, 신 또는 무엇이거나 간에 그것을 어느 다른 사람이 우리들에게 줄 수 있는지 정말로 진지하고 심각하게 우리 자신에게 스스로 물어봐야 할 계기에 이르렀다"고 말했다.

그렇다. 내가 가진 끝없는 추구, 갈망, 욕망에 대해서 정말 만족하게 해 줄 사람이 누구인지를 생각해 보건대, 그건 남편도 아니고, 자식도 아니고, 타인도, 돈도 아니었다. 내가 원하는 모든 것, 만족과 기쁨에서부터 불평과 고통까지도 나의 마음에서부터 비롯된 것이고, 나를 알지 못함에서 기인한다는 것을 깨달을 수 있었다.

　"내가 나 자신을 이해하지 못하는 한 나는 사고를 위한 바탕을 가지고 있지 못하고 나의 모든 추구는 허사가 되리라는 것"
　너무나 가슴에 다가오는 말이었다. 여태까지 내가 가진 불만의 근원은 주변 세계의 부조화에 있다고 여겨왔다. 나의 뜻에 따라주지 않고 나를 불만스럽게 하는 내 가족, 친구, 이웃 때문이라고 치부하며 나를 위로해온 것에 불과했다. 내가 남에게 미쳤을 영향이라든지 그들에게 준 고통 따위에 대해서는 알려고도, 또 있다고도 인정하지 않았다. 너무나 큰 모순이었다.
　나 자신의 깊숙한 곳에 자리한 이 모순된 사고방식을 왜 한 번도 들추어 보려 하지 않았을까? 나는 내 가족에게 어떤 사람이었을까? 끝없이 주었다고 생각하며 준 만큼 내게 되돌아오지 않는다고 더 많이 받기를 기대했던 그것이 정말 사랑이었을까? 사랑이라는 이름하에 그들에게 끝없이 요구했고, 나의 잣대에 맞추어 질타하고, 나의 희생을 강조하며 그들을 들볶아대었다.
　남들에게는 또 가치 있는 사람이었을까? 진실로 사람을 대했기보다는 허위와 가식으로 마음을 드러내지 않는 적당한 위치에서 그들과 교유했고, 나보다 나은 사람을 적당히 시기하고 흘끔거렸으며, 남의 허물을 들추어 교묘히 씹어댔다.
　일에서는 노력과 행동보다는 말로 대충 해결하려 했고 물질적 가치를 정신적 가치의 위에다 두고 끝없이 부족해 했다.

"하지만 우리들 자신을 안다는 것 – 그것은 우리들이 전혀 원하지 않는 바이다. 그러면서 우리가 무엇을 세울 유일한 기초가 그것이기도 하다. 세울 수 있기 전에, 변형시킬 수 있기 전에, 비난하거나 파괴할 수 있기 전에, 우리는 자신이 무엇인지를 먼저 알아야 한다. 만일 우리가 옹졸하고, 질투하고, 탐욕스럽고 허세를 부린다면 – 우리 주변에 창조하는 것이 바로 그러하고 우리가 살아가는 사회가 바로 그러할 터이다."

나 자신을 안다는 것은 참으로 부끄럽고 무서웠다. 인정하고 싶지 않지만, 속속들이 헤집어서 들추어 놓고 보니 문제는 바로 '나'였다. 내가 창조한 나의 가정이었고, 내 일터였고, 내 이웃들이었다. 앞으로 나는 나와 직접 맺어지는 관계에서, 그리고 주변에서 내가 중심이 된 조그마한 변화를 꾀해 볼 작정이다. 얼마만큼 생각하고 행동으로 실천할지, 지극히 어려운 일이겠지만 나 자신을 매일 돌이켜 경험해 보려 한다.

그동안 나를 옭아맨 욕심, 집착, 질투, 경쟁에서 좀 더 자유로워지려 한다. 동산의 연못 속에 비친 구름 한 조각이나, 실이 끊어져 바람 따라 이리저리 날고 있는 연의 자유와는 비교할 수 없겠지만 많은 것을 비운 마음으로 자유로워 볼 일이다.

휘도는 물길 하나 품어 보고 싶은 연못 속 물고기의 꿈이 꿈으로 끝나지 않기를 바라는 마음으로…….

우리들은 평화, 행복, 현실,
신 또는 무엇이거나 간에
그것을 어느 다른 사람이
우리들에게 줄 수 있는지
정말로 진지하고 심각하게
우리 자신에게 스스로
물어봐야 할
계기에 이르렀다

크리슈나무르티

귀 무덤을 보고

　몇 년 전 여름, 가까운 지인들과 일본 간사이 지방(오사카, 교토, 나라, 고베)을 여행하게 되었습니다. 일본이라는 나라에 대해서는 우리 조상들이 겪어야 했던 고통과 더불어 역사 왜곡이라는 솔직하지 못한 그들의 국민성 때문에 고운 감정일 수가 없었지요. 다만 관광의 목적보다는 지인들과 함께 보내게 될 소중한 시간에 더 큰 의미를 두고서 떠났기에 가벼운 마음으로 여행할 수가 있었습니다. 그런데 귀 무덤이 그곳에 있었습니다. 그곳에 서는 순간, 귀 무덤이 어떤 곳인지를 듣는 순간 모두의 눈빛은 싸하게 얼어붙었고 마음은 납덩이처럼 무거워졌습니다.

　언젠가 역사를 공부할 때 들은 적이 있었던 것 같기도 했습니다. 그곳 귀 무덤은 바로 우리가 몰라서는 안 되는 곳, 잊혀서는 안 될, 그렇지만 잊혀가고 있는 서럽고 뼈아픈 역사의 한 모퉁이였기 때문입니다.

　그날 수첩에 적어두었던 생각들을 볼 때마다 마음이 아팠습니다. 잊기에도, 묻어두기에도, 모른척하기에도 내 마음이 편치 않아 그날, 그곳에서 수첩에 적어두었던 단상을 끄집어내 봅니다.

교토에서 임진왜란의 원흉 도요토미 히데요시를 기념하는 도요쿠니 신사를 곱지 않은 시선으로 일별하고 나니, 몇 걸음 걸으면 길 건너 초라하면서도 소박한 커다란 무덤이 있었습니다. 이 무덤이 바로 귀 무덤이라고 했습니다. 아이러니하게도 바로 길 건너에는 웅장하고 화려한 도요쿠니 신사가 턱 버티고 있었습니다.

임진왜란 당시 일본군은 전쟁의 결과를 보고하기 위해 조선인의 목을 베어 본국으로 보냈다고 합니다. 하지만 목의 수가 늘어남에 따라 번거로워진 일본군이 아예 귀나 코만 잘라 소금에 절여 도요토미 히데요시에게 헌상했으며, 도요토미 히데요시는 이것들을 전리품으로 기뻐하며 마차에 싣고 전국을 순회했고 이후 이곳에 무덤을 만들어 승리를 기념했다고 하더군요. 그리고 이 무덤에 묻힌 원혼들의 수에 대해서는 여러 가지 설이 있는데 약 3,000~20,000명 정도가 된다고 관광을 안내하는 아가씨가 한결 고무된 목소리로 말하였습니다.

가벼운 바람이 불었습니다. 안개 낀 듯 뿌옇게 흐려오던 하늘에 비도 내렸습니다. 흐느끼듯 슬픈 몸짓이었습니다. 후덥지근한 날이었음에도 등줄기를 타고 내리던 땀은 눈물처럼 싸늘했습니다.

안내원이 덧붙였습니다. 이곳에는 꽃이 지지 않는 곳으로도 유명한데 교토에 사는 어느 교민이 일 년 내내 번갈아 가며 꽃을 바꿔주고 있다고 했습니다. 울컥 목이 메어왔습니다.

조국의 푸른 바다에서, 정겨운 산하에서 젊은 피 흘리며 죽어간 그들의 함성이 아스라이 들려오는 듯 눈앞이 흐려지더군요. 죽어서도 도륙당한 그들의 원혼 앞에서 무어라 할 말이 없었습니다. 바다 건너 원수의 땅에서, 육신을 도륙해간 원흉 도요토미 히데요시의 신사를 앞에 두고 서러운 영혼들은 한시인들 편히 잠들 수 있었을까요. 차마 고개 들지 못할 부끄러움이었습니다.

역사교과서에 그것도 몇 줄이 고작인 귀 무덤의 역사가 이렇게 참담하게 다가올 줄 몰랐습니다. 이곳에 있어서는 안 될 일이라는 생각이 들었습니다. 그저 관광기념물의 의미로 지나치기에는 너무 가슴이 아팠습니다.

전란 하에 빚어졌던 잔인한 역사의 참상, 우리 조상의 수난이 우리 땅에서 역사의 유훈으로 고스란히 남겨져야 한다고 생각했습니다. 의식 있는 일본인들은 귀 무덤을 보면서 자기네 조상이 저지른 만행을 알고 있겠지요. 속죄하는 마음으로 참배하는 사람도 있을 것입니다.

그러나 정작 기억해야 할 우리는 잊고 있었습니다. 아니 모르고 있었습니다.

어떻게 해야 할시요. 어머니 나라, 내 나라, 내 조국의 푸른 산하에서 남겨진 육신의 끝을 붙잡아 온전한 영혼으로 잠들기를 얼마나 고대하고 있을까요.

우리가 해야 할 일이라는 생각을 해 봅니다. 그리고 고스란히 우리 아이들에게 이야기하고 물려주어서 결코 잊게 해서는 안 될 아픈 역사의 유훈으로 기억되게 해야 할 것입니다.

'기억하는 것만이 역사가 아니라 잊는 것도 역사다.'라고 혹자는 말하더군요. 그렇습니다. 변화가 일상인 시대에 우리는 때론 기억하고 때론 잊어가며 살고 있습니다. 그렇지만 귀 무덤의 역사가 우리에게 전하는 말 없는 교훈에서 우리는, 우리가 기억해야 할 너무도 분명한 이유를 찾을 수가 있을 것입니다.

떨어지지 않는 발걸음을 옮기며 나직이 읊조려 보았습니다. 부끄럽고, 죄송하다고, 편히 잠드시라고, 그리고 기억하고 전하겠노라고……

즐거움과
외로움을 찾아서

한 달이 넘는 긴 연수를 받게 되었다.

50년을 넘게 살아온 삶의 패턴을 한 달 동안 바꾸어 본다는 것에 대해 어떤 설렘과 기대, 두려움이 뒤섞인 묘한 감정으로 집을 나섰다.

아침마다 출근하던 학교, 퇴근 후 집, 매일 하던 요가, 가족의 식사준비, 청소, 빨래, 장보기……. 셀 수 없이 많았던 내 몫이라 여겼던 일들을 오늘부로 휴업하는 것이다. 그동안 짧게는 하루에서 이틀, 길게는 나흘이나 닷새 정도 떠나 있었던 적이 있지만, 이렇게 오랜 기간 떨어져 있기는 처음이었다. 이참에 마음도 몸도 완전히 비우고 혼자가 되어 보기로 했다.

독야청청 홀로 외로워 보는 것.

나는 누구일까? 나에 대해 깊이 성찰하고 나의 정체성을 고민해 보는 것이 목표라면 목표다.

며칠에 걸쳐서 짐을 쌌다. 옷을 싸고, 화장품도 넣었다. 신발, 책, 필기구, 먹던 약……. 사람이 살아가는 데 필요한 것들이 이렇게 많을 줄 몰랐다. 다 쌌다고 돌아서면 또 이것도 필요한 것 같아 다시 챙겨 넣기를 몇 번이나 반복했다. 마지막으로 차 몇 가지와 다기, 물병까지 넣으니 커다란 캐리어가 가득 찼다. 그뿐이랴 튼튼한 에코백 하나에 커다란 숄더백까지…….

　주르륵 세워놓고 보니 해도 너무 했다는 생각이 든다. 옷장과 신발장을 통째로 갖고 가는 수준이다. 무소유의 삶을 실천하고자 했던 법정 스님이 보았다면 아마도 혀를 끌끌 차시고도 남을 일이다. 월든의 호숫가에서 최소한의 것으로 살아가는 삶을 선택했던 소로가 보았다면 또 뭐라고 했을까.

　쓴웃음을 짓고 다시 짐을 풀었다. 세끼 밥도 준다 하고, 잠자리도 제공된다 하니 꼭 있어야 할 것만 챙겨보자.

　추리고 추려서 챙긴 것은 속옷 세 벌, 겉옷 종류별로 세 벌, 운동복, 실내복, 신발은 구두, 운동화, 실내용 슬리퍼 해서 세 켤레, 신고 갈 운동화 빼니 두 켤레, 세면도구, 텀블러, 물병, 컵, 차, 수건 두 개, 화장품, 책 세 권(故 신영복 선생님 강의, 철학자와 하녀, 사피엔스)으로 캐리어 하나만 가득 채우고 정리를 끝내기로 했다. 그래도 짐이 많은 것 같았지만, 도저히 욕심을 버릴 수가 없다. 그곳에서 사교생활을 할 것은 아니지만 다른 사람보다 추레해지면 좀 그럴 테니 기본은 해야지 뭐.

며칠 전부터 사소한 언쟁으로 분위기가 냉각되어 말도 않고 지내던 남편에게는 다녀오겠단 말도 없이 싸늘한 등을 보이며 집채만 한 캐리어를 질질 끌고 집을 나섰다.

　홀가분했다.

　마음을 꽉 누르고 있던 무거운 바위 하나가 데구루루 굴러 멀어져갔다. 집이 빨리 시야에서 사라지게 하려고 고개도 돌리지 않고 서둘러 차를 타고 청주로 향했다.

　왜 이토록 집을 벗어나고 싶었을까.

　누군가 내 소원이 뭐냐고 물어 온다면 나는 단연코 독립이라고 대답할 것이다. 집으로부터의 독립, 사람으로부터 독립이다. 공식적으로 인정된 한 달간의 외유가 기대만큼의 결과로 만족스러울지는 모르지만, 아무튼 지금 기분은 최상이니 그것만으로도 충분하다.

　차창 밖으로 스치는 5월의 풍경이 싱그럽다. 연둣빛이던 이파리들이 초록색으로 짙어지고 있고 산언덕에는 찔레꽃이 막 피어나고 있었다. 먼 길 함께 가자고 고마운 제의를 해 주신 분과 고민 끝에 함께 차를 타게 되었다. 굳이 각자 차를 가지고 가는 것도 낭비라는 생각도 들기도 했고 너무 먼 길이라 걱정도 되고 해서 함께 가게 된 것이다.

　출장지에서 두어 번 뵌 분이라 조금 어색하기는 했지만, 교직의 길을 동행하고 있는 탓에 이런 이야기 저런 이야기로 어색함을 줄일 수 있었다.

잠시 내비게이션의 안내를 놓쳐 청주 IC를 지나쳤고, 목천까지 갔다가 되돌아오는 바람에 30분가량 늦어졌다. 어쨌거나 혼자만의 외출은 아무튼 시작되었다.

점심, 등록, 강의실에서 네 시간의 강의를 마치고 숙소 아래 식당에서 이른 저녁을 해결하니 오후 여섯 시였다. 그제야 짐을 들고 숙소에 들어갈 수 있었다. 1인용 침대, 책상, 의자, 조그만 장, 옷장 하나, 화장실이 있는 혼자 있기에 딱 좋은 방이다. 한 달 동안 나만을 위한 공간이다.

"아! 좋다. 좋다"를 되뇌며 침대에 벌러덩 누워 보았다. 편안하고 아늑했다. 뭐라 말할 수 없는 감정이 울컥 목 밑까지 치밀어 올라왔다.

'그동안 많이 참았다. 고생했다. 지치고 힘들었지? 쉬자. 쉬자. 정말 다 내려놓자.'

조용히 나를 다독여 주었다.

짐을 풀었다. 옷을 걸고, 신발을 정리하고, 화장품 파우치를 책장에 나란히 얹어놓고, 가져온 서너 가지의 차와 물병, 컵을 정리해두고 보온병에 따뜻한 물을 받아와 과일 홍차를 여유롭게 음미했다.

창문을 열어 보니 일렁이는 숲과 숲 사이 오솔길이 눈 아래 펼쳐져 한눈에 들어온다. 완전히 저물지 않은 해의 기운이 가볍게 흔들리는 나뭇잎에서 노닐고 있었다. 이렇게 여유롭게 주변을 바라본 것이 언제이던가? 이렇게 편안하게 아무것도 하지 않고 혼자서 차를 마신 적이 언제였는지……. 나를 위한 산책과 사색의 시간은 가져본 지 오래다.

그동안 너무 많은 것을 잃어버린 것 같아 갑자기 마음이 조급해졌다. 가볍게 운동복으로 갈아입고 오솔길로 향했다. 내가 그동안 잃어버린 것을 저 숲과 오솔길이 알려줄 것이라 기대하면서…….

숲 속 오솔길 길섶에는 비비추가 무성하고 하얀 데이지, 보라색과 노란색 붓꽃이 하늘거리고 있었다. 소나무, 참나무 사이에 서 있는 후박나무 커다란 잎은 잔잔한 바람에 저 홀로 나부끼고 있었다. 연하고 부드러운 연녹색이 어제 몹시 내린 비바람에 씻겨 새색시 해맑은 얼굴처럼 사랑스럽다. 화려한 꽃 피우지 않아도 그 이파리의 섬세한 흔들림만으로도 충분히 경이로울 수 있다는 것을 새삼 실감한다.

'홀로움'이라는 말이 갑자기 생각났다.

황동규 시인이 홀로도 즐거움을 느껴 '홀로움'이라는 말을 만들었다고 한다. 나는 거기다가 한 가지 더 보태려 한다. '홀로 외로움도 홀로움'이라고. 홀로 외로움과 홀로 즐거움인 홀로움으로 나는 오늘 밤 오랫동안 들어보지 못한 나의 호흡, 핏줄을 지나는 뜨거운 피의 흐름도 들어보리라.

사람들은 너무 많은 것들과 관계를 맺고 살아가야 하는 존재이지만 가끔은 이렇게 홀로이고 싶을 때가 있는 것이다. 오늘 나처럼 이렇게 간절히.

불교의 경전《숫타니파타》에는 '무소의 뿔처럼 혼자서 가라'는 구절이 나온다. 사람은 결국 홀로이다가 풀처럼 나무처럼 들꽃처럼 흔적 없이 사라지는 존재가 아닌가. '홀로움'을 즐기는 사람은 '여럿이 어울림'도 즐길 수 있지 않을까 생각하며 숲길을 벗어났다.

홀로움을 홀로움답게 해 줄 나만의 방을 향하여 낮을 빛내며 걸었다.

선생님도 꿈이 있단다

　'꿈'은 사전에, '잠자는 동안에 깨어있을 때와 마찬가지로 여러 가지 사물을 보고 듣는 정신 현상'이라고 풀이되어 있습니다. 또는 그 비유적 해석으로, '실현하고 싶은 희망이나 이상', '실현될 가능성이 아주 적거나 전혀 없는 헛된 기대나 생각'으로 풀이하고 있습니다.

　학교에서는 꿈이라는 말을 많이 사용합니다. 그 꿈은 다름 아닌 실현하고 싶은 희망이나 이상을 말하는 것이지요. 대부분 학교 비전에도 꿈에 대한 언급을 많이 합니다. 꿈을 키우는 학교, 꿈에 날개를 달아 주는 학교, 꿈을 키우는 행복한 학교…….

　우리 학교의 월요일 아침 조회는 아이들의 꿈 발표로 시작합니다. 1학년부터 6학년까지 자신의 이상이나 희망인 꿈에 대해서 생각한 것을 글로 적고 방송실에서 전교생 앞에 당당히 자신의 꿈을 말하는 것입니다.

아이들의 꿈은 되고 싶은 것을 말하는 수준이지만, 되고 싶은 것을 통해서 하고 싶은 희망, 이상이 포함되어 있음을 짐작할 수 있습니다.

첫해에는 운동선수, 연예인, 선생님, 의사, 화가……. 되고 싶은 직업을 발표하는 정도였지만 그다음 해부터는 자신이 꼭 하고 싶은 것을 중심으로 발표도 하고, 자신이 하고 싶은 것을 하기 위해서 현재는 무엇을 하고 있는지도 발표하고 있습니다. 자신이 그린 그림을 보여주기도 하고, 태권도를 해 보기도 하고, 뮤지컬 배우가 꿈인 학생은 자신이 배운 춤을 춰 보기도 합니다. 조금씩이나마 서툰 걸음으로 자신의 꿈과 진로에 대해 생각해 가는 모습, 꿈을 실현하기 위해 노력하는 모습이 참 예쁩니다.

그다음은 우리 학교 선생님의 꿈에 대해 발표하는 시간입니다. 5월 어느 월요일 아침 3학년 담임선생님의 꿈 발표는 무척 인상 깊었습니다.

어릴 때부터 그림 그리기를 좋아했고, 작은 인형을 직접 만들기도 하고 손뜨개, 수예 등에 아주 재주가 많았다는 말씀과 함께 어릴 적부터 소중히 간직해온 꿈을 이야기하였습니다.

선생님은 그림책을 만들어 아이들에게 꿈과 희망을 심어주고 싶었다고 했습니다. 앤서니 브라운처럼 그림책을 만드는 작가가 될 것이라고 자신 있게 말했습니다. 그 꿈을 위해서 선생이 되었고 해마다 예쁜 아이들과 있었던 소중한 이야기들을 그림과 함께 알록달록 펴내는 것이 소망이라고 웃으면서 이야기했습니다. 그래서 매일 매일 학급에서 있었던 일들을 기록하고 그림으로 남겨 놓기도 한다는 이야기를 아이들이 이해하기 쉽게 들려주었습니다.

평소 교실에 그 선생님과 아이들이 힘을 합해 꾸며 놓은 교실이 아주 알찬 것을 보고 그 실력을 짐작하고는 있었습니다. 평소에도 그 교실을 들여다보면 곳곳에 선생님과 아이들의 상상력과 창의력이 알알이 열매 맺힌 것을 보아왔으며, 특히 아이들의 교육활동 실적물이 체계적으로 정리되어 있고, 언제고 배운 내용을 반복하고 알아챌 수 있도록 의도적으로 구성해 놓은 것을 볼 때마다 선생님의 역량을 칭찬하곤 했습니다.

선생님의 꿈이 참 신선하게 다가온 이유는 무엇이었을까요?

우리 어른들은 꿈에 관해 이야기하지 않고 살았습니다. 우리는 늘 아이들에게만 꿈을 묻고 살았습니다. 어른들은 인생을 다 산 듯이 꿈은 아이들만 꿀 수 있는 것처럼 생각하면서 살았나 봅니다.

"선생님은 꿈이 있으세요?"

누가 나에게 묻는다면 나는 무어라 대답할 수 있을까요. 그동안 나는 꿈이 없는 사람처럼 꿈을 잊고 살았지요. 고작 꿈이라고 해 보아야 언제 더 넓은 평수의 아파트로 이사 가나. 아우디, 페

라리 정도의 승용차로 바꿔볼 수나 있을까. 심지어 명품백을 사는 것이 꿈이었다고 했을 수도 있었을지 모릅니다.

언제 물 쓰듯 쓰고도 남는 풍족한 재력을 가져 팍팍 베풀고 사나? 아들딸이 대학을 가기 전에는 좋은 대학에 가는 것이 꿈이었고, 대학 졸업반이 된 지금은 자나 깨나 직장에 취직하고 좋은 배우자 만나 행복해지는 것이 꿈이었다면 꿈이었습니다. 이런 보잘것없는 생각으로 좋은 시절 보내고 있었습니다.

늘 나는 무언가가 부족했고, 무엇하나 만족스러울 게 없는 지질한 인생을 자초하며 살았나 봅니다. 살다 보니 그게 아닌데, 우리는 아직 꿈꿀 수 있는 나이인데…….

그날 아침 선생님의 확신에 찬 꿈 이야기를 들으며 나는 참 부끄러웠습니다. 아니 부러웠습니다. 이제 30대 초반의 어머니가 될 준비를 하는 그 선생님은 분명 곧 자신이 하고 싶은 일을 이룰 것이고 그다음에는 더 날개를 달고 날아오를 것이기 때문이었습니다.

나도 꿈이 있었는데, 이룰 수 없을 것이라 미리 짐작하고서 포기하고 있었습니다. 작가가 되어서 책을 펴내고, 나의 책을 읽는 사람들에게 꿈과 희망을 주는 것이 나의 꿈이었는데…….

참 좋은 우리 학교 선생님들, 꽃들이 팝콘처럼 터지는 봄날에 만났는데 벌써 진초록 잎들이 기름지게 살진 6월입니다. 이렇게 좋은 날에, 이렇게 좋은 학교에서 우리 모두 가치 있는 장래희망하나 건져보시지 않겠습니까?

장밋빛 인생은 '생각'에서 비롯되는 것,
자 지금! 바로 시작해 봅시다. 잊고 살았던 선생님의 꿈을 위해 마음속 옹달샘에서 퐁퐁 희망을 퍼 올려봅시다. 교육의 별 밭에서 꿈을 퍼 올리는 일은 바로 우리가 할 일입니다. 그것이 바로 선생님부터 꿈을 가져야 하는 이유입니다.

함께 배우는 기쁨

글로벌 시대입니다. 우리 집, 우리 고장, 우리나라, 세계, 우주로 무대가 확장되고 우리 어린이들은 세계로 미래로 뻗어 나갈 창의적인 인재로 자라 미래 삶을 준비해나가야 한다고 미래학자들은 말합니다.

우주라는 큰 보자기, 그 속에 지구가 담기고, 지구라는 보자기 속에 나라가 담깁니다. 지구의 한 부분을 차지하고 있는 우리나라는 예로부터 동방의 예의 바른 나라, 세계적으로도 걸출한 인재의 나라였으며, 널리 인간을 이롭게 하는 홍익인간의 정신을 실천하고 학문과 예의를 중시하는 선비의 나라였습니다.

2015 개정 교육과정에는 2017년부터 5, 6학년 실과시간을 통해 소프트웨어 교육이 이루어지도록 하였습니다. 그래서 우리 학교에서는 다른 학교에 앞서서 2015년 3월 1일부터 2017년 2월 28일까지 소프트웨어 교육 정책 연구를 하게 되었습니다. 시범

연구를 통해 운영한 결과를 일반화하고 파급하기 위해서입니다.

　일찍부터 우리나라는 IT 교육의 중요성에 대해 인식하였고 그 결과로 IT 강국의 명성을 떨치고 있는 것은 익히 아는 사실입니다. 인터넷 보급률, 스마트폰 보급률도 세계적으로 높은 수준이며 차세대 사물 인터넷과 인공지능개발에도 우리나라 인재들의 역량이 아주 우수합니다.

　인터넷 속 무궁무진한 정보의 활용능력과 스마트폰 활용능력은 초등학교 어린 학생들조차도 아주 높은 수준에 이르렀습니다. 우리는 이제 단순히 디지털 기기를 통하여 정보를 활용하는 능력뿐만 아니라 스스로 사물을 만들어 나가는 지식기반 컴퓨팅 사고력을 심어줄 단계에 이르렀다고 할 수 있겠습니다.

　그동안 우리 학교에서는 앞으로 빠르게 세상을 점령할 소프트웨어 중심 사회(지능정보 사회)를 준비할 아이들을 위해 1, 2학년은 놀이 속에서 문제를 해결하는 과정을 찾게 했습니다. 3, 4학년은 문제를 분해하는 알고리즘을 이해하도록 교육했고, 5, 6학년에게는 프로그램 코딩을 가르쳤습니다. 이처럼 학년단계에 맞는 소프트웨어 교육을 통해 우리 아이들의 컴퓨팅 사고력을 신장시키기 위해 노력해 왔습니다.

　주변의 실생활에서 문제를 발견하고 알고리즘과 프로그래밍을 체험하면서 컴퓨터처럼 사고하는 능력과 정보윤리를 스스로 발견해 가도록 바탕을 마련하고 안내해 주는 역할을 위해 선생님이 먼저 배우고 공부하고 있습니다.

요즘의 아이들은 세상의 변화에 적응하는 능력이 참 남다릅니다. 선생님이 한두 가지를 익히고 배워 가르치면 아이들은 서너 단계를 훌쩍 뛰어넘어 깨우치고 적용까지 합니다. 과학의 발달과 변화에 능동적인 사회적 시스템을 태어날 때부터 받아들일 수밖에 없는 환경에서 자라고 있는 효과라 생각합니다.

어느 미래학자는 '모든 것은 변한다. 변하지 않는 것이 있다면 모든 것은 변한다는 사실 바로 그것이다'라고 했습니다. 자고 깨면 변화하는 사회에서 인간이 인간답게 살아갈 수 있는 유일한 길은 배움이라고 하겠습니다.

사실 나는 소프트웨어 교육 연구학교를 운영하는 학교에서 근무하면서도 '내가 그거를 배워서 뭐하노? 나는 도대체 그리 어려운 것을 모를뿐더러 배우고 싶지도 않다'라는 생각으로 외면해 왔습니다. 당연히 어려울 것이다, 이해하기가 이 나이에 쉽지 않을 것이다, 하는 선입견을 앞세웠고 귀를 닫고 눈을 닫게 되었습니다. 그러다가 가끔 아이들이 하는 활동을 어깨너머로 보고 어찌할 수 없이 연수에 참여하면서 조금씩 귀가 열렸고 눈이 열리는 경험을 하게 되었습니다. 배운다는 것은 필요가 있어서 배우는 것이 아니라 앎 그 자체를 위한 것이라는 사실을 깨우치게 되었습니다.

또한 배움에 있어서는 즐거움이 앞서야 합니다. 배우고 싶어서 배우는 것은 쉽게 이해가 되고 오래도록 잊히지 않으며 견고한 가지를 쳐 더욱 튼튼한 배움이 이루어집니다.

소프트웨어 교육은 세계의 변화를 주도할 새로운 영역이며, 컴퓨터와 인공지능을 이해하고 다룰 수 있는 컴퓨팅 사고력을 갖는다는 것은 매력적입니다. 그래서 어린아이뿐만 아니라 어른들도 배우는, 평생교육의 차원에서 교육이 이루어져야겠다는 생각을 하게 되었습니다.

나는 감히 생각해 볼 수 없었던 알고리즘과 코딩교육, 그리고 컴퓨팅 사고력에 대해 배우면서 배움은 때가 있는 것이 아니라 평생에 걸쳐서 배워야 한다는 생각을 해 보게 되었습니다. 세상을 살아온 경험, 인문학적 지성, 물 흐르듯 유연한 감성과 소프트웨어 교육이 결합 되어야만 인류의 미래가 더 밝아질 수 있다는 생각에서입니다.

춘추전국시대의 악사樂師 '사광'은 나이 일흔이 넘은 주군이 '이 나이에 배운다는 것이 가可한 일이겠는가?' 하고 묻자 다음과 같이 답했다고 합니다.

어려서 학문을 좋아함은 떠오르는 햇빛과 같고(소이호학 여일출지양少而好學 如日出之陽), 젊어서 학문을 좋아함은 한낮의 햇빛과 같으며(장이호학 여일중지광將而好學 如日中之光), 늙어서 학문을 좋아함은 저녁에 촛불을 밝히는 것과 같으니(노이호학 여병촉지명老而好學 如炳燭之

^明) 촛불을 밝히면 밝은데 어둠 속 을 다닐 까닭이 없다(병촉지명
숙여매행호_{炳燭之明 孰與昧行呼}).

앎이 인간의 삶에 미치는 영향을 해에 비유했습니다. 아침 떠
오르는 햇빛은 만물을 깨어나게 합니다. 소년이 앎을 추구하는
것은 어둠을 몰아내고 찬란히 떠오르는 햇빛과 같고, 청년이 앎
을 이어가는 것은 한낮을 비추어 만물을 생동케 하는 뜨거운 햇
볕과 같으며, 노인이 배움을 놓지 않는 것은 자신을 태우는 초
의 불빛과 같다는 것입니다. 세대를 아우르고 어둠을 앞서 밝혀
주는 것은 노년의 배움이라는 말이 인상 깊습니다. 공부에는 때
가 있다고 하지만 이는 젊어서 공부해야 함을 일컫는 말이 아니
라 무릇 햇빛도 때에 따라 그 빛이 다르고 의미가 다르듯이 공부
또한 젊고 늙음에 따라 목적과 의미가 다를 뿐 그 중요함은 다르
지 않다는 의미가 되겠지요.

"학이시습지_{學而時習之}면 불역열호_{不亦悅乎}.'(배우고 때로 익히면 기쁘지
아니한가?)

논어의 첫머리에 나오는 공자의 말씀입니다. 배운다는 것은 미
지의 세계에 도전하는 것입니다. 우리는 배움을 통해서 새로운
시각과 통찰력을 갖게 됩니다. 살아가는 의미를 찾아내려면 즐
거운 마음으로 배움을 일상화해야 합니다. 배우고 익히는 그 기
쁨은 체험해 보지 못한 사람은 알 수가 없는 세상 이야기입니다.

사람이라면 죽는 그 순간까지 배우고 익힘으로써 새롭게 깨어나 즐거움을 찾아야 합니다.

우리에게 생소한 소프트웨어 교육이든, 인문학이든 모두 촛불을 밝히고 배워 보아야 할 일입니다.

100세 시대에서 앞으로 120시대까지 온다는데 배움이 없어 어둠 속을 걸어야 한다면 그 아니 답답하겠는지요. 배움의 즐거움도 누리고 밝음 속에서 눈을 뜨고 다닐 수 있게 배움의 즐거움을 함께 누려봄이 어떠할지요.

어린이 임원 선거와
국회의원 선거

오늘은 전교 어린이 임원 선출이 있는 날입니다.

도서관에는 서른 명 남짓의 유권자들과 5명의 후보가 맑은 눈망울로 진지하면서도 약간 긴장된 표정으로 앉아 있었습니다.

어린이 후보자의 연설, 선거공약은 어디서든 누구든 거의 같습니다. 청결한 학교를 위해서 쓰레기를 보는 대로 줍겠다는 공약, 학교폭력을 완전히 봉쇄하겠다는 공약, 책을 읽게 하고, 음악이 흐르는 학교로 만들겠다는 공약……

그중에 제법 인상 깊었던 연설은 조그맣고 차분한 목소리로 어느 부회장 후보가 밝힌 공약이었습니다. 최고가 되고 싶어 했는데 최고가 되지 못했을 때 느낀 실망감을 맛보고는, 최고가 되기 위해서가 아닌 최선을 다하는 사람이 되겠다고 하더군요. 최선을 다한 후에는 최고가 되지 못하여도 충분히 기쁠 수 있다는 그런 말이었습니다.

담당 선생님의 선거 방법 안내는 아이들의 눈높이에 맞춘 안내였고 민주 시민의 자질을 높여주는 유효하며 적절한 안내였습니다. 자세하고도 설득력 있었으며, 재미있었습니다.

투표소에는 선거관리 위원 5명, 후보자 5명, 기표소, 투표함이 정돈되어 있고 차례대로 공정하게, 보통·평등·비밀·직접선거 원칙을 지키며 투표가 진행되었습니다. 곧 결과가 발표될 것이고 후보자들의 희비가 엇갈리겠지요. 인생의 단맛과 쓴맛을 맛보며 한 뼘 성장하리라 생각해 봅니다.

유권자들은 소중한 한 표의 행사에 뿌듯함을 느꼈을 테고, 또한 자신의 던진 표의 향방으로 씁쓸함과 실망감도 맛보겠지요. 인생이란 마음대로 되는 것이 아니라는 것을 느낄까요?

오늘 우리는 아이들을 통해 풀뿌리 같은 민주주의 태동을 봅니다. 선거를 통해 우리 아이들은 민주주의를 실천했고 자기 생각과 판단의 소중함을 기억하게 될 것입니다. 또한 다른 사람의 의견을 경청하는 바른 인성이 싹트게 되었으리라 기대해 봅니다.

소중하고 어여쁜 아이들이 이루어낸 결과가 튼튼하고 좋은 결실을 볼 수 있도록 지도해야 하는 귀하고 훌륭한 선생님들, 선거가 끝난 후에는 이긴 사람과 진 사람이 아니라 참여에 큰 의미를 부여할 수 있는 가르침을 전하여 주십시오. 그리고 서로에게 보내주는 고운 미소, 친절한 말, 따뜻한 어루만짐으로 오늘 하루 서로에게 소중한 그 무엇이 될 수 있도록 하여 봅시다.

곧 며칠 후인 4월 13일, 제20대 국회의원선거를 위한 선거유세가 시작되었습니다. 아침 출근길 사거리 신호대 앞에는 빨간색과 파란색 옷을 입은 선거운동원들이 아침부터 90도 인사를 합니다. 세워놓은 유세 차량에서는 선거 홍보 노래가 빵빵 터졌습니다. 저분들은 음악에 맞추어 춤도 춥니다. 참 대단한 열정이라는 생각이 들었습니다. 저분들은 정말 진심으로 자신이 밀고 있는 후보를 지지하고 있을까요? 그저 하루 활동에 대한 보수를 위해 저토록 열정적일까요? 그 후보가 정말 자신이 바라는 대로 깨끗하고 소신 있고 공정하고 도덕적인 정치를 할 것이라고 믿는 것인지 슬며시 의문이 들기 시작합니다.

당선을 위해서라면 이 한 몸 죽어도 좋다는 식의 후보자의 조아림을 우리는 선거 때마다 봅니다. 선한 얼굴과 겸손한 몸짓과 조심스러운 행보는 땅이 꺼질 듯 하늘이 무너질 듯 선거유세가 끝날 때까지 계속됩니다. 그리고 상대 후보에 대한 온갖 흑색선전, 비방과 흠집 내기, 쪼잔한 말, 말, 말……. 우리 아이들이 혹시 볼까 두렵습니다.

그러다가 당선이 되고 나면 그 조아림은 어디론가 사라져 버리고 자기가 잘나서 된 것인 양 얼굴 한번 보기 힘들어집니다. 그러다가 임기가 끝나고 다음 선거기간이 되면 또 어디선가 나타나 조아림의 연기는 계속되지요.

지난번 보궐 선거 때에도 그랬습니다. 좋지 않은 일에 연루되어 온갖 매스컴에 오르내렸던 한 후보자는 비가 내리는 날이면 청승맞게 비를 쫄딱 맞으며 서서 90도 허리를 구부리며 눈물인지 빗물인지를 훔쳐가며 유세를 했고 감동한 유권자들의 지지를 얻어 국회에 입성했지요. 그리고 국회에서 하는 일이란 그 정성에 한참 못 미칩니다.

　지난밤에는 후보자의 토론이 있었습니다. 한 후보자는 말도 되지 않는 억지 주장만을 이어갔고 토론도 이해 못 하는 듯 자신의 논리적인 주장도 펴지 못하였습니다. 다 밝혀진 병역 의혹과 이념문제를 끄집어내는 등 이해 못 할 토론을 이어가더군요. 행여 우리 아이들이 보지 않을까 염려스러웠습니다. 토론은 선거 공약에 대한 상대방의 주장을 깊이 분석해 그 공약이 이루어질 가능성과 문제점에 관해 이야기하는 것임은 초등학교 어린이도 다 아는데, 그 후보자만 모르고 있는 것 같은 생각이 들었습니다. 서로가 인정할 건 인정하고 자신이 하려고 하는 일의 진실만을 이야기하는 그런 문화가 언젠가는 오긴 할지 모르겠습니다.

　잘못된 일은 깨끗하게 인정하는 태도, 정치적 소신, 지역민이 원하는 것에 대한 진지한 성찰, 당선되기 전과 당선된 후가 변함없는 모습 등이 후보자가 갖추어야 할 덕목임을 모른다면 자격이 없는 것 아닐까요.

　유권자의 태도도 마찬가지입니다. 당을 넘어 후보자의 사람됨,

능력, 공약, 정치적 소신을 보고 투표를 해야 함을 모르는 바 아닐 텐데 인물과 공약은 뒷전인 사람이 많습니다. 물론 소신 있는 후보자와 유권자도 많이 있다는 것을 알지요.

여러 선거를 하면서 불행하게도 나는 믿음을 가져본 적이 몇 번 되지 않습니다. 늘 선거에 회의감을 품었었지요. 내가 지지하고 뽑아준 사람이 당선된 적도 별로 없었던 것 같습니다. 이번에는 회의감을 가져보지 않고 믿어보려 합니다. 믿을만한 사람이 나왔다는 생각이 들어서입니다. 마음속으로 열심히 지지해 보려 합니다.

선거유세 기간 내내, 또는 선거가 끝난 후 이런 뉴스를 기대해 보았습니다. 시민이 권력을 이기고, 어눌한 진심이 화려한 언변을 이기고, 가난이 부끄럽지 않고, 자신의 생각하는 바를 표출하는 여당도 야당도 아닌 제3의 시대를 유권자가 해내고 있다는 소식을 말입니다.

제비도 학교에
공부하러 왔어요

　햇볕이 유난히 좋던 지난 4월 어느 날, 학교에 뜻밖에 반가운 제비 한 쌍이 날아들었습니다.

　높이가 낮은 별관 처마 밑에 제비 부부가 부지런히 흙과 지푸라기를 물어 나르더니 조그맣고 아담한 둥지가 완성되었습니다. 별관 건물의 계단 옆이어서 드나듦이 힘들고 건물의 높이도 낮은 위치라 무척 염려스럽기도 했지만, 학교 가족 모두는 조심스럽게 지켜보기로 하였습니다.

　곧 꿈나르미 메신저로 전 학교에 반가운 소식을 알렸습니다.

　"칠산 가족 여러분! 귀한 제비 부부가 피아노 방 근처에 둥지를 틀었습니다. 아마도, 맹모삼천지교의 맹자 어머니처럼 아기 제비의 교육을 위해 좋은 우리 학교를 택한 것 같습니다. 피아노 선율을 들으며, 지지배배 지지배배 제비 가족이 우리 학교에서 행복할 수 있게 이 좋은 소식을 우리 아이들에게 전해 주세요."

몇 년 전만 해도 따뜻한 봄날이 되면 무리 지어 찾아와 멋진 자태를 뽐내며 푸른 들판을 날아올라 먹이 사냥을 하던, 그 많았던 제비가 눈부신 개발과 발전에 밀려 요즘은 자취마저 찾기 힘들어졌습니다.

요즘 어린 친구들은 책이나 매스컴을 통해서만 볼 수 있는 정도가 되었으니 제비를 맞이한 우리는 모두 흥부가 된 듯 기뻐했습니다. 우리 학교에는 제법 큰 동산이 자리하고 있고, 그리 높지 않은 산과 들이 학교 앞뒤로 펼쳐져 있어 먹이를 구하는 데는 큰 걱정이 없을 것 같았습니다. 아이들이 드나드는 곳이라 걱정스럽긴 했지만 조금만 주의하면 될 것이라 크게 걱정하지 않았습니다. 둥지에서 교대로 알을 품고 앉아 있는 엄마 제비와 아빠 제비를 선생님들과 아이들은 먼발치에서 조심스럽게 지켜보며 응원했습니다.

그렇게 칠산 가족 모두가 숨죽이며 지켜보는 가운데 아빠 제비 엄마 제비는 부지런히 알을 품어 두 마리의 아기 제비가 탄생하였고 어엿한 제비네 가족이 되었습니다. 모두는 아기 제비의 탄생을 축하하며 손뼉을 쳤고, 화답이라도 하듯 아기 제비들은 입을 짝짝 벌려 먹이를 받아먹었습니다. 그랬는데 하루도 지나지 않아 갓 부화한 아기 제비가 둥지 밖에 떨어지는 사고를 당했습니다. 아기 제비가 부화하고 잠시 방심한 사이 아이들이 아기 제비의 모습이 신기해서인지 가까이에서 자주 들여다보고 소란을 피웠나 봅니다.

　두 번째 메신저를 날려 보냈습니다.
　"학교를 보금자리로 삼은 제비가 힘들어하고 있습니다. 추측건 대 아이들의 잦은 호기심으로 극심한 스트레스에 시달리던 어미 제비가 갓 부화한 아기를 둥지 밖으로 떨어뜨려 버렸나 봅니다. 그래서 정말 아까운, 진심으로 안타까운 작은 생명이 꽃도 피워 보지 못하고 안타깝게 스러져 버렸습니다. 아이들에게 흥부 이 야기도 해 주고, 제비가 이로운 새라는 것을 홍보해 주시고, 동 산의 벌레들을 없애줄 거라는 것과 생명의 소중함도 가르쳐 주 시기를 당부합니다. 자연의 고마움과 작은 생명의 소중함을 알고 공생하는 법을 배우는 어린이가 되어야 한다는 생각에 아이들 공간을 조금만 제비에게 양보하겠습니다. 제비집 주위에 울타리 를 쳤습니다. 그쪽에서 당분간 놀지 않도록 지도 바랍니다."

　각 학급에서는 이 안타까운 사고를 통해 "왜 아기 제비가 땅에 떨어져 죽었을까?"라는 주제로 진지한 토론이 이어졌고, 그 결과 자신들의 지나친 관심으로 아기 제비가 사고를 당했다는 결론을 내렸답니다. 학교 도서관을 찾아 흥부와 놀부 이야기책을 읽으 며, '작은 생명이라도 소중하다'는 사실을 배우는 계기도 되었다 고 합니다.

그 후로 아이들 스스로 제비집 근처에서 큰 소리를 내지 않았고, 제비집 앞을 지날 일이 있을 때는 발소리를 죽여 가며 오가는 등 대견한 행동을 보였습니다. 학교에서도 혹시 모를 사고를 대비해 제비집 주변에 울타리를 치고 바닥에는 폭신한 매트를 깔아 다시 불행한 사고가 일어나지 않게 대비해 놓았습니다.

제비가 귀하다고 해서 특별한 대우를 하라는 것은 아닙니다. 우리 학교 동산만 해도 몇 종류나 되는 새가 저마다 소리를 내며 이 나뭇가지 저 나뭇가지를 제집 삼아 날아다닙니다. 다만 제비는 사람들이 지어놓은 건물의 처마 밑을 제집으로 삼습니다. 사람과 함께 공생하자는 것이겠지요. 옛 소설《흥부전》을 이끄는 주인공이기도 한 제비는 우리에게 그만큼 친숙한 새라서 더 각별한 건지도 모르겠습니다. 제비와 사람이 서로 서툴게 다가가다 비록 안타깝게도 작은 생명 하나는 지켜내지 못했지만, 그로 인해 미숙했던 제비도 조심성 없던 사람도 생명의 소중함과 공생을 배웠으니 그나마 다행이라 위안합니다.

얼마 지나지 않아 제비 부부는 집 옆에 또 다른 집을 짓고 알을 품었습니다. 남아있는 한 마리의 아기도 잘 키우면서 또 다른 아기를 네 마리나 부화시켰습니다. 형 제비는 무럭무럭 자라 둥지를 떠났습니다. 동생 제비들도 하루가 다르게 자라고 있습니다. 빨리빨리 자라서 날씨가 추워지기 전에 먼 길 떠날 만큼 성장해야 할 텐데. 조금 걱정되긴 하지만 지혜로운 제비 부부가 잘

할 것이라 믿고 있습니다.

　오늘도 하늘을 힘차게 날아올라 지지배배 먹이를 구하는 아빠와 엄마 제비, 짹짹 입을 벌리고 기다리는 아기 제비, 그리고 재잘재잘 운동장을 가르는 아이들의 행복한 소리로 일과를 시작하는 우리 학교는 생명의 귀함과 공생을 실천하는 배움으로 모두가 행복합니다.

　'제비야, 무럭무럭 자라서 살기 좋은 강남 갔다가, 내년 봄 사월 어느 날, 아팠던 기억일랑은 잊고 행복한 기억만으로 다시 한 번 찾아와 주렴. 그때는 우리 모두 성숙한 모습으로 너희를 맞아 줄게.'

　날마다 마음으로 기도합니다. 아마도 우리 아이들도 나와 같은 마음일 것입니다.

제비야,
무럭무럭 자라서
살기 좋은 강남 갔다가,
내년 봄 사월 어느 날,
아팠던 기억일랑은 잊고
행복한 기억만으로
다시 한 번 찾아와 주렴.
그때는 우리 모두 성숙한 모습으로
너희를 맞아 줄게.

\# 제비도 학교에 공부하러 왔어요

풀과 꽃과
아이에 대하여

아침에 햇빛 고르게 퍼지는 화단, 운동장, 동산을 둘러보았습니다. 강당 뒤편 매화나무들은 꽃 떨어진 자리에 잎과 함께 열매가 동글동글 맺혔습니다. 매화나무 아래에는 온갖 풀들이 파릇파릇 자라고 있습니다. 따뜻한 햇볕의 온기에 잎들을 내맡기고 양분을 만들어내며 일 년 치의 삶을 준비하고 있습니다.

그리고 온갖 들꽃들이 저마다의 빛깔로 예쁘게 꽃 피어있었습니다. 잘 보이지 않는 낮은 곳에 민들레 꽃, 제비꽃, 냉이 꽃, 콩나물 꽃, 하얀 꽃, 노랑꽃, 보라 꽃, 작은 꽃, 큰 꽃, 이름 모를 꽃들이 봄의 동산을 수놓고 있습니다. 길모퉁이, 언덕배기 외진 곳, 풀밭에 핀 작은 들꽃이 주는 은은함은 보는 눈을 편안하게 합니다.

저 꽃들은 보는 사람 그 누군가를 위해서 핀 것이 아닙니다. 자신의 모양과 빛깔을 으스대고 뽐내기 위해서 저렇게 핀 것도 아닙니다. 주변의 다른 꽃들과 경쟁하기 위해서만도 아닙니다.

살아있기 때문에, 해야 할 일이기 때문에 꽃 피우는 것이겠지요. 예쁘고 달콤한 꽃을 피워야 벌과 나비를 맞이하고 씨앗을 맺습니다. 꽃은 민들레의 삶, 제비꽃의 삶, 온갖 들꽃들의 삶의 과정일 뿐입니다. 사람이나 꽃이나 나비나, 벌들은 다만 살아있으므로 모두가 행복하게 살아가야 합니다. 청아한 공기, 고른 햇살, 필요할 때 내려주는 비, 지나가는 바람, 흙, 곤충과 함께 공존하는 조화가 이루어낸 생명의 환희 같은 것이 뭉클뭉클 솟구쳐 오릅니다. 그래서 꽃을 보면 미운 것이 없습니다. 저 나름의 모습으로 예쁩니다.

사람 사는 세상도 마찬가지일 겁니다. 우리 일흔두 명 아이들은 하나하나 나름의 빛깔과 향기와 존재 의미가 있습니다.

행복이, 축복이, 밝음이, 푸름이, 초록이, 바람이…… 자연 같고, 꽃 같고, 풀 같은 아이들입니다. 바람을 가르며 운동장을 내달리는, 즐거운 쉬는 시간에 아이들의 키가 자랍니다. 공부시간, 학교 오는 시간, 책 읽는 시간, 노는 시간이 너무너무 즐거워서 아이들 얼굴은 활짝 핀 꽃입니다.

점심을 먹고 운동장을 거닐어 봅니다. 지금 내가 근무하는 변두리 학교는 운동장이 아득하도록 넓습니다. 70년이 넘는 역사를 가진 학교이며 운동장뿐만 아니라 제법 넓은 동산이 있고 국회의원을 지냈던 이 학교 선배가 지어준 아주 커다란 체육관도 있어서 아이들이 너무나 좋아합니다.

　도시의 학교들은 학생 수에 비교하면 운동장이 손바닥만 합니다. 수업시간에, 쉬는 시간에 수업을 받거나 노는 아이들을 보면 빽빽한 운동장이 위험하고 불안해 보일 징도입니다. 내달리다 부딪혀 다치는 일이 자주 있습니다. 그 좁은 운동장에서도 점심시간이면 축구 골대를 중심으로 일고여덟 팀이 축구를 합니다. 옷 색깔이 다른 것도 아니고 특별한 표식이 있는 것도 아닌데 제각각의 팀을 어찌 그리 잘 알던지 볼 때마다 신기할 정도였습니다. 아이들은 적응의 능력이 대단한지라 좁아도 노는 것이라면 좋아합니다. 우리 아이들이 넓은 운동장에서 뛰놀면 얼마나 좋을까 하는 바람이 늘 있었지요.

　도시의 학교와 달리 우리 학교에서는 점심시간이면 1, 2학년이 축구를 합니다. 1, 2학년 모두 합쳐보아야 스무 명 남짓하니 남녀학생 모두 축구놀이를 하는데 골대 주변이나 한가운데서 올챙이들처럼 오글오글 공을 주거니 받거니 하고 있으면 저쪽 골대 골키퍼 둘은 앉아서 흙장난에 여념이 없습니다. 또 저쪽 골대로 주도권이 넘어가면 요쪽 골대 골키퍼들은 털썩 바닥에 주저앉아 축구야 어찌 됐든 그림을 그리고 흙장난을 하면서 깔깔대지요.

　동산 쪽에는 3, 4학년 학생이 숨바꼭질하느라 여념이 없습니다. 바위 뒤, 나무 뒤, 곳곳에서 옷자락을 펄럭이며 숨고 잡고 재미있는 시간입니다.

5, 6학년은 무엇을 할까요. 여학생들은 강당에서 음악을 틀어 놓고 걸 그룹의 안무를 따라 연습하고 있습니다. 남학생들은 여학생 주위를 어슬렁거리기도 하고 농구를 하기도 하면서 두세 명씩 모여 무엇인가를 하고 있습니다. 모두가 한가롭고 여유롭습니다. 그러다가 오후 수업 시작종이 울리면 일제히 하던 것을 팽개치고 교실로 향합니다. 이기고 지는 승부에 연연해 하지 않는 아이들은 참말로 자유로운 영혼들입니다.

한껏 열기를 발산하고 교실로 들어간 아이들. 스트레스를 날려 보냈으니 교실 수업은 활기가 넘쳐나 배우는 즐거움을 누리게 되겠지요.

자세히 보아야
예쁘다
오래 보아야
사랑스럽다
…
풀과 꽃과 아이들은 자유롭습니다.
풀과 꽃과 아이들은 예쁘고 사랑스럽습니다.
풀과 꽃과 아이들은 나태주 시인의 시처럼 자세히 보아야 예쁘고, 오래 보아야 사랑스럽다는 것을 다시금 깨닫게 되는 날입니다.

스마트폰의 노예

스마트폰을 세 번째 바꾸었습니다.

자고 나면 최신 스마트폰이 나오는 시장에 발맞춘 것도 아닙니다. 오래 쓰고자 해도 이놈의 기계가 약정 기간 2년이 지나면 어딘가 고장이 나서 제대로 작동이 되지 않는 바람에 눈물을 머금고 교체하기를 세 번이나 했습니다.

화면이 오르락내리락하고 카메라가 작동이 안 되고 전화를 걸 수가 없을 즈음, 마침 전화가 걸려 와서 공짜 스마트폰으로 아무 조건 없이 바꿔 준다더군요. 남은 약정에 대한 해지금, 채권까지 자기들이 다 물어 주면서…….

세상에 공짜가 어디 있느냐고 왜 그렇게 하는 건지 그쪽에서 손해 보고는 절대 안 할 것 같다고 했더니 자기네 통신사를 계속 사용하게 하려고 그런다고 하길래 귀 얇은 저는 덜렁 그러마 하고 신나게 바꿨습니다. 하지만 단말기값이 요금에 다 포함되어 있다는 사실을 뒤늦게 알고 내 어리석음에 한탄을 했습니다. 한 달 쓴 요금이 너무 많이 나와서 따져 물었더니 요금제를 초과한 요금에 첫 달에는 단말기값에, 인터넷 초과 사용료라고 하더군요. 이미 유행 지난 스마트폰을 나름 싼값에 샀다고 생각했는데 제 돈 주고 산 결과가 되었습니다. 하지만 물러달라고 할 수도 없는 상황이라 울며 오랫동안 겨자를 먹어야 할 판입니다.

뭐 어쩌겠습니까. 내 어리석음이니 감내하고 약정 기간까지 함께 살아야 하겠지요. 그래도 인터넷 검색, 통화, 문자, 블로그사용, 카메라, 카카오톡, 페이스북, 밴드 활동에 지장은 없습니다.

그런데 요즘, 저는 스마트폰이 무섭습니다.

스마트폰을 들었다 하면 나도 모르게 인터넷 검색을 하고 있고, 카톡 단체 대화방은 쉴 사이 없이 가동되고, 밴드의 알림이 문자 알림이 시도 때도 없이 날아옵니다. 무심하려고 해도 어느새 스마트폰을 들고 몰두하고 있는 나를 발견합니다. 카카오톡의 단체 대화방이 서너 개, 밴드는 고르고 골라 가입한 것이 여덟 개에 이릅니다. 남 다하는 페이스북도 시작했더니 스마트폰 볼일이 더 많아졌습니다. 딸과 아들이 스마트폰을 끼고 살아서 잔소리를 달고 살았는데 이제 할 말이 없어졌습니다.

거리를 걷다 보면 지나는 사람들 대부분 손에는 스마트폰을 들고 귀에는 이어폰을 끼고 있습니다. 모두 스마트폰에 몰두하고 있습니다. 식당이나 찻집을 가도 마주 앉은 사람과 대화하는 모습은 보기가 힘이 듭니다. 저마다 스마트폰을 터치하고 이어폰으로 무언가를 듣고 있는 모습을 봅니다. 사람과의 만남에서 서로를 바라보고 대화를 하면서 관계를 맺어가야 할 자리를 스마트폰이 대신하고 있습니다.

책을 읽기 위해서 옆에 두고도 나도 모르게 스마트폰을 들기 일쑤입니다. 카카오톡 화면을 뒤지고 페북을 살펴보고, 인터넷의 자극적인 내용을 터치하고 그 밑에 달린 다른 내용을 또 검색하는 악순환을 거듭하며 시큰거리는 팔목을 부여잡습니다. 나부터 그러하니 누구를 나무랄 수도 없습니다.

몇 년 전만 해도 학교폭력은 고등학교 1, 2학년에서 자주 발생하는 문제였고, 점차 중학교 3학년으로 내려와, 김정일도 무서워한다는 중학교 2학년이 그 중심에 있더니, 이제는 초등학교까지 그러한 문제가 확산하고 있습니다. 얼마 전까지 초등학교 6학년이 질풍노도를 겪더니 5학년이 더 무서운 기세로 물들고 있는 것 같습니다. 영양가 높은 음식으로 빠르게 성장하는 신체의 발달뿐만 아니라 디지털 기기의 발달로 인해 인터넷 문화를 받아들이는 속도도 엄청나게 빨라졌고, 이에 아이들조차 감당 못 할 지경에 이른 것 같다는 생각을 해 봅니다.

인터넷 속도가 LTE 급인 최신형 스마트폰을 가지고 다니는 아이들의 수가 늘어나고 인터넷 무제한 사용으로 선정적인 내용의 것들을 마음대로 검색하고, 폭력적인 게임 및 인터넷 방송을 마음대로 접할 수 있게 됨에 따라 사이버 폭력, 인터넷 언어의 무분별한 사용이 늘어나고 있습니다. 며칠 전에 우리 학교에서 스마트폰 때문에 발생한 사건도 그런 내용이었습니다.

난생처음 들어 보는, 정말로 기가 막힌 욕설이 문제였습니다. 인터넷 방송이나 일본 애니, 심지어 성인 웹툰까지 점령한 일부 아이들이 일명 패드립(부모 욕), 섹드립(성적인 욕)을 자랑처럼 해대고 유행처럼 번져 저학년까지 의미도 모른 채 사용하고 있다는 것을 알게 되었습니다. 평소에 학교에 오면 스마트폰을 사용하지 못하게 학교규칙으로 정해 두었고, 다 거두어 하교할 때 나누어 주었는데도 그런 일이 발생한 것이었지요.

먼저 사용한 아이를 찾아내어 따져 물어보니 평소에 어머니의 계정으로 형과 친구들과 함께 그런 사이트를 즐겨 보았고, 재미가 있어서 학교에 와서 친구들과 후배들에게 가르쳐 주었다는 것이었습니다. 그런 이야기를 아무렇지도 않게 자랑처럼 하고 다니고, 그런 이야기를 많이 하면 또래 친구들에게 영웅처럼 떠받들어지기도 했다니 믿을 수가 없었습니다.

무엇보다 걱정인 것은 부모님들의 반응이었습니다. 몇몇 관계된 아이들의 학부모님과 상담을 했는데 학부모님의 반응이 미온적이었습니다. 심각하게 생각하고 지도를 하겠다는 부모님도 있었지만, 일부 부모님들은 그 심각성과 폐해에 대해 고민하는 것 같지가 않았습니다.

'그것이 잘못인 줄 알고 말했겠나. 아무것도 모르고 말 한 것이 아니겠느냐'는 반응부터 '다 크는 과정이다. 우리 아이 말고도 다 그렇다고 하더라', '사회가 문제다. 어른들 잘못이다'라는 것이었습니다. 물론 모두가 맞는 말입니다. 아이들은 그것에 대해서 심각하게 생각하거나 자신의 행동이 얼마큼 위험한 것인지를 인지 못 하는 것이 사실입니다. 인터넷에서 그런 깃을 재미있게 방송하고 언제든 접할 수가 있다 보니 자신들도 그렇게 하는 것을 잘못이라고 생각하지 못한 것이지요.

이러한 일이 비단 우리 학교의 일만은 아닐 것입니다. 인터넷을 무제한으로 사용할 수 있는 한 이러한 상황은 계속될 것입니다. 부모와 학교와 어른들, 사회가 어떤 대책을 세우지 않으면 앞으로 더 빈번히 발생할 소지가 있는 일들입니다.

상담을 통해서 알아보니 속도가 LTE 급인 스마트폰에 인터넷을 무제한 사용하는 아이들이 제법 되고, 그 외에도 하루에 컴퓨터 사용이 5시간 이상인 아이들도 많았으며, 스마트폰 컴퓨터 속도가 따라주지 않는 친구들은 수시로 피시방을 이용하기도 했습니다.

학교에서 개인 상담, 집단 상담을 하고 전체 교육을 통해 그것이 얼마나 나쁜 일인지에 대해서 토론하고 인터넷 사용문제에 대해서 지도하고 있습니다. 부모님과 의논해서 스마트폰 사용을 제한하고 컴퓨터 사용도 부모님의 허락을 받은 시간을 정해 사용하는 선을 정했습니다.

쉬는 시간에는 선생님과 함께 운동장과 강당에서 놀이 활동을 하여 에너지를 발산할 수 있도록 하였습니다. 스마트폰도 선생님과 함께 학습에 이용하는 방법을 익히도록 하고 방과 후 컴퓨터 강사와도 연계해서 컴퓨터의 올바른 사용법을 늘 점검하도록 하였습니다.

아이들은 아이들인지라 관심을 쏟는 만큼 빠르게 변화합니다. 몸에 밴 습관이 되지 않도록, 눈과 귀와 몸에 자극적인 것만을 추구하지 않도록 집에서, 학교에서, 주변에서 관심을 쏟아야 할 것 같습니다.

우리도 부모로서, 선생으로서, 이웃으로서, 어른으로서 너무도 바쁜 삶을 사느라 정작 중요한 것은 놓치고 있지 않은지를 늘 점검해 보아야겠습니다.

우리 학교 6학년

  우리 학교 아이들은 모두 일흔두 명입니다.

  6학년이 넷, 5학년이 열다섯, 4학년이 열, 3학년이 스물하나, 2학년이 열하나, 1학년이 열하나, 모두 합해 일흔두 명이 하루해가 짧도록 즐겁게 배우고 신 나게 노는 행복한 학교입니다.

  오늘은 6학년 형 누나들 이야기를 좀 해볼까 합니다. 6학년은 남자 둘, 여자 둘, 모두 넷입니다. 너무 작은 교실이라고요. 아닙니다. 가끔 그 교실에 가면 아이들 네 명과 선생님 한 분만으로 교실이 가득 찹니다.

  우리 학교 6학년 네 명의 친구를 소개하자면 1번은 민혁이입니다. 민혁이는 미소가 기가 막힌 친구입니다. 민혁아, 부르면 대답보다는 빙긋 미소부터 짓습니다. 수줍은 듯 웃고 말지요. 민혁이는 유치원 때부터 학교에서 살다시피 했다고 합니다. 심지어는 종일 학교 운동장과 놀이터에서 놀다가 해가 져도 집에 갈 생각을 하지 않고 현관 앞에서 잠들어 버리곤 했다는군요. 처음에는 아이를 찾아 주느라 애를 먹었지만, 나중에는 찾으러 올 때까지 숙직실에서 재웠다고 합니다. 집에 가도 아무도 없는 경우가 많았나 봅니다. 할머니께서 인근 하우스에서 숙식하시며 농사를 지으시고 집에는 아버지만 있어 잘 챙기지 못하는 바람에 절반은 학교가 키운 셈이 되었지요. 그래서 그런지 학교를 무척 좋아합니다. 형들을 잘 따랐고 친구들과도 잘 어울리고 동생들도 잘 챙겨줍니다.

우리 학교는 1학년 때부터 6학년까지 한 학급으로 진급하기 때문에 전교생이 한 가족처럼 어울립니다. 운동장에서 놀 때도 학년 구분 없이 함께 어울립니다. 우리 아이들에게는 그것이 지극히 자연스러운 일상입니다. 6학년 형아 뒤를 따라다니며 축구를 하고, 함께 숨바꼭질하면서 자라는 모습이 참 예쁩니다.

그런데 민혁이는 문자를 읽고 이해하는 데 어려움을 겪는 난독증세를 갖고 있습니다. 글자 자체는 읽을 수 있지만, 낱말로 이루어진 어휘와 문장 자체를 이해하는 데 어려움이 있지요. 한번은 국어교과서의 지문을 읽어 보라고 하고 함께 이야기를 나누는데 전체의 맥락을 이해하지 못하였습니다. 그림책을 읽고 이야기를 할 때는 내용의 이해보다 그림 위주로 이야기하는 것을 보고 민혁이가 참 답답할 것 같다는 생각을 했습니다. 그런데 민혁이의 표정은 그렇지가 않았습니다. 그저 빙긋이 웃으며 '그것이 무슨 문제가 되나요?' 하는 표정이었지요.

그랬습니다. 그것은 우리들의 잣대로 보는 우리가 만든 문제일 뿐이지요. 학교생활을 하는 데나 친구들과 어울리는데 아무 문제 없이 즐겁고 행복하면 되는 것이라는 것을 민혁이를 보면 알 수가 있습니다.

민혁이가 자라서 되고 싶은 것은 물리치료사입니다. 내가 어깨가 아프다고 손으로 두드리고 있었더니 교무실에 들른 민혁이가 두드려 주겠다고 합니다. 그리고는 손아귀에 힘을 넣어 꾹꾹 주물러 줍니다. 어디서 이런 것을 배웠느냐고 시원하다고 했더니 가끔 만나는 엄마가 미용 마사지사라고 하더군요. 그래서 자기도 그렇게 되고 싶다고 합니다. 다른 이의 마음과 신체의 아픔을 읽는 일은 민혁이가 아주 잘할 수 있을 거라는 생각이 들어서 멋진 희망이고 꿈이라고 칭찬해 주었습니다.

2번 은성는 순수 100%입니다. 2학년 때 담임선생님의 이야기가 그 아이의 면모를 보여줍니다. 학기 첫날 새롭게 부임하신 선생님을 말갛게 쳐다보며 물었답니다.

'선생님은 우리 학교에 왜 왔어요?'

선생님이 잠시 머뭇거리는 사이에

'아, 알았다. 이순신 장군 보러 왔지요?' 라고 되물어서 어리둥절한 선생님은 엉겁결에 '응.' 대답해 놓고 무슨 말인가 하고 한참 생각했다는군요.

우리 학교 화단에는 향나무의 키 높이만 한 이순신 장군의 동상이 운동장을 굽어보며 우뚝 서 있습니다. 담임선생님은 쉬는 시간이면 동상 앞에서 이순신 장군과 대화하는 은성를 보고 첫날 물음을 이해하게 되었다지요.

또 한 번은 반 아이들이 선생님 나이가 몇이냐고 물었습니다. 그러자 은성가 '그것도 모르나? 선생님은 아홉 살이지. 그러니까 2학년이잖아'라고 해서 졸지에 마흔이 넘은 선생님의 나이가 아홉 살이 되었습니다.

6학년이 되어도 은성의 순수함은 그대로입니다. 작은 곤충과 벌레를 너무 사랑하는 은성는 학교 동산에서 잡아온 지렁이, 도롱뇽, 개구리, 도마뱀, 벌레 등을 손바닥에 올려놓고 현관 앞에 앉아 넋을 잃고 바라봅니다. 쉬는 시간이 끝나도 앉아 있기 일쑤, 교실까지 들고 들어가 상자에 넣어두고 키우고 싶어 합니다. 아이들과 선생님은 불쑥 나타나는 벌레나 도마뱀, 개구리 때문에 놀란 적이 한두 번이 아니라고 합니다.

요즘 부쩍 키가 많이 자란 은성는 지금 사춘기에 접어드나 봅니다. 말이 없어지고 무엇인지 좀 심각합니다. 얼마 전부터 편찮으시다는 아버지가 많이 걱정되기도 하는 모양입니다. 은성의 꿈은 곤충학자가 되는 것입니다. 또 고고학 박사가 되고 싶기도 하다는군요. 은성네 집은 참외, 토마토를 재배하는 시설농사를 짓고 있습니다. 착하고 순박해 보이는 부모님이 지으신 참외와 토마토는 달고 연하고 맛있습니다. 요즘은 농사에 지친 아버지가 편찮으신 것이 제일 걱정되는 은성입니다.

다음은 기륜이입니다. 4학년 때까지는 여학생은 기륜이 혼자였습니다. 정의로운 아이입니다. 두 남학생의 보호자이기도 했지요. 은성가 모기에 물려 가렵다고 하면 보건실에 데려오고 항상 두 남학생을 챙기는 아이였지요. 혼자 외로웠을 텐데 5학년 때 여자 친구가 전학을 왔습니다. 그때부터 단짝 친구가 되어 두 남학생의 보호자 역할을 졸업하게 되었습니다. 전교어린이회 회장으로서 역할을 늘 말없이 잘하고 있습니다.

이 아이들이 4학년 때 도심지 학교에서 전학 온 친구가 둘 있었습니다. 1년 만에 다시 가긴 했지만, 기존에 있던 세 명과 합쳐 다섯 명이 되었지요. 그중 한 친구랑 민혁이가 사소한 몸싸움과 말다툼 끝에 넘어지면서 치아가 부러지는 사고가 있었습니다. 그 친구 부모님의 너그러운 이해로 민혁 할머님과 원만한 합의를 보았지만 두 친구에게는 앙금이 있었던 모양입니다. 그 친구의 생일날, 유명한 뷔페식당에서 생일잔치를 한다고 친구를 초대하면서 민혁이는 빼고 초대를 했나 봅니다. 그러자 의리 있던 기륜이가 초대를 거절했고 은성도 거절해 생일잔치는 무산되었습니다.

올해 3월 전교어린이회장 선거에 세 명의 6학년 어린이가 출마를 선언했습니다. 선거운동으로 교내가 제법 떠들썩할 즈음, 같이 출마한 두 친구가 방향을 선회해 자신의 선거운동 대신 기륜이의 선거운동을 하는 모습을 보았습니다. 왜 그러냐고 물어보자 자신들보다 기륜이가 되는 것이 바르다고 하더군요. 리더십도 자기들보다 뛰어나고 공부도 더 잘하고 정의롭다는 이야기를 하더군요. 결국 후보가 통합되었고 기륜이가 당선되었습니다. 정작 기륜이는 선거운동을 특별히 하지 않았다는 후일담이 있었지요.

마지막으로 혜민이는 5학년 때 전학을 왔습니다. 생글생글 웃는 얼굴로 마치 오래전부터 우리 학교의 6학년 반에 소속된 것처럼 잘 어울립니다. 공부도 잘하고, 체육도 잘하고, 다방면에 재능이 많습니다. 무엇보다 여학생 혼자라 외롭던 기륜이와 관계가 참 좋습니다. 둘이서 늘 함께 다니며 그 또래 여학생이 할 법한 말들을 소곤소곤 주고받는 모습이 참 예쁩니다.

우리 학교 6학년은 통틀어 네 명이지만 숫자는 아무것도 아닙니다. 아이들 마음속에 정이 가득 담겨 있고 선생님과 호흡이 척척 맞을 뿐만 아니라 최고학년 형과 언니는 동생들을 지극하게 돌보아 주고 있어 그 역할이 빛나고 있습니다.

오늘도 은성는 교실에서 묵묵하게 곤충 관련 책을 읽고 있습니다. 민혁이는 요즘 부쩍 친해진 5학년 동생과 함께 뻥뻥 축구공을 골문으로 날리고 있습니다. 기륜이와 혜민이는 무엇이 즐거운지 깔깔대며 그 또래 소녀의 호기심으로 깊은 우정을 쌓아 가고 있습니다.

이제 얼마 후에 졸업하고 중학교로 진학할 민혁, 은성, 기륜, 혜민이가 그곳에서도 자신의 존재를 반짝반짝 빛낼 것이라 믿고 있습니다.

핀란드에시는 지금 아이들이 하고 싶은 것을 중심으로 그들이 원하는 것을 도와주는 역할을 학교가 수행하고 있습니다. 과제와 선다형 평가가 없는 창의성을 이끌어 주는 교육이 아이들의 능력을 끌어 올려주고 자존감과 즐거움을 선사합니다. 그것이 곧 자기주도적 학습능력 향상으로 이어지는 교육을 보면서 우리나라의 학생들이 가엽다는 느낌을 받았습니다.

그런데 우리 학교는 그런 교육을 하고 있다는 자부심을 품게 합니다. 공부보다는 아이들이 좋아하고 즐거워하는 활동을 많이 하고 있기 때문입니다. 아이들 스스로 학교가 정말 좋고 행복하다고 생각하고 있지요.

이렇게 서로 도와가며 동생들, 친구들을 함께 챙기고 함께 어울리는 6학년 형 누나들은 오늘도 최고로 행복한 하루를 보내고 있답니다.

6학년이 넷, 5학년이 열다섯,
4학년이 열, 3학년이 스물하나,
2학년이 열하나, 1학년이 열하나,
모두 합해 일흔두 명
하루해가 짧도록
즐겁게 배우고 신 나게 노는
행복한 학교

\# 우리 학교 6학년

· 4부 ·

사랑받아
마땅한 아이

별이 어머니께

봄바람이 극성을 부려 꽃잎이 다 떨어지네요. 분홍색 살구꽃, 하얀색 목련 꽃잎이 애처롭게 나뒹굽니다.

오늘 별이 어머님께서 보내주신 긴 편지를 앞에 두고 한참 동안 창밖만 내다보고 앉았습니다. 지난번 상담하러 오셨을 때 별이의 학교생활에 대해서 몇 말씀 나누기도 전에 눈물부터 보이셨지요. 또래보다 키도 크고 몸집도 큰 별이가 요즘 부쩍 친구들과 자주 다투고, 혼자 마음 아파하고, 마음이 여리다는 말씀을 드렸지요. 아빠를 많이 믿고 따르는 것 같다고 아빠와 많은 시간을 함께했으면 좋겠다는 말씀도 나누었습니다.

그날 보이신 눈물의 의미가 이제 이해가 됩니다. 별이에게 못내 미안하고 안쓰러운 마음에 눈물지으신 거였군요. 별이 어머니께서 폭력과 함께 가정에 무책임했던 별이 아빠와 이혼하고 혼자 별이와 별이 동생을 키우다 재혼하셨다는 말씀을 들으니 그동안 별이 어머니께서 감당하셨을 삶의 무게가 많이 무거우셨을 거라는 생각이 들어 마음이 짠해집니다. 별이가 친아빠가 아닌 줄 알지만, 많이 믿고 따른다는 말씀, 그런데 자라면서 친아빠를 보고 싶어 하고 자신의 정체성을 고민한다는 말씀까지……

사실 별이가 가끔 하는 말에서 조금 짐작은 하고 있었습니다. 조금 더 일찍 귀띔해 주셨으면 별이의 마음을 더 잘 헤아리고 적절하게 상황을 이끌어 갈 수 있었을 텐데 하는 아쉬운 마음이 살짝 들긴 하지만 이렇게 마음 열고 함께 고민하자 하셔서 너무나 감사한 마음입니다.

사람들은 때론 자기가 의도하지 않은 삶의 흐름 때문에 갈등하고 힘들어 하는 것 같아요. 별이가 아무런 갈등과 고뇌 없이 자기 앞의 문제를 받아들이고 해결하면 좋으련만 아직 어려 상처받을 때도 있겠지요.

걱정하시는 어머니 마음, 충분히 이해합니다. 하지만 어머니에게서 별이를 사랑하고 아껴 주시는 마음이 듬뿍 느껴지니까 그나마 안심이 되는군요. 엄마가 품에 안고 키우시는 것 하나만으로도 별이에게는 행복이고 행운이라 할 수 있지 않을까요? 물론 지금의 아빠도 잘해 주실 거라 믿어요. 별이 어머니의 자식에 대한 지극한 사랑으로 보아 그런 믿음으로 재혼하셨을 것 같고요.

전 항상 자연스러운 것이 좋은 것으로 생각해요. 별이가 학기 초에 가정환경 조사서를 작성할 때 학년이 높아지면서 아빠와 다른 성姓 때문에 혼란을 겪고 있고 갈수록 예민해진다고 하섰습니다. 별이에게 이제 곧 사춘기도 올 텐데 갈수록 그런 문제를 더 심각하게 받아들일 수 있다는 우려가 듭니다. 제 생각에는 별이가 편안하게 받아들일 수 있도록 성을 바꾸시는 것도 고려해 보시는 것이 어떨까요. 지금은 호주제 폐지로 엄마의 성도 따를 수 있고 현재 아빠의 성으로 바꿀 수도 있지 않을까 하는 생각을 해 봅니다.

물론 별이의 의견을 꼭 물어보고, 동의한다면 가족 모두가 합의하고 해야 하겠지요. 그리고 별이에게는 아빠와 이혼하게 된 원인과 사실에 대해 숨기기보다는 그렇게 할 수밖에 없었던 어머니의 마음을 이야기해 주셔요. 자라면서 별이가 이해할 수 있게……

담임인 저도 별이에게 많이 다가갈게요. 마음을 다해, 하지만 눈치채지 못하게 별이의 마음에 공감하도록 하겠습니다. 별이가 마음 놓고 진심으로 자신의 이야기를 할 수 있게 말이지요.

별이 어머니 애틋한 마음 엄마인 저도 잘 알 것 같아요. 이혼이나 재혼이 꼭 아이들에 나쁜 영향을 미치는 것은 아니라고 하더군요. 최악의 상황에선 이혼이 적절한 해답이 되어 오히려 아이들의 독립심을 키워주며 정서를 편안하게 하는 역할도 하고 또 스스로 정체성을 찾는데 도움을 준다고도 합니다. 또 가장 적절한 재혼은 상처받은 아이들의 마음에 좋은 치료도 될 수 있대요.

너무 걱정하지 마시고 별이 많이 사랑해 주셔요. 성격이 밝고

정이 많으며, 아직은 생각이 천진난만한 아이입니다. 어머니의 사랑 덕분이겠지요.

이 세상의 어머니는 늘 자식들 걱정에 가슴 아파하고 눈물짓나 봐요. 그 본능은 아이들에게 고스란히 대물림되겠지요. 그 아이가 어머니가 되었을 때 또 자식으로 하여 늘 마음 쓰며 살아가겠지요. 하시기 어려운 말씀이었을 텐데 감추지 않고 떳떳이 편지 주셔서 감사합니다. 아마도 이런 어머니의 마음이 있기에 별이의 앞날은 아무 그늘 없이 환하고 밝을 거라 짐작해 봅니다. 그리고 내년 별이가 학년이 올라갔을 때도 상황을 봐서 담임이 알아야 할 것 같으면 함께 고민하고 의논하는 조력자로서 담임을 많이 활용하십시오. 어떤 담임이든 흔쾌히 별이가 행복할 수 있는 학교생활을 위해 애써주실 것입니다.

시간이 없어 몇 자 총총히 적어 보냅니다.

별이 어머니, 별이로 인해 마음 쓰일 일이 있으면 언제나 함께 생각하고 풀어나갈 수 있게, 담임의 역할을 제대로 할 수 있게 제게도 말씀해 주세요. 저도 두 아이의 엄마입니다. 귀엽고 착하고 소중한 아이들, 우리 반 서른 명의 엄마이기도 하지요. 학교에서는 별이가 제 딸도 된다는 사실 아시죠?

늘 건강하시고 행복하셔요.

그럼 이만 총총.

별이 담임

올해 다시 날아온
제비의 학교생활

　우리 학교에는 작년에 입학했던 제비 가족이 긴 방학을 끝내고 등교했습니다.

　작년처럼 햇볕이 따스하던 4월 어느 날, 현관 앞 전깃줄에 짹짹거리는 소리가 들려 올려다보니, 주둥이 주위에 하얀색 무늬가 선명한 제비였습니다. 하나, 둘, 셋, 넷, 다섯, 여섯……. 친구들도 데려왔는지 수가 많습니다. 제비가 현관을 중심으로 교실과 연결된 전깃줄에 서너 마리씩 연미복을 말쑥하게 차려입고 앉아 있었습니다. 잊고 있었는데 제비를 보는 순간 전율이 일 정도로 감동이 밀려왔습니다. 작년에 왔던 그 제비가 잊지도 않고 또 왔네! 콧노래를 흥얼거리며 기쁜 소식을 교내에 알렸습니다.

　"작년에 왔던 제비가 잊지 않고 와 주었습니다. 무사히 강남 갔다 내년에 다시 찾아와 달라는 우리의 바람을 들어주었습니다. 제비 가족 만세! 우리 아이들에게도 이 기쁜 소식을 전해 주셔요. 올해는 작년처럼 실수하지 말고 제비와 함께 행복한 학교생활을 하자고도 해 주셔요. 쉬는 시간에 현관 주위를 날아다니고 있는 제비 가족과 인사하시면 됩니다. 주변을 살펴보았지만, 박씨는 물고 오지 않았나 봅니다. 그래도 제비는 행운의 새입니다. 아마도 올해 우리 학교는 행운이 가득할 것 같습니다. 하하하.”

첫 시간이 끝나고 전교생 75명은 운동장으로 뛰어 나와 공중을 선회하는 제비들과 만났습니다. 아이들의 환영인사에 제비들은 화답이라도 하는 듯 빙그르르 공중을 선회하며 매끄럽게 비행하는 모습을 보여주었습니다. 여섯 마리나 되는 제비가 말끔하고 앙증맞은 모습으로 비행하며 쨱쨱거리는 모습은 환상적이었다는 표현을 해도 과하지 않을 만큼 멋진 풍경이었습니다.

찬바람이 불던 작년 가을 강남으로 무사히 날아가기를 모두가 기원하며 떠나보냈던 제비가 무사히 먼 길 날아갔다가 다시 찾아온 것으로 생각하니 너무도 대견하고 기특합니다.

작년 4월에 제비 한 쌍이 날아와 수많은 우여곡절을 겪으며 두 번에 걸쳐 아기 제비를 네 마리나 키웠습니다. 처음에는 두 마리를 부화했으나 곧 털도 나기 전에 한 마리를 사고로 잃고 남은 한 마리를 키워 날려 보내고 둥지를 옮겨 다시 세 마리의 아기 제비를 키웠습니다. 그래서 모두 여섯 마리가 되었습니다. 두 번이나 부화시켜 키운다고 제법 늦은 가을까지 비행연습을 했고 날씨가 제법 추워지기 시작해 우리 모두를 걱정하게 했습니다. 그리고 어느 날 하늘에서 자취를 감추었고 그렇게 잊었는데 이렇게 다시 날아왔으니 기쁨도 두 배였습니다.

　제비들은 며칠 동안 비행을 하며 집 지을 곳을 물색하더니 작년에 지었던 1호, 2호 집 옆에 다시 3호 집을 짓기 시작했고, 얼마 후 다섯 마리의 귀여운 아기 제비가 부화했습니다. 처음에는 깃털도 없이 빨간 아기가 커다란 입만 쩍쩍 벌리더니 아빠 엄마 제비의 지극한 정성으로 날아가도 될 만큼 많이 자랐습니다. 신기하게도 제비집 주변에는 항상 대여섯 마리의 제비가 날아다니며 먹이를 물어다 주는 것이었습니다. 우리는 모두 엄마, 아빠 제비와 함께 작년에 태어났던 언니, 오빠 제비들도 결혼해서 함께인 것 같다고 예측했습니다. 하루가 다르게 커가는 아기 제비를 보는 기쁨이 아주 컸습니다.

　모든 것이 처음이었던 작년과는 다르게 우리 아이들도 지극한 관심 대신 약간은 무심한 태도로 제비를 지켜보게 되었습니다. 제비가 사람을 두려워해서 생긴 작년의 실수를 되풀이하지 않기 위한 담임선생님들의 지도를 아이들도 잘 따라주었습니다. 제비도 부담스러운 관심에서 벗어나자 편안하게 둥지를 들락날락하게 되었고 지나는 사람에게도 경계를 허무는 것 같았습니다.

　있는 듯 없는 듯 다가가는 것이 자연스러운 일이라는 것을 아이들도 제비도 깨닫게 되었다고나 할까요, 작년의 실수를 되풀이하지 않고 인간과 함께 공생과 공존의 지혜를 실천하며 올해는 능숙하고 편안하게 다산을 했고 튼튼하게 키워냈습니다. 어제부터 아빠 엄마 제비의 낌새가 이상해졌습니다. 다섯 마리 아기 제비들이 입을 짝짝 벌리고 먹이를 기다리고 있는데도 주변에서 줄 듯 말 듯 애를 태우고 나오라는 듯 날아가기를 수차례 하는 모습이 동물농장에서 본 광경이었습니다. 곧 오늘내일 떠나겠구나 생각했는데 1교시 후에 2층 창가를 통해 아기 제비가 실내로 들어와 파닥거리는 모습을 보고 밖으로 날려 보냈다는 교장 선생님의 이야기를 듣고 제비집으로 달려가 보았더니 네 마리만 남아있었습니다. 종일 그렇게 시간은 갔고 퇴근 무렵까지 남아있는 아기 제비들을 확인하고 돌아갔습니다.

오늘 아침에 출근하자마자 제비집부터 확인하러 갔더니 둥지는 텅 비어 있었습니다. 이소가 끝났구나, 하는 허전한 마음과 함께 걱정이 앞섭니다. 하필이면 오늘부터 며칠 동안 비가 계속 내릴 것이라는 예보를 접하였던 터라 이 빗속을 처음 세상에 나온 아기 제비들이 감당할 수 있을까 걱정되기 시작했습니다. 이제 쳐놓은 금줄과 받쳐놓은 박스 위에 소복이 쌓인 똥을 처리해야겠구나 생각하며 화단을 돌아 나오는데 눈앞에 검은 호랑나비 같은 물체가 퍼덕입니다. 자세히 살펴보니 아기 제비 한 마리가 비에 흠뻑 젖어 날지도 못하고 퍼덕입니다. 잡히지 않으려고 퍼덕거리는 아기 제비를 얼른 들어 올려 두 손에 살며시 쥐고 교무실로 향합니다. 아기 제비의 팔딱거림이 두 손안에 고스란히 전해집니다. 내 마음도 다급해져 어쩔 줄을 모르고 교무실로 들어가 부드러운 휴지로 물기를 닦았습니다. 소리도 내지 못하고 위험을 느끼고 있을 아기 제비가 안쓰러워 내가 허둥댑니다. 닦다가 살펴보니 거미줄이 날개에 엉겨 붙어 있습니다. 서툰 날갯짓으로 낮게 빗속을 날다가 거미줄에도 걸리고 날개도 젖어 더는 날지 못하였나 봅니다. 어떻게 할까 궁리하다 다시 제비집으로 올려다 주기로 했습니다. 이것이 잘하는 일인지 모르겠지만, 이 빗속에 날려 보내는 것은 더 위험할 것 같아 부랴부랴 사다리를 놓고 살며시 올려다 놓고 기운 내라고 응원을 보냈습니다. 미동도 않고 앉아 있는 아기 제비를 바라보는 마음이 애가 탑니다.

한동안 제비들의 움직임이 없어 안타까운 마음에 지렁이를 잡아 먹여주려고 갔더니 제비 두 마리가 날아와 둥지 주위를 맴돌고 있습니다. 새끼의 위험을 감지하였나 봅니다. '다행이다. 고맙다. 아기 제비 잘 보살펴라.' 혼잣말을 중얼거려 봅니다.

오늘부터 내리는 이 빗속에 날아간 네 마리, 아직 남아있는 한 마리가 부디 이 고비를 잘 보내기를 빌어봅니다. 아마도 시련을 잘 견디고 무사히 이 위기를 견뎌낼 것이라 믿습니다.

다음 날 아침, 비가 그치고 날이 개었습니다. 출근하자마자 어제 오후에 둥지에 올려 두었던 제비가 궁금해서 가 보았습니다. 둥지는 텅 비어 있었습니다. 다행이다 안심하면서도 내심 서운했습니다. 비가 갠 하늘을 바라보았습니다. 급식소와 본관을 이어

주는 전깃줄에 제비들이 조르륵 앉아 있었습니다. 하나, 둘, 셋, 넷, 다섯…… 이상하게 제비 수가 많습니다.

'작년에 왔던 한 쌍과 제비 4마리가 다시 오면서 저마다 짝을 이루어 왔나 보다. 그래서 다섯 쌍이 되고 각자 서너 마리의 새끼를 길렀다면 적어도 스무 마리는 될 수 있겠다'는 생각이 듭니다. 정말 신기합니다. 작년에 왔던 제비, 작년에 태어나 올해 다시 찾아온 제비, 올해 태어난 제비가 모두 학교 주변을 신 나게 비행하는 모습이 장관입니다.

작년에 왔던 제비가 잊지 않고 올해도 찾아와 인연을 맺었으니 내년에도 반드시 다시 날아와 줄 것이라 믿어봅니다. 내년에 우리는 더 익숙해질 것이고 그때가 되면 우리는 제비와 함께 더불어 조화롭게 살아가는 의미를 발견하고, 평범한 소소함을 누릴 것입니다.

그다음에는 아이들과 함께, 2학년에서 3학년이 될 제비와 함께 '칠산 아이들과 제비 프로젝트'를 계획해 보아야겠다고 미리 생각해 봅니다.

그래서 '자연의 신비, 제비의 비밀'을 캐낼 좋은 기회를 통해 환경의 중요성과 생명의 소중함을 배우는 좋은 기회를 만들어 볼 것입니다.

사랑받아
마땅한 아이

엄마가 학교 선생님인 아이들은 다른 아이들에 비해 자신이 불쌍하다고 생각한다. 나의 아들과 딸도 예외는 아니었다. 지금은 대학생이 된 딸은 가끔 어릴 때의 일을 이야기하며 나를 부끄럽게 한다. 그리고 나도 그 주장에 전적으로 동의하며 한심하고 무지했던 엄마의 행동에 용서를 구하는 마음이다.

아이가 태어나서 백일도 되기 전에 교사인 엄마는 직장으로 복귀해야 한다. 요즈음은 복지가 많이 개선되어서 젊은 선생님들은 엄마로서 아이의 성장을 지켜보며 휴직도 하고 그러지만 내가 젊었을 때만 해도 출산휴가마저 눈치가 보이던 그런 시절이었다. 산업이 발전하면서 출산율도 늘어나 아이들이 많아졌고 학급이 자꾸 불어나는 바람에 새롭게 개교하는 학교가 계속 생겨나던 때였다. 교사가 부족하던 시절이었기 때문에 한마디로 엄마보다는 선생님이 먼저였다.

출근하기 며칠 전부터 준비하기 시작한다. 모유에 맛을 들이면 끊기가 힘들고 우유도 먹이기 힘들다는 먼저 엄마가 된 동료 선생님의 충고대로 먹이던 모유를 끊고, 우유로 대체하면서 시간 맞춰 먹이는 훈련, 밤에는 9시에 먹이고 아침 6시까지 먹이지 않는 훈련을 시작한다.

아이에게 밤중에 일어나 우유를 먹이다 보면 그 다음 날 피로가 쌓일 것이고 학교에 가서 아이들에게 소홀할 수 있기 때문에 밤에는 우유를 먹지 말아야 한다는 논리를 적용한 육아법이었다고나 할까. 물론 엄마는 아기가 밤중에 몇 번이나 일어나 보챌 때마다 우유를 먹이는 것은 소화에도 도움이 되지 않고 성격, 정서 행동에도 좋지 못하다는 결론을 이미 내려놓고 위안을 한다. 아기를 위해서라고…….

며칠에 걸쳐 우는 아이와 함께 젖몸살을 앓아 끙끙대면서 함께 울며 씨름을 해야 했던 그 미안한 마음을 어떻게 설명할 수 있을까. 아이는 며칠 밤을 고집을 부려보고 울어도 보지만 소용이 없다는 것을 알게 되고 신기하게도 사나흘 후 밤부터는 포기하는 기특함을 보였었다.

9시가 되면 따뜻하게 데운 우유를 한 통 배부르게 먹고 꺽 트림하고 잠들면 밤새 깨지 않고 아침까지 푹 자주던 고맙고 기특하던 우리 아이들이었는데 그 아이들에게 잠재된 불만족은 자라면서 다른 형태로 표출되었다. 아들은 스물다섯 살이고 군대까지 갔다 왔지만, 아직도 손톱을 물어뜯어 열 손가락 모두 초승달 모양의 손톱 끝이 까칠하다. 딸은 자신이 착한 아이 증후군이 있는 것은 아닌가 고민이 된다고 한다.

　순식간에 출산휴가가 끝나고, 아침부터 부산하게 준비를 하고 아이를 보아 주는 이모 집에 맡기고 출근을 한다. 그나마 우리 아이들은 제 이모가 맡아 주어서 너무나 다행인 경우다. 아이를 맡기고 나오는 발걸음은 참 무거웠다. 시내버스 속에서 차창 밖을 하염없이 쳐다보며 남몰래 눈물을 훔치기도 했다. 그런데 너무도 신기했던 것은 학교에 들어서고 학급에 들어서서 우리 반 아이들을 보는 순간 집에 두고 온 아기는 까맣게 잊어버린다는 것이다. 그러다가 퇴근 시간이 되어 학교를 나서는 순간 그제야 아기가 보고 싶고 어떻게 하고 있는지 마음이 조급해지고 걸음도 빨라지고 하는 것이다. 내가 하도 신기해서 다른 선생님들께 물어보면 자신들도 그랬던 거 같다고 했다. 지금도 가끔 생각해 본다. 천직이라는 것이 정말 있기는 있나 보다고. 나에게 있어 교사는 그렇게 천직이었다.

　그렇게 우여곡절을 겪으며 자라서 아이들은 유치원을 졸업하고 학교에 입학한다. 마음껏 누려야 할 아이들의 세계에 입문한 것이다. 하지만 아이를 아이로 생각하지 않고 자신과 동등한 눈높이에서 생각하는 선생님을 부모로 둔 자녀들은 일찌감치 철이 들어 버린다.

선생님은 자식을 학교에서 만난 아이들처럼 가르치고 배우는 학생으로 생각해 버리는 것이다. 시내 변두리의 소규모 학교 6학급에 근무하면서 아들은 4학년으로 전학시키고, 딸은 1학년에 입학을 시켰다. 처음으로 엄마의 학교에 온 아이들은 날아갈 듯 좋아했다. 시골학교의 순박한 아이들과 너무 잘 어울렸고 넓은 운동장에서 마음껏 뛰어놀 수 있어서 좋아라 했다. 학교규모가 작아 선생님들도 많지 않고 별 눈치 볼일도 없었던 아이들은 고만고만한 아이들 틈에서 비교당할 일도 없어 잘 어울리고 즐거워했다.

아들이 6학년 딸이 3학년이 되었을 때, 새로 생긴 아파트 단지의 집을 구해 이사하고 새로 개교한 학교로 전학을 오게 됐다.

선생님인 엄마의 학급에는 엄마가 판단하는 잘 자라고 괜찮은 아이들이 해마다 한두 명씩 있다. 해마다 아이는 잘 모르는 정말 괜찮은 형이나 누나, 오빠나 언니 덕분에 사사건건 비교당하고 가르침을 받게 된다.

"우리 반에는 누구라는 형이 있는데 그 형은 모든 일을 다 잘하는데 정말 겸손하고 친구들에게 인정받는단다. 그런데 너는 왜 이것도 못하고 저것도 못하고⋯⋯."

"우리 반에 누구랑 누구는 공부를 시켜서 하는 것이 아니라 스스로 하고 자기 생각을 글로 표현하는 능력도 뛰어나고 친구랑 사이좋고⋯⋯."

"우리 반에 누구는, 누구는……."

매일같이 학급의 누구를 닮아 잘하라는 엄마의 잔소리를 듣는 아이들의 기분은 어땠을까. 항상 최상위의 아이를 비교의 대상으로 삼아 공부도 잘해야 하고, 악기도 잘 다루어야 하고, 운동도 잘해야 하고, 인성도 바른 사람이 되어야 하고, 글도 잘 써야 하고……. 그런 능력과 재능을 물려주지 않고 태어나게 했으면서 요구사항은 너무 많았다. 생각해 보니 참 무지한 엄마였다. 아이들이 태어나 건강하게 자라준 것만으로 내 인생의 동력인 줄 그때는 잘 몰랐다.

내가 아이들의 엄마가 됨으로써 학급의 다른 아이들이 모두 소중하고 부모에게 모두 어여쁜 존재들이라는 것을 알게 되었는데, 엄마가 되게 해 준 아이들에게 나는 아이들이 감당 못 할 무자비한 폭력을 행사한 셈이 되고 말았다.

딸은 지금도 이런 말을 한다. 학교에서 혹시 엄마를 마주칠까 봐 복도에도 마음대로 다니지 못했다고, 엄마의 반 아이들이 자신이 엄마 딸인 줄 알까 봐 무척 마음 졸였다고, 잘못하면 엄마가 부끄러우니 잘하라는 말이 너무 부담됐다고……. 엄마가 엄마 반 아이들과 즐겁게 웃고 공부하고 손잡고 다니는 것을 보면서 우리한테도 좀 저렇게 해 주었으면 좋을 텐데 하는 생각도 했다고 한다.

그것뿐만 아니라 집에 오면 너는 학교에서 왜 웃지 않고 다니느냐고 꾸지람하고, 선생님 앞에서 방긋방긋 웃으라고 하고, 인사 잘하라 하고, 청소도 잘하고 친구들과도 사이좋게 지내라고 하면서 끊임없이 가르치는 통에 숨이 막혀 죽을 것 같았다고도 했다. 중학교 가서야 비로소 해방되었다고 했다. 아들은 저쪽에서 뛰어오다 내가 보이면 방향을 바꿔서 다른 곳으로 쏜살같이 달아났고, 친구들 있는 데서 아는 척하지 말라고 신신당부하기도 했다. 그 마음들이 어땠을까. 정말 어이없는 엄마였다.

내가 가끔 그때 엄마가 참 미안했다고 말하면 딸은 그렇게 말한다. 그때는 매우 힘들었지만, 지금은 엄마가 자랑스러우니까 걱정하지 말라고……. 그때 엄마가 학교에서 반 아이들보다 오빠랑 저를 먼저 챙겼다면 아마도 엄마가 선생님답지 못했을 것 같다고, 그랬으면 엄마가 존경스럽지 못했을 거라나 뭐라나.

아들은, 뭐 나는 별생각 없었다고, 다만 엄마 마음에 들지 않아서 좀 그랬지만 지금은 엄마를 너무너무 존경한다고 했다. 부족한 엄마의 아들과 딸로 태어나 이렇게 바르고 건강하게 자라주어서 고맙다. 엄마는 참 어리석었지만, 너희를 통해 엄마의 잘못된 부분을 알아챘고 깨달음을 얻을 수 있었다.

너희 모두는 사랑받을 줄 아는 아이다. 다만 사랑을 주는 사람이 제대로 주지 못했을 뿐이다.

아들아, 딸아, 완전히 완벽한 것보다 조금 부족한 것이 낫다. 채워가야 할 부분이 있다는 것은 희망이 있다는 것이기 때문이다. 너희에게는 앞으로가 다 희망이고 사랑이다. 너희는 정말 사랑받을 줄 아는 아이였다.

사랑받아야 마땅한 아이들이었다.

완전히 완벽한 것보다
조금 부족한 것이 낫다.
채워가야 할
부분이 있다는 것은
희망이 있다는 것이기 때문이다.
너희에게는 앞으로가 다
희망이고 사랑이다.
너희는 정말
사랑받을 줄 아는 아이였다.

\#사랑받아 마땅한 아이

네가 행복해진다면

20세기 최고의 밴드라 일컬어지는 비틀즈, 그 리드보컬 존 레논이 언젠가 말했다는 인생의 참 의미에 대해서 생각해 봅니다.

"When I was 5 years old, my mother always told me that happiness was the key to life. When I went school, they asked me what I wanted to be when I grew up. I wrote down happy. They told me I didn't understand the assignment, and I told them they didn't understand life."

"내가 다섯 살 때부터 어머니는 늘 행복이 인생의 열쇠라고 하셨다. 학교에 갔더니 선생님이 내가 나중에 커서 무엇이 되고 싶은지 쓰라고 했다. 나는 행복해질 것이라고 썼다. 그랬더니, 선생님이 나더러 질문을 잘 이해하지 못했다고 했다. 나는 선생님이 인생을 이해하지 못하는 것이라고 말했다."

아이들에게 너희는 장래희망이 무엇이냐? 무엇이 되고 싶으냐? 하고 질문하면, 아이들은 모두 자신이 되고 싶은 직업을 이야기한다.

의사, 변호사, 선생님, 피아니스트, 운동선수, 간호사……. 아이들은 모두 자신이 보고, 듣고, 알고 있는 것 중에서 막연히 되고 싶은 것이 장래희망이라고 생각하는 것이다.

존 레논이 학교 다닐 당시의 선생님들과는 달리, 요즘 선생님들은 교사가 되기 위해 공부할 때 아이들의 희망을 직업에서 찾지 않도록 교육받아왔다. 그래서 열심히 나중에 커서 어떻게 살고 싶은지, 되고 싶은지에 대해서 설명하고, 그 되고 싶은 희망을 직업에서 찾을 수 있도록 설명한다. 하지만 아이들에게 박힌 고정관념은 쉽게 바뀌지 않는다. 자라면서 부모님으로부터 너는 커서 의사가 돼라, 검사가 되어라, 너는 선생이 되면 좋겠다, 하는 말을 꾸준히 들은 결과물이다. 존 레논은 다섯 살 때부터 행복이 인생의 열쇠라는 이야기를 어머니로부터 선물처럼 들었기 때문에 자신이 잘할 수 있는 것을 찾고 즐겁고 행복하게 해낼 수 있었던 것으로 생각한다.

자신이 유명한 가수가 될 것이라는 희망으로부터 시작한 것이 아니라 음악을 사랑하면서 즐겼고 음악을 통해 행복했기 때문에 세계적인 뮤지션이 되었으리라는 것이다.

현명한 어머니가 심어준 행복한 인생은, 인생을 이해하지 못하는 많은 사람에게 충분히 좋은 가르침이 되고 남는다.

엄마로서 나는 존 레논의 엄마처럼 현명하지 못했다. 그래도 그나마 직업을 장래희망으로 가르치기보다는 잘하고 하고 싶고 이루고 싶은 것을 인생의 목표로 삼도록 조언했다고 나름대로 생각하고 있었다. 고등학생이 되어서도 무언가 부족한 딸을 나무라면서 너의 인생 목표를 정하였느냐고, 도대체 너의 모습에서 아무 희망이 없다고 모진 말을 한 적이 있었다. 그랬더니 아무 말 않고 방으로 들어가더니 조금 있다가 편지 한 장을 불쑥 내밀었다.

To 사랑하는 우리 엄마

엄마 안녕. 엄마의 귀염둥이 형우야. 엄마가 이 편지를 보면서 시험 기간에 쓸데없는 짓 했다고 쯧쯧 혀를 찰 것 같지만 그래도 용기를 내어서 써 보았어. 있지 엄마, 내가 엄마한테 내 꿈과 내 계획을 얘기하지 않은 지 꽤 오래된 것 같아.

엄만 내가 아무런 꿈도 계획도 없이 빈둥빈둥 시간만 헛되이 보내는 딸로 보이겠지만 사실 나 되고 싶은 것도 있고 하고 싶은 것도 있고 가고 싶은 대학도 있어. 단지 내가 엄마한테 얘기하지 못한 이유는 두려워서야. 내 꿈과 계획을 엄마에게만큼은 너무나 얘기하고 싶었지만, 엄마가 내게 뭐라고 할지 알아서 차마 말할 수가 없었어. 언젠가 기억은 정확하지 않지만 내가 딱 한 번 엄마한테 되고 싶은 것을 이야기했던 적이 있어. 엄마한테 격려와 '넌 할 수 있을 거야'라는 말이 듣고 싶어서

했던 이야기들이었는데. 엄만 내게 "공부나 잘하고 그런 말 해라. 공부도 못하는 게 그런 게 될 수 있을 거 같냐."라고 쏘아붙였어. 공부를 잘해야 이룰 수 있는 꿈이라는 건 알았지만, 엄마한테 그런 말을 했던 건 '나도 꿈이 있어 엄마. 그러니까 내가 이 꿈을 이룰 수 있도록 날 격려하고 응원해 줘. 나도 노력해볼게'라는 뜻이었는데 엄만 내 희망을 들어주지 않았고 그날 난 그 꿈을 포기해버렸어.

그리고 다짐했지. '다신 절대 엄마에게 어떤 것도 얘기하지 않을 거야'라고. 사실 그 이후로도 내 꿈과 내 결정에 대해 망설이다 엄마의 현명한 조언을 듣고 싶어서 몇 번을 더 슬며시 얘기를 꺼냈어. 그때마다 엄마는 "네가 무슨 꿈이냐?" 이런 식으로 무시했었어. 아무렇지 않은 척했지만 사실 엄청나게 기대했었는데 너무 실망했었어. 그런 의미로 말한 거 아니란 거 알고 있지만, 나한텐 '넌 꿈을 꿀 자격도 없어'라는 듯해서.

매번 그런 엄마한테 상처받아서 이제 엄마가

"넌 꿈도 없니? 앞으로 어떡할 건지 이야기 좀 하자"라고 해도 없다고 말 안 한 거야. "내일모레 수능 칠 인간이 꿈도 없니? 그래서 어쩔 건데……."

고래고래 화를 내는 엄마, 그래도 누구보다 날 사랑하는 엄마란 걸 알고 날 위한다는 것도 알고 있어서 내가 더 실망을 많이 했던 거 같아. 그래도 엄만 내가 아무리 불가능한 꿈을 꾸더라도 날 응원해 주길 바랐거든.

엄마한테 나는 소중하고 세상에서 제일 사랑하는 딸인 것도 알고, 엄마가 하지 못한 것까지 다 해 주었으면 기대하고 있는 것도 알아. 그 기대에 미치지 못한 딸 때문에 더 상처받았겠지. 나를 꾸짖고 모진 말 하는 거, 누구보다 내가 잘 되길 바라고 그래서 내가 공부 잘하길 바라서 그런 마음이 들도록 하고 싶어서 그런 말 하는 것도 알아. 다 아는데 그래도 내가 바란 건 그런 말이 아니었어.

엄마, 난 엄마의 따뜻한 응원이 필요했던 거지 차가운 현실 직시의 말들을 원한 게 아니야. 나도 현실을 알고 있고 내 꿈과 내 성적과의 거리감이 얼마인지도 알고 있어. 그래도 용기 내서 말한 거야. 그 순간에 엄마가 정말 필요해서…….

편지를 쓰다 보니까 내가 엄마를 탓하는 것처럼 들리고 엄마 때문에 내가 이 지경이 된 거라고 엄마가 오해할 수도 있을 거란 생각이 드네. 하지만 그건 아니야. 내 성적이 이렇게 된 건, 내가 이 상황에 놓여있는 건 전적으로 내 탓이지 엄마 탓이 아니야. 엄마가 날 위해 얼마큼 노력하고 내 성공을 얼마나 간절하게 기원하는지 알아. 그래서 엄마한테 난 한없이 못난 딸이 될 수밖에 없는 것도 알고. 내가 언젠가 정신 차려서 공부 열심히 하기만 바라는 걸 알기에 난 항상 엄마에게 미안해.

그리고 한 번 더 용기를 내 보고 싶어서 이렇게 길게 편지 쓴 거야. 이번엔 그냥 조용히 들어줘. 부탁이야 엄마.

나 되고 싶은 것도 있고 가고 싶은 대학도 있어 엄마, 지금의 나에게 벅찰 수 있지만, 그 일이 하고 싶고 그 대학에 가고 싶어. 그래서 지금 내 성적으로는 수시는 불가능한 것을 알아. 남은 시험 아무리 잘 쳐도 절대 수시로는 불가능해. 그래서 거기까지의 거리를 좁히기 위해 최선을 다해 노력할 건데 그러려면 수능을 잘 쳐야 해. 그래서 이번 시험 끝나자마자 토익 공부와 수능 공부를 시작할 계획이야. 남들보다 모자라니 남들보다 더 일찍 열심히 해 볼 거야. 작심삼일이라고 할 수도 있어. 그래도 나 포기하는 대신 천천히 잠시 쉬어가면서 내가 결정한 일 한번 끝까지 해 보고 싶어. 난 아직 어리고 어리석어서 엄마의 조언이 또 격려가 필요해서 이렇게 편지를 쓰는 거야. 말은 그 무엇보다 가볍지만, 글은 그 무엇보다 무거운 걸 알기 때문에 내 결심을 보여주기 위해 편지로 썼어.

처음부터 다시 시작할까 하는데 너무 무서워. 엄마, 내게 확신을 줘. 엄마의 현명함과 결단력을 내게 나눠줘.

이 편질 보고 엄마도 내게 아무 말 하지 말고 편질 써 주면 좋겠어. 이 편지가 엄마의 마음을 조금이라도 아프게 했다면 정말 미안해. 그리고 사랑해.

언제나 내 엄마의 변함없는 딸 형우가.

두서없이 쓴 글 같았지만, 감정을 고스란히 드러낸 그 글이 내게 준 충격은 엄청났다. 생각해 보니 딸이 편지에 쓴 내용은 모두가 사실이었기 때문에 더욱 그러했다. 저를 위한다는 명목으로 모진 말과 무시하는 말로 콕콕 상처를 준 내가 너무도 미워 나는 돌아서서 얼마나 울었는지 모른다. 피를 토하는 심정으로 나는 그날 밤, 밤을 꼬박 새우며 길고 긴 편지를 썼다. 딸의 마음을 풀어 줄 수 있다면 무슨 일이라도 할 수 있을 것 같았다.

등교하는 아이를 차에 태우고 가면서도 나는 딸아이의 눈을 바로 바라볼 수가 없었다. 딸아이도 아무 말이 없었다.

"미안하다. 엄마가 참 부끄럽네. 이 편지에 엄마 마음을 그대로 담았으니까 읽어보고 엄마를 용서해 주었으면 좋겠다."

"엄마, 잘못한 거 없어. 엄마 미워했던 적도 없고, 엄마의 조언을 듣고 싶었던 거라니까."

편지를 받은 아이가 훌훌 멀어져 가고 나는 그때 비로소 엄마의 자리가 얼마나 무거운지를 알게 되었다.

나의 기준에 맞는 아이를 만들 것이 아니라, 아이의 기준에 맞는 엄마가 되는 것이 진정한 엄마의 자리라는 것을 알게 되었다. 성장하면서 아이는 스스로 생각하고 자신의 인생을 행복함으로 채워갈 준비를 하고 있으니까 지켜보고 격려해 주고 사랑해 주기만 하면 된다는 것을 그제야 알았다고나 할까.

마음으로
주고받은 편지

나리야, 나리 선생님.

세월이 이토록 빠르다. 벌써 3월 새 학기가 시작되고 한 달이나 지났네. 새로 옮긴 학교에 잘 적응하고 있겠지? 어디서든 사랑받을 자격이 있는 사람이지만 그래도 물가에 내놓은 자식처럼 염려스럽네.

우리 교사는 제도 때문에 한 곳에서 정착할 수 없는지라, 있던 곳을 옮길 때마다 사실 많이 힘들다는 것을 나도 경험으로 알고 있단다. 30년 교직 생활을 손으로 꼽아 보니 옮긴 학교가 12학교쯤 되네. 말해서 뭐하겠니.

그대는 이제 시작에 불과하지. 선생은 그래서 나그네야. 나그네 인생이라 굴곡지고 파란만장하지. 그래도 머물러 고여 있기보다는 넘쳐서 흐르는 것이 더 좋을 때도 있단다.

많은 사람과 교류하고, 더 좋은 정보를 얻고, 또 다른 문화를 배우면서 더 좋은 교사가 되어가는 것이지. 적응할 때까지 한동안은 부담감, 어색함, 낯섦 때문에 남의 집에 온 것처럼 불편할 거야. 그래도 그대는 인성, 품성, 능력 다 갖추었으니 마음의 벽을 허물어버리고 즐겁게 생활하는 지혜를 발휘할 거로 생각해. 옮기기 전에 처리해야 할 일을 하지 못하고 이제야 생각나 할 일을 보내는 무능한 교감을 어찌할꼬! 가기 전에 해야 할 교사 성과평가 처리를 하지 못하고 보냈네. 파일 첨부하니 정성껏 해서 보내주오.

우리 학교 교원이 7명이니 S등급 30% 2명, A등급 40% 3명, B등급 30% 2명으로 등급을 주어야 하는 것 알고 있지, 이번부터 차등지급률이 70%라 금액이 많이 차이가 난단다.

결과가 통보되고 나면 누구는 300만 원짜리 교사가 되고, 누구는 100만 원짜리 교사가 될 텐데 얼마나 씁쓸해질지 걱정이 앞선단다. 정량평가로 교사의 등급을 매긴다는 자체가 너무 큰 오류라는 것을 알지만, 그것 또한 제도라 하니 힘없는 교감이 어찌하겠는가 생각하고 이해해 주렴.

우리 학교에서 근무한 선생님 모두는 진심을 담은 교육을 펼쳤다는 것을 내가 너무도 잘 알고 있지. 함께 가르치고 함께 배우고 다 같이 행복했던 사람들인데 성과평가를 할 때마다 내가 죄인처럼 움츠러드는 것을 어찌하려나. 선생님들과 함께 협의하고 나는 업무처리만 하도록 할 거야. 작년에 협의한 성과평가 기준을 첨부할 터이니 2015년 그대, 선생님의 위대했던 성과를 기재해서 보내주시오. 남아있는 선생님들과 함께 공정한 심사를 하도록 하겠소. 등급이 어떠하든 그것과 선생님의 공적은 무관하다는 것을 미리 말해두오. 변화가 무쌍한 날씨에 건강 조심하고 즐겁고 행복하게 사는 것이 최선이더라.

예비 엄마 나리는 아기를 위한 마음으로 생활하고, 바람결에 들리는 소식이 모두 좋은 소식이기를 빌게. 지나는 길에 보고 싶거든 들러주렴. 우리 학교 동산 숲의 봄을 함께 즐기고 싶어지네. 요즘 맛있는 은수네 토마토가 한창인데 한 번 들리겠다 연락 주면 내가 주문해 놓고 기다리마.

이만 안녕.

교감 선생님! 잘 지내시죠?

어제 병원 잘 다녀왔는데 작았던 아이가 결국 잘 못 자라서 쌍둥이에서 한 명으로 바뀌었다고 하더라고요. 나머지 한 명은 그래도 잘 자라고 있다고 해서 그걸로 위안 삼으려고 해요. 오랜만에 소식 전하면서 좋은 소식 못 전해서 마음이 그러네요. 그래도 많이 맘 써주시니까 알려드리는 게 맞는 거 같아서요. 학교는 아직 낯설지만, 그럭저럭 잘 지내고 있어요. 업무 하면서 예전에는 뻑 하면 교감 선생님께 들고 가서 이것저것 여쭤봤는데 이제는 혼자 힘으로 하려니 칠산이 더 그립네요. 성과급 기준표 작성하면서 자격도 없는데 싶어서 너무너무 무안하고 민망하고 그렇더라고요.

늘 감사한 마음뿐이에요. 조만간 한 번 들를게요. 좋은 일만 있으시길 기도할게요.

다른 선생님들께도 안부 전해 주세요. 감사합니다.

나리 선생님,

그런 경우가 종종 있더더라. 두 아기 다 잘 됐으면 정말 좋았을 텐데 정말 안타깝다 그지. 그래도 남아있는 아이가 있으니 마음 추스르고 강한 엄마가 되어야 한다. 두 몫으로 잘 키워야지. 우리 나리 선생님은 여기 이곳에서 모든 이에게 늘 많은 기쁨을 주었단다. 몸이 아픈 날 빼고 하루도 찡그린 날을 본 적 없었어. 늘 해맑게 웃었지. 별일 아닌데도 감사해 하고, 무슨 일이 있을 때마다 커피, 아이스크림, 케이크 등을 준비해 남보다 먼저 베풀고자 하는 따뜻한 정이 있었지.

먼저 양보하고 다른 사람부터 배려하는 착한 마음씨가 정말 예뻤어. 자신을 낮추는 겸손함도 좋았고, 튀지 않으면서 자신의 할 일을 챙기려는 노력도 좋았고, 아이들에게 마음을 다하는 모습도 좋았고, 부모님 사랑 듬뿍 받아 맷힘 없이 사랑스러운 모습이었어. 이렇게 예쁜 나리 자신에 대해 자랑스러워해도 된단다. 이제 그렇게 기다리던 엄마도 되니까 자부심을 마음 가득 품도록 해라.

그리고 항상 조심하고 마음을 편안하게 가져야 한다. 시간 있을 때마다 몸을 이완하고 편안하게 호흡하며 명상을 해봐 많은 도움이 될 거야. 자세 바르게 하고, 뛰어다니지 말고, 음식 골고루 챙겨 먹고, 남 미워하지 말고, 아이들에게 웃는 낯으로 대하고, 특히 남편을 사랑하는 마음을 가져야 한다.

아기 가졌을 때 가장 행복해야 한다. 그래야 예쁜 엄마 될 수 있어. 주위 사람도 주위 사람이지만 나리 자신에게 가장 많이 신경 쓰고 마음이 가는 대로 살아라.

예전에 내가 아이 가졌을 때, 나를 배려해 주지 않는 주위 사람들 때문에 많이 힘들었다. 입덧이 심하니까 남편도 싫어지고 싫어하는 마음이 있으니 불편하고 마음이 편치 못하더라. 짜증도 내고, 뱃속 아이를 원망도 하고, 남편을 미워하고, 그러다 보니 마음이 더 불편하고 편치 않았어. 지금 생각해 보면 후회되고 아이들에게도 많이 미안하단다. 다시 아기를 가진다면 그러지 않을 텐데 이제 너무 먼 강을 건너왔어. 하하하, 하지만 우리 현명한 나리는 정말 잘할 거야. 화이팅 하고 우주 엄마 화이팅!

PS. 성과평가 공정하게 심사하겠지만, 등급이 낮아도 이해해라. 그 등급이 지난해 너의 성과가 아니라는 것을 미리 말한다, 나리야.

교감 선생님!

좋은 말씀 정말 감사해요. 시험관 시술이다 보니 아무래도 이래저래 걱정이 많았는데 교감 선생님 말씀처럼 마음 편히 가지고 좋은 생각만 하려고 노력할게요.

칠산에 있는 동안 선생님들께서 너무 많이 배려해 주시고 좋은 말씀도 많이 해 주셔서 감사했는데 옮기기 직전에 아기를 가져 좋은 선물 받은 것 같아 정말 너무 감사한 마음뿐이에요. 성과급은 높은 등급 주시려고 그러시는 게 오히려 저한테 부담 주시는 거니까 마음 편하게, 공정하게 주세요. 좋은 글 받고 제 마음은 요렇게 밖에 표현 못 하지만 마음은 정말 듬뿍 담겨 있는 거 알아주실 거죠? 오늘부터 꽃샘추위라고 하니 감기 조심하셔요.

2016학년도 다른 학교로 옮겨간 선생님과 주고받은 편지이다. 기다리던 아이를 가진 예쁜 선생님께 축복과 함께, 성과평가란 불합리한 제도로 인해 기가 꺾이지 않았으면 하는 바람으로 좋은 등급을 주지 못한 미안함을 전했다. 안정기에 접어든 선생님이 뱃속 아이와 함께 행복하다는 소식을 전할 때마다 내 딸처럼 얼마나 소중하고 감사하던지…….

지난 10월 19일에는 나리 선생님이 예쁜 딸을 출산했고, 아기랑 함께 너무 행복하게, 예쁘게 잘살고 있다고 전해왔다. 기다리던 아기와의 일상이 바쁘면서도 즐겁고, 힘들면서 달콤할 나리 선생님, 그렇게 엄마가 된다는 것을 비로소 깨닫게 되면서, 자신을 길러준 엄마도 생각해 보는 시간이 되리라 생각하니 저절로 웃음 지어진다.

길고양이 가족

   가끔 아파트 길 위에 보였던 삼색 길고양이가 아파트 1층 밑 공간에 새끼를 낳았다. 화단과 접해 있는 공간으로 지나다니는 사람들이 제법 많은 곳이다. 어미가 없는 틈을 타 살짝 들여다보니 정말 예쁜 새끼 네 마리가 새근새근 잠을 자다 인기척에 작은 입을 벌려 하악 소리를 내며 위협의 몸짓을 한다. 얼른 시선을 거두고 돌아 나오며 무사히 잘 커 주기를 바라는 마음이었다.

   그 다음 날부터 그곳에는 온통 사람들의 관심이 쏟아지고 있었다. 볼 때마다 사람들이 고양이네를 넘보고 있었다. 출근할 때 보니 아기랑 엄마가 들여다보고 있더니, 퇴근할 때는 초등학생들이 또 들여다보고 있어 은근히 걱정되던 차에 어미 고양이가 아기를 어딘가로 옮겨 버렸다. 그다음 날부터 고양이 기척이 보이지 않았다.

   사람들이 위협되어서 어미가 옮겨 갔구나 생각하며, 안전하고 은밀한 곳으로 갔기를 바라는 마음이었다. 그때가 월요일이었다.

그러고 이틀 후 수요일 밤에 딸아이랑 마트에 다녀오려고 나가는 길이었다. 맞은편 아파트 뒤쪽 에어컨 실외기 근처에서 새끼 고양이 울음소리가 애처롭다.

"꼭 살려달라는 외침 같지 않니? 딸아."

딸도 그런 것 같다며 어디서 소리가 나는지 찾아보기로 했다.

언덕을 올라서 살펴보니 배수구인지 제법 큰 플라스틱 관이 박힌 고무통 뚜껑 같은 것이 땅에 묻혀 있고 그 주변의 조그만 틈 사이로 울음소리가 나는 것이었다.

"아마도 어미가 여기로 옮겨와서 꼭꼭 숨겨두었나 보다. 그런데 들어갈 틈이 없는 것 같은데 어디로 들어갔지? 우리 소리가 들리니까 새끼 고양이들이 더 목청껏 우는 것도 이상하다. 그지? 원래 고양이는 보호본능이 있어서 기척이 들리면 더 울지 않는다는데……."

어쩐 일인지 좀 불길한 예감이 들어 딸아이와 이런저런 말을 주고받으며 살펴보고 또 살펴보았지만, 딱히 어미 고양이가 들락거릴 공간이 없는 것 같아 걱정되었다. 내일 어미가 이 주위에 있는지 보면 알겠지 하면서 돌아섰다.

아침 출근길에 그곳을 넘겨다보니 삼색 어미가 그 통 옆에 비스듬히 누워 있는데 여전히 어디 깊은 곳에선가 새끼 고양이 울음소리는 계속 들리고 있었다. 뭔가 이상한 감은 있었지만 '어미가 곁에 있는데 별일 있으려고, 얼마나 현명한지 사람 시선을 피

해 새끼를 옮겼는데 관심을 끊어야지 어련히 잘 돌보겠나.'

그러면서 가끔 먹이와 물만 갖다 두었다. 일요일 아침 시골 가려고 나가면서 사료와 물을 가지고 가니 어미가 힘없이 또 누워 있는데 젖이 불어 벌겋게 열이 올라있고, 여전히 가냘픈 아기 울음소리가 들리는 것이 이상하게 불안했다. 오후 다섯 시쯤에 도착해서 사우나를 갔다 오고 사람들의 시선이 뜸할 때를 기다려 아들과 함께 다시 그곳을 찾아갔다.

마침 어미가 자리에 없었다. 새끼 고양이 울음소리가 들리는 작은 틈 사이로 카메라 플래시를 비추고 화면을 보니 1m는 족히 되는 깊이의 조그만 틈새로 아사 직전의 새끼 고양이가 보이는 것이 아닌가. 너무 기가 막혀서 말이 나오지 않을 지경이었다. 눈만 새까맣게 뜨고서 올려다보는데 아들과 나는 할 말을 잃은 채 마주 볼 수밖에 없었다. 추측하건대 급하게 아기를 이곳으로 한 마리씩 물어다 놓고 어미가 들어가려고 보니 틈이 작아 들어가지도 못하고 주변만 맴돌고 있었던 것 같았다.

"아이고 우짜노? 이 일을 우짜노?"

그렇게 애지중지하던 새끼들이 애타게 어미를 부르는 소리를 듣고도, 서서히 죽어가는 소리를 듣고도 어찌할 수 없었던 어미의 애타는 마음이 짐작되면서 코끝이 찡했다.

아들이 중얼거린다. 멍청한 어미네. 어떻게 이런 곳에다 새끼를 물어다 놓을 수 있지? 아들은 나와 다른 생각을 했나 보다.

나는 어미의 처지를 생각했는데 아들은 새끼의 고통을 먼저 헤아렸나 보다.

'이 현명하지 못한 어리석은 어미야. 저 아기들도 얼마나 힘들었겠나. 얼마나 고통스러웠겠나. 내가 구해 줄게.'

아들과 함께 집으로 다시 돌아와 박스, 장갑과 화장지, 신문지, 헌 옷가지, 베개를 벗겨 꺼낸 솜과 플래시를 준비하니 남편이 쳐다보며, "벽돌 날아올라. 조심해라." 한마디 거든다.

"이 모든 것이 조심성 없는 사람 때문이야. 들여다본 내 잘못이기도 하니까 내가 구해 주어야지."

아들과 나는 단단히 무장하고 내려갔다. 플라스틱 관 뒤쪽의 틈새라 그 관이 장애물이 되었고 팔이 턱없이 짧아 닿지도 않았다. 좁은 곳에서 허리를 구부리고 앉아, 빨리 빼내야겠다는 조급한 마음에 땀이 비 오듯 흘러내려 눈앞을 가렸다.

날씨조차 비가 오락가락하는 장마철인 데다 모기도 많이 윙윙거려서 눈앞이 혼미한 상황이었다. 아들이 자기가 해 본다며 관을 조금 밀치자 다행히 관이 고정되어 있지 않아 뚜껑과 함께 분리되었다.

아들이 팔을 넣으려고 하자 내 팔보다 두터워서 들어가지 않는다. 뚜껑이 없는 빈 고무통 위로 비스듬히 누워 팔을 집어넣자 간신히, 정말 간신히 고양이가 잡힌다. 도망갈 줄 알았는데 이 영리한 아기가 오히려 쉽게 잡혀준다.

끄집어내고 보니 노랑 무늬와 흰색이 섞여 있는데 그 모양은 너무나 처참하다. 어림해도 일주일은 넘었을 시간 동안 그곳에서 굶고 있었으니 어떠했겠는가?

분명히 네 마리였으니 또 있을 것이라는 생각에 야옹거리며 다른 틈새로 불을 비추자 가냘프게 또 한 마리의 소리가 들려왔다. 아 그 녀석도 아까 구한 그곳으로 고개를 내밀고 올려다본다. 땀을 줄줄 흘리며 끄집어내자 흰색, 노란색, 까만색의 삼색이다. 아까 그 녀석보다는 조금 더 눈이 또렷하다. 그리고 나머지 두 마리를 불러보았지만, 기척이 없다.

아들과 나는 어미가 모르고 두 마리 먼저 빠뜨리고 그제야 상황을 알아채고 나머지 두 마리는 다른 곳에 옮겨 놓은 것으로 결론을 내렸다. 새끼가 또 빠질까 봐 가져간 헌 옷과 솜으로 틈새를 꽁꽁 틀어막아 두고, 우리는 마주 보며 한숨을 돌렸다. 박스에 넣어 놓은 두 마리 새끼고양이의 몰골은 말로 다 표현할 수가 없다. 다리와 꼬리는 꼬치처럼 가늘고 눈알은 톡 튀어나와 살아날 가능성이 있을지 의문스러울 지경이었다. 발발 떨고 있는 여린 아기들의 젖은 몸을 휴지로 닦아 주고 가져간 물로 입을 축여주려 했지만 받아먹을 힘조차 없어 보였다. 빨리 어미를 만나는 수밖에 없는 상황이었다.

박스에 헝겊을 깔아 주고 새끼 두 마리를 고이 넣어 두고 얼른 주변을 정리하고 자리를 빠져나왔다. 그리고 집에 가서 샤워하고 다시 걱정되어서 딸이 사다 둔 습식 간식과 물을 데워 넣은 작은 페트병, 데운 우유를 가지고 나가 보니 어미는 오지 않고 두 마리 중 삼색이 한 마리는 어떻게 빠져나왔는지 박스 바깥에서 야옹거리며 비가 오는 데 비틀거리며 다니고 있었다.

박스에 담아 지하 주차장 입구 밝은 곳에 데리고 나와 준비해 간 것을 먹여 보았다. 뒤에 빠져나온 고양이는 묽은 죽 같은 것을 조금 먹고 우유도 조금 핥아 먹었다. 사람 먹는 우유는 안 된다고 했지만 어떻게 다른 방법이 없었다. 처음 구한 아기는 고개를 떨구고 눈도 제대로 뜨지 못한 채 입에도 대지 않고 가만 앉아 있다. 아까처럼 목메어 울지도 않는다. 안심이 된 걸까? 기력이 다한 것일까? 그래도 나머지 한 마리는 아등바등 움직임이 활발하다. 박스에 담아서 아까 그 자리에 놓아두려고 하자 삼색이 새끼고양이가 소리 내어 운다. 그런데 이상하게 작고 미세한 다른 소리도 들리는 것 같다. 아들이 저 아래에서 또 소리가 나는 것 같다고 한다.

아이고 이 일을 어쩌나? 틈도 다 막았는데……. 다시 황급히 막았던 솜을 빼내고 플라스틱 관도 치우고 불을 비춰보자 까만 새끼 고양이 두 마리가 또 보인다. 우리는 마주 보고 한숨을 쉬며 아까의 그 작업을 다시 시도한다. 그런데 요놈들은 경계가 심해서 쉽게 잡혀주지 않는다. 우리는 팔을 넣었던 곳이 아닌 조금 뚫려있는 다른 곳의 틈을 조금씩 넓혀보기로 한다. 마침 흙과 자갈로 덮어둔 것이라 조금씩 틈을 넓힐 수가 있었다. 흙 부스러기가 아래로 떨어질 때는 혹시 새끼 고양이를 덮칠까 염려되기도 했지만 오랜 시간 공들인 작업 끝에 점박이 고양이와 까만 고양이 두 마리를 다시 구할 수 있었다. 다시 와서 그 소리를 듣지 못했다면 두 마리는 구할 수 없었을 뿐만 아니라 그것이 내 탓일 수도 있었을 거로 생각하니 아찔했다.

네 마리를 박스에 넣었다. 올려다보는 눈이 얼마나 애처롭던지 입가에 물을 조금 묻혀주고 어미가 빨리 오길 기다리며, 땀에 젖은 몸과 모기에 뜯긴 곳을 긁어대며 그곳을 떠났다.

씻고 자리에 누웠는데 앙칼진 고양이 소리가 무섭게 들린다.

벌떡 일어나 창문을 열고 그곳을 바라보니 어미인 듯한 고양이가 다른 고양이를 향해 으르렁거리는 소리가 들린다. 아까 밥그릇을 탐내고 우리 주위를 어슬렁대던 고양이가 차 밑에서 나오는 것이 보인다. 어미가 왔나 보다. 한숨 돌리고 잠을 청했다.

다음 날 아침, 일어나자마자 대충 머리를 매만지고 그곳으로 가보았다. 어미가 고무통의 뚜껑 위에 앉아 있고 그 주위에 새끼 네 마리가 모여 있다. 나를 한번 힐끗 바라보더니 발치 아래의 새끼고양이를 열심히 핥아준다. 새끼 고양이는 몸을 못 가눌 정도로 여위어 있지만, 엄마의 사랑에 만족한 얼굴이다. 다행이다. 감동이 밀려와 눈시울을 붉히며 발길을 돌렸다.

어제 그 좁은 틈을 오가느라 시달려서 팔뚝에 멍이 시퍼렇게 들었지만, 고양이 가족을 구한 뿌듯함에 날아갈 것 같았다. 그렇게 고양이 가족의 시련은 끝난 줄 알았다.

　퇴근하고 돌아오면서 그곳으로 가보니 아침에 둔 먹이는 입도 대지 않은 어미는 아침 그 자세로 앉아 있고 아침에 어미에게 온몸을 맡기고 누워있던 점박이 고양이는 미동도 않고 누워 있었었다. 그 발치의 노란 고양이 한 마리도 꼼짝 안 했다. 얼마나 핥아 주었던지 털은 푹 젖어 있었다. 눈동자에는 초점이 없었고, 앉아서 날아오는 파리를 발로 쫓고 있었다. 눈물 없이는 볼 수 없는 광경이었다. 다행히 두 마리는 야윈 몸이었지만 어미 주위를 맴돌고 있는 모양이 제법 똘똘했다. 열심히 어미 고양이에게 말을 붙였지만, 반응이 없다.

　'내가 네 새끼를 구했어. 그러니까 경계하지 마. 네 아이들은 엄마 품에서 죽었으니까 그래도 괜찮아……. 조금 더 일찍 구해주었으면 좋았을 텐데 미안해. 도와달라고 좀 하지. 남은 새끼들 잘 키워라. 사람들도 좋은 사람 많단다.'

　그날 저녁 어미 고양이가 두 마리 새끼를 데리고 또 다른 곳으로 이동하고 그 자리에는 빈 박스와 헌 옷가지와 새끼 고양이 사체 두 구가 남아있었다. 밤을 틈타 장갑 위에 비닐장갑을 끼고 신문지와 꽃삽, 모기 퇴치제까지 준비해서 새끼 고양이를 묻어주러 나갔다.

　박스와 헌 옷을 쓰레기봉투에 담고 새끼 사체 두 구를 함께 신문지에 싸서 땅을 파고 묻어주었다. 그 위에 돌덩이 한 개를 포개놓고 주변을 깨끗이 한 후 돌아왔다.

　이제는 그들의 운명은 내 손을 떠난 일, 뜻하지 않게 그 아이들의 운명에 개입해 마음의 상처와 팔뚝의 상처까지 남기며 나름대로 최선을 다했으니 앞으로 남은 것은 어미 고양이와 새끼 고양이의 몫이겠지. 마음속으로 잘 되기를 기도하며 응원하다 어느 날 눈에 띄면 반갑게 웃어 줄 수 있을 만큼 건강하게 길 위의 삶을 이어가기를 빌어본다.

　집에서는 이미 고양이 한 마리를 기르고 있다. 알록달록해서 달록이라고 이름 붙였다. 길 위의 고양이를 집으로 데려와 키워 보니 그 아이가 주는 기쁨은 말로 다 표현할 수가 없다. 그 약한 아이들이 사람에게 주는 피해가 무엇이겠나? 사람이 훨씬 더 강하고, 사람이 더 많이 가지고 있지 않나? 약한 생명에게 입는 피해는 조그만 것이라도 쉬이 흥분하고 용서하지 못하고 살생을 서슴지 않는다.

　길고양이 가족이 겪은 가슴 아픈 일을 통해 인간과 동물, 자연과 사람이 상생하는 법을 배운다면 지구의 모든 살아있는 것이 다 행복해 질 수 있으리라는 생각을 해 본다.

　이 세상의 자연, 하늘과 땅, 비와 바람과 해는 사람만을 위한 것이 아니다. 이 세상을 살아가는 모든 살아있는 것들의 것이다. 함께 누리고, 함께 지키고, 함께 살아갔으면 좋겠다.

행동발달
종합상황

벌써 이번 주도 하루를 남겨두고 있고, 학기 말이 다가오고 있습니다. 이맘때가 되면 선생님들 마음이 무척 바빠집니다. 1년 동안 희로애락을 함께한 아이들의 면면을 또 들여다보시고 또 살펴보곤 하겠지요. 학생생활기록부의 '행동발달 종합사항'을 등록하기 위해서지요.

그동안 지켜보면서 기록했던 상담일지와 경영록, 그 외에도 선생님들만의 방법으로 아이들을 파악하면서 너무도 잘 알고 있는 아이들이라 자부하건만, 막상 그 아이의 모든 것을 압축해서 한마디로 표현하고자 하면 망설여지는 것이 사실입니다.

아이들의 내면을 이해하고 아이가 했던 행동들을 토대로 그 또래에게 알맞은 발달상황을 기록해야 하는 것이 담임으로서의 마땅히 해야 할 일임을 잘 알고 있기에 더욱 막막한 건지도 모르겠습니다. 단편적인 내용의 서술이 아니라 1년 동안의 학교생활

중 특별하게 의미 있는 상황들을 종합해서 써야 하고, 누구나 공감할 수 있는 내용이어야 합니다.

   아이들을 담임하던 시절에 나도 그랬습니다. 행동, 학습발달상황 등 지금 있는 그대로 보이는 현상을 기록하는 것이 옳은 일인지, 잠재된 능력과 장래를 예측해서 기록해야 하는 것이 옳은 일인지, 기록하려 할 때마다 망설임이 가득했지요.

   예전에 어린 시절 잊지 못할 선생님을 찾아 해후하는 《TV는 사랑을 싣고》라는 프로그램이 있었습니다. 의뢰인이 다니던 학교를 찾아 자신의 생활기록부를 열람하고 성적과 행동발달 사항 등을 보면서 지금의 모습과 비슷한 부분이 있다고 한 사람도 있었고 지금 현재 모습과는 다른 기록을 보며 어이없어하던 장면도 있었습니다. 1학년부터 6학년까지의 내용을 보면 기록한 내용이 거의 일치하는 것도 있었고, 너무도 상반된 기록이 있기도 했습니다. 학년도마다 그 내용이 차이가 있을 수밖에 없는데도 어떤 선생님은 그 사람을 잘 파악한 것이 되고 어떤 선생님은 무성의하고 의미 없는 기록을 한 것으로 보였습니다.

   그 프로그램을 볼 때마다 나와 함께했던 아이들에게 나는 담임선생으로서 어떤 기록을 남겼을까 하는 책임감이 마음을 무겁게 하기도 했습니다. 그리고 선생으로 지낸 1년에 대해서 되돌아보게 되었지요.

   나는 과연 이 아이들에게 정성을 다했는지, 따뜻한 관심과 지극한 사랑의 마음으로 이 아이의 성장과 발달에 어떤 영향을 미쳤는지, 후회와 함께 회의감이 몰려올 때가 많았습니다.

잘못된 행동을 지적하고 나무라고 애써 고치라고 압박한 적도 있었고, 스스로 잘하고 있는 아이는 내가 그런 영향을 미치게 해서 그리된 것처럼 으스대고 자랑하고, 잘못된 행동이 계속되는 아이는 그 부모의 양육방법에 대해 탓하면서 어린아이들의 가슴에 상처를 낸 적도 많았을 거로 생각해 봅니다.

스물여섯 해 전, 결혼도 하지 않은 처녀 시절을 떠올려봅니다. 6학년 담임을 하며 나름 열정을 다했습니다. 방학을 이용하여 희망하는 아이들을 시골집으로 데리고 가서 들과 산으로 시골생활을 체험시키며 즐거워했었고, 여름방학 때는 배낭을 메고 지리산 산골학교로 캠프를 가기도 했습니다. 겁 없이 아이들을 훈육했고 성적을 올려야 한다는 일념으로 서슴없이 매도 들었지요. 행동이 바르지 못하면 변할 때까지 끝까지 물고 늘어지는 근성도 보여주었습니다. 아이들은 잘 따라 주었습니다. 우리 반은 6학년 다섯 개 반 중에 제일 공부를 잘했고 말썽도 없었고 모범적이었으며 잘 놀고 열심히 공부해 주었습니다. 운동회 때에는 응원상을 휩쓸었고, 수학여행 때는 질서와 흥으로 단합된 모습을 보여주었지요. 아이들은 그렇게 철없는 저에게 무한 사랑으로 보답해 주었습니다. 그렇게 내가 아이들 모두를 아껴 주는 것처럼 모두가 다 나를 좋아하고 사랑해 주는 줄 알았습니다. 그러나 그 아이 중 늘 혼나는 친구가 있었습니다. 늘 인상을 찌푸리고 자기만 알고, 친구들의 잘못을 고해바치면서 불만이 늘 가득한 친구였지요. 여름방학 통지표 학부모님께 보내는 글에 그 아이의 잘못된 점을 엄청난 글솜씨로 죽 나열했고 방학 중에 고쳐볼 것을 당부했습니다.

방학이라 시골집에 내려가 있던 나는 학부모의 항의 전화를 받았습니다. 그리고 방학 중 당직일 날 학부모를 만났지요. 내가 통지표에 적어준 자기중심적이라는 말에 대한 반감과 생활기록부 반영에 대한 문제 제기가 있었습니다. 게다가 5학년 때와는 다르게 내려간 성적에 대한 학부모의 분노는 깊었습니다. 나는 한 학기 동안 그 친구의 행동에 대한 기록, 그리고 평가의 결과를 보여주며 또박또박 반박했습니다. 그리고 1학기 통지표 내용은 생활기록부에 그대로 반영되는 것이 아니다. 잘못된 행동을 부모님과 함께 고치라고 그렇게 적었다는 등의 말을 했던 것으로 기억됩니다. 말은 그렇게 했지만 사실 그때 그 아버님과 어머님의 서슬 퍼런 분노를 맞닥뜨린 이후로 많은 생각을 하게 되었습니다.

제가 젊은 시절에는 그랬습니다. 그때는 어머니가 되기 전이었습니다. 어머니의 마음을 모르던 때였습니다. 좋은 점은 접어두고 그렇지 않은 부분 쏙쏙 끄집어내어 신랄한 비판까지 더해 기록하고는 좋은 점은 너희가 알 테니 잘못된 부분을 고치라고 써 놓는 거라는 말도 안 되는 판단을 하며 나 자신을 위무하곤 했죠. 학부모가 된 후에는 내가 그때 얼마나 무모하고 건방졌나를 새삼 생각하게 되었습니다.

그 아이들이 지금은 30대 후반의 어른이 되어 나름 자신만의 삶을 꾸려가고 있을 텐데⋯⋯. 그 아이들에게 이제야 말합니다. 너희가 내 인생의 지침이었고 너희가 있었기에 나의 인생이 값진 것이었다고.

사람의 속성은 끝없는 변화를 바탕에 두고 있습니다.

오늘의 아이들이 내일의 아이들이 아닐진대 내가 기록하는 한마디가 훗날, 그 아이들의 인생에 오점이 될 수도 있다는 사실이 못내 걱정되어 문구를 고치고, 어휘를 바꾸고, 못 하는 것보다는 잘하고 있는 것을 부각하고, 고쳤으면 좋을 사항을 적다가도 학부모의 입장에 서서 그 기분을 헤아려 보고 다시 지우고, 쓰고 지우기를 반복하다 보면 그 아이의 참모습이 더욱 아득해지는 경험을 하곤 했습니다. 이 아이가 1년 동안 했던 학교생활 중 발전적이고 좋았던 점만 찾아보자, 가능성이 있는 부분을 파악해 보자, 고운 데만 찾아보자고 하건만 잘 찾아지지 않는 아이가 있습니다.

좋은 점만 줄줄 나열되는 아이, 이것도 저것도 아닌 아이, 아무리 곱게 보려 해도 미운 구석이 있는 아이, 사람의 관점은 이렇게 편협된 부분이 많이 있는 것 같습니다. 선생도 사람이라 그런 것이지요. 그래서 저는 이런 방법을 써 보기도 했습니다. 자기한테 꼭 칭찬해 주고 싶은 것을 적어보고 일어나서 발표해 보기로 했었지요. 그리고 20년 후 서른 살 즈음에 어떤 사람이 되어 있을지도 말해 보기로 했습니다. 그랬더니, 모두 자신의 장점을 찾아내어 발표했습니다.

밥 먹을 때 편식을 하지 않는다, 동생을 잘 돌본다, 책을 많이 읽는다……. 그리고 아이를 혼내지 않는 좋은 아빠가 되어 있을 것이다, 돈을 많이 벌 것이다…….

웃었습니다. 그리고 생각했습니다.

'그래, 너희가 존재하는 것만으로 부모에겐 기쁨이고 너희 자신에게는 희망이다. 너희 모두는 최고이고, 최고의 대접을 받을 가치가 있다. 태어나 자라면서 맞닥뜨린 환경이 너를 힘들게 하여도 세상을 살아가다 보면 선해질 수 있고 보람찬 삶을 살 수 있다. 괜찮다. 모두 잘할 수 있다. 아이들아'

'결심했어! 너희의 단점은 너희 스스로 잘 알고 있으니 좋은 점만 찾아내어 한 번 써 보마.'라고…….

이렇게 우리는 아이들을 통해 더 많은 것을 배우게 됩니다. 아이들의 행동발달 상황을 기록하면서 내 발달 상황도 점검해 보는 기회를 가질 수 있는 우리는 행복합니다.

선생님, 행복하고 너그럽게 아이들과 함께하는 오늘이 선생님과 아이들에게 더없는 기쁨이었으면 좋겠습니다.

딸에게 보내는 편지

내 딸 형우야,

1990년 11월 18일, 엄마는 아내가 되었단다. 한 남자의 아내가 되는 것이 무엇인지도 모르고 남들처럼 결혼이라는 것을 했더랬지. 아빠와 엄마는 서로 너무도 달랐단다. 자라온 가정의 문화가 달랐고 사소한 것에서부터 큰일까지 어쩌면 그렇게 서로의 생각이 다르던지…….

힘들고 억울할 때도 있었단다. 우리 엄마 아버지에게 둘도 없이 사랑스러운 딸이었던 나였는데 이 남자가 뭐라고 나를 이리 힘들게 할까. 다투기도 했고 남몰래 울기도 하면서 하얗게 밤을 지새운 적도 많았단다. 그래야 하는 것이려니, 그리 살아야 하는 것이려니, 차마 힘든 속내조차 숨기면서 살았던 시절이었다.

그리고 엄마가 되었지.

1992년 1월 27일 오빠 형건이의 탄생과 1994년 11월 1일 형우,

너의 탄생으로 나는 가녀린 여자에서 강인한 엄마가 되었다.

배속에 새 생명이 꿈틀거리면서 처음으로 말할 수 없는 책임감을 느꼈단다. 열 달 동안 불러오는 배와 함께 먹는 것, 자는 것, 움직이는 것이 말할 수 없이 힘들었고 말과 행동, 눈빛조차 조심해야 했지만, 그것보다는 기쁨이 수만 배 더 컸단다.

뭐라 말로 표현할 수가 없구나. 너희가 태어나던 날의 그 벅찬 희열을……. 산고의 고통은 오히려 축복이었지. 왜냐하면, 그 고통 뒤에 찾아온 선물이 너무나 고귀했거든. 순한 눈망울, 발그레한 볼, 꼬물거리던 손과 발, 젖은 머리칼……. 연약하고 부드러운 너는 내 사랑과 보살핌이 꼭 필요한 아기였고 내 새끼였다. 그때는 힘들어도 힘든 줄 몰랐단다. 아플 겨를도 없었지.

아침부터 저녁까지 너희는 나의 손길이 필요했고, 나를 꼼짝 못 하게 했지만, 너희가 나의 사랑과 보살핌으로 쑥쑥 자라주는 것이야말로 엄마의 살아가는 이유이기도 했던 시절이었다.

착한 내 딸, 우리 형우. 그렇게 너는 내 곁에 왔고, 나는 세상에서 가장 큰 선물을 받은 엄마가 되었단다. 이제 이렇게 훌쩍 자라 엄마와 친구 할 정도로 생각이 깊어진 너를 보면서 지난 시절을 떠올려본다.

가끔 너는 내게 어릴 적 기억을 말하곤 했어. 유치원 다닐 때 유명한 아저씨가 와서 과학체험교실을 오후 다섯 시에 하게 되었는데 엄마에게 몇 번이나 확인하고 그날만 기다렸지만, 엄마는 다섯 시 반쯤 퇴근해서 여섯 시에 유치원에 도착했고 과학체험교실이 끝나 버려 너무너무 안타까웠다는 이야기, 단 한 번도 공개수업에 참관하지 않았다는 이야기, 초등학교 졸업도 혼자서 하고, 중학교 졸업은 고등학생인 오빠와 겹쳐서 오빠 졸업식에는 꽃다발 들고 가고, 너한테는 아빠가 왔다는 이야기. 고등학교 졸업식은 오빠가 대신 왔다는 이야기, 수능 보고 혼자 걸어서 왔다는 이야기 등 보따리를 풀면 수도 없이 쏟아지는 서운한 이야기들을 엄마는 웃음과 농담으로 받아넘겼지만, 마음이 참 아팠단다.

평소에 당차고 대범한 네가 그런 일은 쉽게 잊어버릴 줄 알았는데 어린 마음에 두고두고 서운했던 모양이다. 엄마가 마음에 들지 않는 날이면 종알대던 너를 보며 나는 한 번도 내 잘못을 인정하기는커녕 그리할 수밖에 없는 내 사정만 너에게 받아들이기를 강요했지. 많이 미안하다. 되돌아가 다 해 줄 수 있으면 좋겠다는 생각도 많이 했단다.

엄마에게도 이유와 핑계는 다 있었지. 유치원 사건은 엄마의 실수였어. 다섯 시를 여섯 시로 잘못 알았고 조금 일찍 퇴근할 수도 있었는데 까마득히 잊고 있다가 집에 가서야 알게 되었다는 사실을 고백하마. 한 번도 너에게 이 사실을 이야기하지 못했네. 너에게는 사소한 잘못도 다그치고 인정하고 반성하라고 나무라면서 엄마의 실수는 스스로 고백도 하지 못하는 못난 엄마였다, 그쟈?

　또 하나 너의 공개수업을 참관하려면 우리 반 수업을 빠져야 하는데 너보다 내가 맡은 학급의 학생들이 우선이었고, 학급을 다른 선생님께 맡기고 외출하는 일이 엄마는 용서되지 않았어. 그렇게 하는 다른 선생님들을 못마땅해 했거든. 지금 생각해 보면 참 편협된 생각이었어.

　그렇지만 형우야, 나도 선생님이기 전에 엄마이기도 했단다. 왜 궁금하지 않았겠니. 나의 딸이 공부시간에 어떻게 하고 있는지, 둘레둘레 보이지 않는 엄마를 찾고 있는 건 아닌지, 한두 시간 대결을 부탁하고 가볼까? 수없이 갈등했던 것도 사실이야. 그러면서 나 자신을 위로하곤 했다. '우리 형우는 대범하니까 엄마가 없어도 잘할 거야. 그렇게 자라면 더 독립적이 될 거야'라고 말이지.

　초등학교 6학년 졸업식 하는 날은 엄마가 근무하는 학교의 졸업식과 같은 날이었단다. 그리고 중학교 졸업식 때는 고등학교를 졸업하는 오빠가 우선이었고, 고등학교 졸업식 때는 조퇴를 하고서라도 꼭 참석하려고 했는데 너도 알다시피 그때는 엄마가 담임하고 있던 6학년 우리 반 졸업식과 겹쳤어. 핑계 같지만, 그때는 그랬단다.

　네가 수능시험 치던 날에는 생색 같지만, 새벽부터 일어나 정화수 떠놓고 기도까지 했단다. 문제가 술술 풀리라고 말이지. 그리고 속에 부담되지 말라고 촉촉한 찰밥에 부드러운 소고기 불고기, 애호박전이랑 신경 써서 도시락도 썼는데 마치는 시간을 방송에서 말하는 시간으로 잘못 알고 있었어.

그럴 때마다 너는 그랬지. 쿨하게 '그래 알았어. 엄마 안 와도 돼. 엄마 오면 내가 부끄러워. 수업시간에 내 모습 보고 또 잔소리나 하시겠지. 발표도 안 하고 뭐 어쩌고 하면서……'.

내가 못마땅할 때마다 별생각 없이 엄마를 나무라는 거라는 걸 나도 잘 알고 있단다.

말보다 글의 무거움을 안다며 가끔 엄마의 허물을 편지로 꼭꼭 꼬집어 주는 우리 딸, 때로는 엄마를 비행기 태워 주는 환상적인 편지는 엄마를 춤추게 해.

일 년 동안 용돈을 모아 내 생일이 돌아오면 통 크게 엄마를 위한 선물을 준비하는 너를 보며 가끔은 내 딸이 맞나 하는 생각도 들어. 엄마는 엄마 자신을 소중히 하라고, 당연히 그럴 자격이 있다며 언제나 격려해 주는 우리 딸, 덕분에 엄마는 S 화장품의 에센스, 외국 브랜드의 갈색 병도 써보았지.

"이기 간덩이가 부었나? 니가 제정신이가? 니 용돈을 니를 위해 써야지 이 비싼 것이 다 머꼬? 이거 바른다고 호박이 수박 되나." 그러면서 돌아서서 웃었고 다음 생일을 또 은근히 기대하고 그랬단다.

돌이켜보니 새록새록 고운 기억들이네, 우리 딸이 엄마에게 준 기쁨은 참 많고도 많은데 엄마는 마음껏 부족함 없이 너의 날개를 펼 수 있도록 해 주지 못한 것만 생각나고 그래서 더욱 미안하기만 하다.

　갖고 싶은 것 하고 싶은 것 마음껏 해 주지도 못했고, 더 클 수 있고 더 다른 세상을 품을 수 있는 너의 날개를 마음껏 펼쳐주지 못한 것이 두고두고 아깝고 늘 미안하다. 자라면서도 너는 네 할 일 찾아서 했고 걱정 한 번 하게 하지 않았지.

　너는 나의 딸이자 친구이고 연인이며 나의 기쁨이란다.

　보고 있어도 그리운 소중한 나의 딸, 행복하게 즐겁게 인생을 살아가거라.

　너의 앞길에는 비단 꽃길만 펼쳐졌으면 좋겠다, 형우야.

아들과 어머니

어머니께,

"아들아, 아들아, 일어나야지. 일어나서 씻고 밥 먹고 학교 가야지."

잠에 취한 저를 깨우시는 조심스러운 어머니의 목소리가 방문 저편에서 들려옵니다.

"아, 조금만 더 자고요." 짜증이 왈칵 솟구쳤습니다.

조금 후, 문을 가볍게 두드리고 문 여는 소리가 납니다.

"아들아, 지금 일어나야 하는데……. 차 타러 갈 시간이 얼마 안 남았어. 어서 일어나 밥 먹자."

어깨를 흔드시는 손을 뿌리치고 벌떡 일어나 앉았지만 쉽게 잠에서 깨지 않았습니다. 한참 고개를 떨구고 침대 머리에 앉았다가 씻는 둥 마는 둥 하고 옷을 갈아입고 가방을 들고 방문을 나섭니다.

종종걸음으로 달려오신 어머니가 저를 붙들고 밥을 먹으라고 하십니다.

"아, 지금 밥 먹을 시간 없다고요. 그냥 갈 거예요."

나도 모르게 통명스럽게 내뱉고는 집을 나섭니다.

소리 나게 닫힌 현관문 너머의 어머니는 어떤 마음으로 서 계셨을까요?

어머니,

매일 아침 저는 어머니를 이렇게 가슴 아프게 했습니다.

새벽같이 일어나 제가 좋아하는 반찬을 만들어 밥을 준비해 놓으시고 조금이라도 더 자게 하시려고 시계를 보시면서 조바심했을 어머니의 모습을 그림을 그리듯 선명하게 짐작할 수 있습니다. 이렇게 어머니의 마음을 모르는 것도 아닌데 생각과 달리 저의 입에서는 언제나 통명스러운 말이 나오고 짜증이 나고 그래서 어머니 마음을 아프게 하고……. 그랬습니다.

늦게까지 공부해도 성적은 오르지 않고, 친구들은 앞서 달려 나가는 것 같은데 저는 자꾸 뒷걸음질 치는 것 같고, 내가 하는 일이 정말 잘하는 일인지 자신도 없고 그래서 그랬던 것 같습니다. 꿈과 희망을 생각해 본지도 너무 오래된 것 같습니다. 대학을 가기 위한 공부에만 매달리는 시간이 너무 힘들기도 합니다. 내가 하고 싶고 잘하는 것이 무엇인지도 잘 모르는 채 떠밀려 가는 것 같은 불안감에 신경이 곤두섰습니다.

초등학교 때는 개구쟁이 짓으로 어머니를 힘들게 했고, 중학교

때는 사춘기라는 질풍노도의 시절을 선물했고, 지금은 입시준비라는 핑계로 어머니를 뿌리째 흔들고 있습니다.

왜 어머니께만은 무슨 말을 해도, 어떤 행동을 해도 다 될 것 같은지 이 마음이 너무 이기적이라 저도 제가 밉습니다.

어머니, 이런 저 때문에 너무 힘드시요? 한 대 쥐어박고 욕이라도 해 주셨으면 덜 죄송할 텐데……. 어떤 이유도, 어떤 설명이 없어도 언제나 어머니는 내 편이었습니다.

어머니, 엄마, 너무너무 죄송합니다.

내일 아침, 어머니 깨우는 소리를 듣고 웃는 얼굴로 일어나 맛있는 아침을 먹을 수 있을지 자신은 없지만 제 마음을 어머니께 이야기하고 싶었습니다. 어머니 마음을 다 헤아리고, 다 알고 있고, 어머니 넘치는 사랑을 받고 있음을 이 아들이 알고 있다는 사실을요.

어머니, 어머니, 우리 어머니,

어머니는 언제 불러도 이렇게 가슴이 벅차옵니다.

제게 어머니는 거친 풍랑을 헤치고 안전하게 정박할 수 있는 항구와 같은 분이십니다.

얼른 자라서 제 몫을 다 하는 어른이 되겠습니다. 그리고 어머니께 받은 그 지극한 사랑을 제가 돌려 드리겠습니다.

꼭 약속하겠습니다.

저는 언제나 어머니를 하늘만큼 땅만큼 사랑하고 있습니다.

엄마, 어머니 사랑합니다.

철없는 아들이 어머니께 보냅니다.

사랑하는 나의 아들아,

오늘 아침도 곤히 잠든 너를 바라보며 차마 깨우지를 못하고 5분만 더, 2분만 더……. 하면서 너의 방문 앞을 왔다 갔다 했단다. 한참 자라는 너희에게 잠이 보약임을 알면서도 어쩔 수 없이 깨워서 학교 보내야 하는 엄마는 너를 깨울 때마다 조심스럽고 힘이 들어. 겨우 일어난 너에게 '빨리 씻어라. 어서 옷 입고 밥 먹어라. 빨리빨리!' 또 재촉해야 하는 엄마를 어찌하면 좋으니?

창밖으로 보이는 아파트 창의 불빛이 하나둘 꺼져가는 늦은 밤, 아들을 기다리며 베란다 창으로 내려다보니 무거운 가방을 메고 축 처진 어깨를 한 내 아들의 모습이 보인다. 반갑고 안쓰러운 마음으로 내려다보다 현관 앞으로 쪼르르 달려가 너를 기다린다.

딩동! 얼른 문을 열고 '아들, 왔어? 오늘도 힘들었지?' 밝게 맞이해 보지만 시큰둥하고 피곤한 표정으로 너는 말없이 너의 방으로 들어가 버리는구나. 준비해 놓은 과일과 주스를 들고 너의 방을 노크한다. 옷도 갈아입지 않고 침대에 누워 있구나. 빨리하고 빨리 잤으면 하는 애타는 마음으로 '이거 먹고 빨리 옷 갈아

입고, 씻고 어서 자라'고 말하지만, '거기 두고 가세요. 알아서 할 게요'라고 심각하게 말하는 아들이 요새는 점점 무서워져서 암 말 못하고 방에서 나온다. 엄마 입에는 빨리 빨리하라는 말이 붙어 있는 것 같다. 그쟈.

미안하다. 아들아.

이미 경쟁의 길에 들어서서 삶의 푯대를 스스로 찾아야 할 시기에 들어선 아들에게 엄마로서 해 줄 수 있는 것이 많이 없어서 속상하고 안타깝기만 해. 하지만 많은 갈등과 번뇌를 겪으면서 인간은 성장하고 또 다른 세상을 경험하게 되는 것이다. 생각하며 우리 아들을 가만히 지켜보고 열심히 응원하려고 해.

《꽃들에게 희망을》이라는 책에는 호랑 애벌레와 노랑 애벌레가 등장한단다. 알에서 깨어난 호랑 애벌레는 나뭇잎을 기어오르며 나뭇잎을 갉아 먹기 시작하다 배가 부른 어느 날 이렇게 생각하지. '그저 먹고 자라는 것이 삶 전부는 아닐 거야. 이런 삶과는 다른 무언가가 있을 게 분명해.' 그리고는 정든 나무에서 기어내려와 그 이상의 것을 찾기 위해 길을 떠난다는 이야기야. 세상은 온갖 새로운 것으로 차 있고, 호랑 애벌레는 새로운 세상의 기대감으로 더 새로운 것을 찾다가 산더미같이 크고 높은 애벌레의 기둥을 만나 꼭대기를 향해 끝없이 밟히고 채이고, 그리고 밟고 무너뜨리며 한사코 기어오르지. 그렇게 오르다가 내려오는 노랑 애벌레를 만나게 되고 그 노랑 애벌레는 올라가는 것만이 가장 높은 곳에 이르는 것이 아니라는 것을 호랑 애벌레에게 일깨우지만, 호랑 애벌레의 귀에는 들리지가 않지. 노랑 애벌레는 자신의 삶을 받아들이고 솜털 무성한 애벌레에서 번데기가 되고 꼬치가 되는 과정을 거쳐 한 마리 노랑나비가 되어 날아올라. 한사코 기어오르던 호랑 애벌레는 그 꼭대기의 끝에서 무엇을 찾게 될까? 아무것도 없는 꼭대기에서 훨훨 날아오른 한 마리 노랑나비와 눈빛과 마주친 호랑 애벌레는 그 노랑나비가 얼마 전 만났던 노랑 애벌레임을 알아보게 되고 마침내 자기 삶의 방향을 바꿔 그 기둥을 내려오게 되는 거지. 수많은 경쟁자의 눈빛을 바라보며 자신의 잘못된 삶을 되돌리는 거야. 그리고 애벌레의 삶을 받아들이고 기다리며 한 마리 호랑나비가 되는 거지.

이 책 속의 호랑 애벌레와 노랑 애벌레는 우리 인간의 모습이란다. 자기가 꿈꾸던 것이 꿈이 아니라고 생각될 때는 다시 포기할 수 있는 용기가 무엇보다 중요하다는 것을 일깨워주는 거지. 호랑 애벌레는 비록 노랑 애벌레보다는 먼 길을 돌아 호랑나비가 되지만 노랑나비와 호랑나비의 삶 중에 어떤 삶이 더 가치 있다고는 하지 못하겠지.

노랑 애벌레는 일찍 깨달았고, 호랑 애벌레는 늦었지만, 자신의 삶을 되찾았으니 모두가 가치 있는 삶이 아닐까 생각한다. 반면 끝까지 깨닫지 못하고 남아있던 애벌레들의 기둥은 어떻게 될까. 애벌레의 무덤이 되겠지?

아들아, 삶은 때때로 고통스럽고 힘들 때가 많단다. 너희는 지금 자신의 정체성에 대해서도 혼란스럽고, 꿈과 현실의 차이 때문에 힘든 시기를 보내고 있는 것도 알아. 하지만 지금 이 시기는 너희에게 빛나는 청춘이라는 깃도 알아주었으면 좋겠다. 너희가 지금 하는 고뇌와 갈등은 너희가 많이 성장하고 있다는 증거라는 것을.

아들아, 엄마가 인생을 살아보니 행복한 순간도 있었지만 힘든 순간이 더 많더라. 하지만 그렇게 힘든 순간들을 버티고 견디어 낸 힘은 결국 자기 자신에 대한 사랑 때문이었음을 이 나이 되고 보니 알겠더라. 자식들에 대한 사랑도 버티는 힘이 되어 주었지만, 나에 대한 사랑이 없었다면 아마 그렇게 강인하게 버티지 못했을 거야. 그러니 너희도 너희 자신을 많이 사랑하고 아끼고 소중히 생각하렴.

앞으로 너희 앞에 펼쳐진 찬란한 삶의 주인공이 되려면 지금 너희 자신을 아끼고 사랑해라.

자신을 사랑하면서 언제나 희망적이고 긍정적인 생각의 바탕 위에서 너의 삶의 푯대를 세우렴. 엄마는 너희의 아름다운 성장을 축하하고 말없이 응원해 줄게. 엄마는 영원한 너의 편이야.

아들아,

열 달 동안 엄마 뱃속에서 벅차게 준 기쁨, 태어나서 준 기쁨, 자라면서 준 그 기쁨과 행복으로 엄마의 삶이 빛나고 있음을 기억해 주렴.

사랑한다. 아들아.

오늘 밤에는 엄마가 차려 준 간식을 맛나게 먹고 빙긋 웃어 줄래? 엄마는 너의 지친 어깨를 따뜻이 안아 줄게.

내 아들, 내 소중한 아들아.

오늘은 내 아들이 정말 행복했으면 좋겠다.

부모가 아이를
사랑하는 방법

퇴근해도 피곤한 선생님의 하루

월요일, 아이들이 등교하여 운동장 놀이, 책 읽기, 수업 준비하기 등으로 분주한 시간이다. 수업을 앞두고 매너모드로 전환하려는 순간 전화벨이 울린다. 다짜고짜 "수민이 엄만데요. 수민이 가방에 보면 비닐봉지 안에 면봉이랑 연고가 있거든요. 면봉에 연고 짜서 무릎에 좀 발라주시고요. 흉터 생기거나 감염되면 안 되니까 손으로 바르지 말고 꼭 면봉 사용해 주세요. 밖에서 놀지 않도록 해 주세요. 점심 먹은 후에 약도 먹여야 해요. 미지근한 물로 먹여주세요. 아이가 먹지 않을 수도 있으니까 꼭 확인해 주세요." 뚝!

자기 할 말이 끝난 학부모는 매우 바쁜지 사정없이 전화를 끊어버린다. 전화기를 매너모드로 전환하여 가방에 넣어 두고 방금 전화 속 주인공 아이를 가만히 바라본다.

피곤하고 힘든 얼굴이다. 가만히 불러서 무릎을 살펴보니 무릎에 약간의 찰과상의 흔적이 보인다. 왜 다쳤는지 물어본다. 엄마랑 마트에 갔는데 뛰어가다 인도의 턱에 걸려 넘어져서 무릎을 다쳤다고 잔뜩 주눅이 든 얼굴로 조그맣게 말한다.

"그럴 수도 있지. 많이 아팠겠구나. 선생님이 어릴 때도 많이 다쳤단다. 괜찮아 흉터까지는 안 생기겠다. 엄마가 챙겨주신 약 발라 줄게. 봉투 가져오렴."

퇴근 후 시장을 보려고 마트에 들렀다. 사야 할 물건을 찾고 있는데 전화벨이 울린다.

"수민이 엄만데요. 선생님 왜 전화를 안 받으세요. 우리 수민이가 오늘 점심에 약을 안 먹었다는데 왜 그러셨어요? 그리고 우리 수민이 치아교정기를 급식소에서 두고 온 것 같은데 못 보셨어요? 비싸게 주고 한 건데 없으면 큰일 나요. 지금 좀 찾아봐 주세요."

"지금 말입니까?"

"네, 선생님이 안 되면 내가 지금 찾으러 가겠어요."

'어머니, 지금 뭐 하자는 겁니까?' 하고 속으로만 생각했다.

"수민이 가방에 약이 없어서 못 먹였고 교정기가 급식소 식탁에 있었으면 벌써 연락이 왔을 테고 교실에 있었으면 제가 봤을 겁니다. 수민이 학원에는 확인해 보셨나요?"

"확인해봤으니까 연락하지요. 그럼 어쩌란 말씀이신지요?"

내가 물어봐야 할 말을 자기가 하고 있다.

"그럼 일단 학교로 다시 가서 확인해 보고 전화 드리지요."

대충 시장을 보고 영양사 선생님께 전화했다. 오늘 급식시간 후 식탁 위에 교정기 있었냐고 물어보니 그런 것이 없었다고 한다. 다시 학교로 향한다. 보안시스템을 해제하고 교실에 들어가 사물함, 책상 주변, 쓰레기봉투 속까지 확인한다. 혹시나 신발장과 화장실을 샅샅이 훑고 전화를 건다. 몇 번을 전화했건만 받지 않는다. 슬며시 울화가 치민다.

다시 보안시스템을 확인하고 퇴근을 한다. 저녁을 부랴부랴 준비해서 먹고 설거지까지 마치고 나니 열 시가 가까워진다. 다시 학부모에게 전화를 건다. 한참 신호가 간 후에 전화를 받은 수민이 엄마는 이렇게 말한다.

"아, 예, 수민이 교정기 학원에서 찾았어요. 약 봉투는 수민이가 챙겨가지 않았네요."

"네, 그래요."

허탈감이 밀려온다. 그 엄마는 너무도 당연한 일을 자신이 했는데 그게 뭐 어때서……, 라는 듯 당당하다. 끝내 미안하다는 말 한마디 없다. 하고 싶은 말이 너무도 많은데 이쯤에서 참는다. 말을 해서 받아들여질 사람이었다면 처음부터 그렇게 하지 않았으리라는 것을 잘 알기 때문이다.

평소에 아이의 일거수일투족을 간섭하고 사사건건 아이를 윽박지르는 엄마, 시험의 결과가 나오면 달려와 자신의 아이가 다른 아이보다 공부를 못하는 것인지 잘하는 것인지를 일일이 따져 묻고, 학교생활을 낱낱이 캐묻는 엄마 때문에 아이는 늘 주눅이 들어 자기 할 말도 제대로 못 하는데 이것이 진정 아이를 사랑하는 것이란 말인지 물어보고 싶은 마음을 참는다. 오늘이 더 길어질 것이기 때문이다.

부글부글 끓는 속 때문에 오늘 밤은 편안한 잠을 자기는 틀렸다는 생각을 한다.

초보 선생님의 겁나고 두려웠던 하루

체육 시간이다.

준비운동, 안전지도까지 한 후 수업하고, 약속대로 피구게임을 한다. 승리욕이 강한 지룡이는 격렬하게 몸을 움직인다. 튕겨 오는 공을 잡으려고 몸을 날리다가 뒷걸음질을 쳐 뒤에 있던 미나와 함께 넘어진다. 미나의 입술에 살짝 피가 배였다. 넘어지게 한 친구는 얼른 사과한다. 새초롬하니 화가 나 있던 친구도 마지못해 사과를 받아준다.

상황을 수습하고 고의가 아니었던 점을 설명하고 가볍게 응급처치한 후 수업은 계속되었다. 하교하기 전 다시 불러 살펴보니 피멍울이 조금 보일 듯 말 듯하다. 부모님께 상황을 잘 설명할 수 있겠냐고 물으니 괜찮다고 고개를 끄덕인다.

밤 9시가 넘어서 미나 엄마가 전화가 왔다. 다짜고짜 지룡이 엄마 전화번호를 가르쳐 달라고 한다. 평소에도 지룡이 때문에 자기 아이가 힘들어했는데 아이의 입술이 피투성이가 되었다고 고래고래 고함을 지르며 선생님은 뭐했느냐고 호통이다.

깜짝 놀라 아이의 입술을 보았느냐고 했더니 아이는 아직 못 보았고 공부방 선생님이 사진을 보내왔다고 했다. 차근차근 설명하고 아이가 집에 오면 입술을 보고 그때 말씀하시든지 하자고 했더니 선생님이 왜 가해자를 감싸느냐고 화를 낸다. 전화기 저편에서 아이의 아버지가 선생이란 ×이 어쩌고 하면서 욕을 하는 소리가 들린다. 빨리 가해자 전화번호를 말하라고 다그친다. 아직 경력이 많지 않은 선생님은 새파랗게 질린다. 한참 흥분한 어머니의 말을 듣고 있던 선생님이 아버님이 욕을 하시는 것 같은데 너무한 것 아니냐고 했더니 잠깐 멈칫하며 선생님 욕을 한 것이 아니고 자기를 보고 욕했다고 둘러댄다.

어머니, 수업시간에 내가 옆에 있었고 고의로 그렇게 한 것이 아니니 가해자란 말씀은 좀 그런 것 같다. 지금 늦게 전화를 하게 되면 감정이 앞설 수 있고 조금만 참으시고 내일 학교에서 상황을 알아본 후에 함께 이야기해 보자고 겨우 상황을 정리한다.

이튿날 등교한 아이의 입술은 멀쩡하다. 넘어지면서 무릎이 다쳐 아프단다. 그날 넘어지면서 분명 등 쪽으로 밀리듯 넘어졌고 머리에 입술을 부딪쳤을 뿐인데도 그렇다니 어쩌겠는가. 다쳤다는 아이는 어머니의 지령을 받았는지 눈치를 살살 살핀다.

오후에 두 분의 어머니를 학교에 불러 상담을 했다. 미나 어머니가 아이들도 함께 보아야겠다고 해서 아이들과 함께 자리했다. 지룡이의 어머니가 아들이 그렇게 한 것이니 정말 죄송하다고 사과를 했고 아이에게도 다친 아이와 엄마에게도 다시는 그런 일 없겠다는 각서와 사과를 시킨다. 미나 엄마는 벌게진 얼굴로 흥분해서 선생님의 대처와 학교의 조처에 불만을 토로한 후 아이를 데리고 갔다. 어쩔 줄 몰라 하는 아이를 보면서 정말 이런 방법이 아이를 사랑하는 방법인지 묻고 싶어진다.

노련한 선생님의 당당한 하루

방과 후, 아이들을 집으로 돌려보내고 교실에서 처리해야 할 일을 하고 계시던 노련한 50대 선생님에게 반 아이 엄마의 흥분한 전화가 걸려온다.

수업과 학원 공부를 마치고 아이가 집으로 돌아왔는데 같은 반 친구가 집 앞까지 따라오면서 입에 담지 못할, 무시무시한 욕을 했다는 내용의 전화다. 평소에도 고함을 지르고 욕을 불쑥불쑥 내뱉던 친구라 어떤 상황이었는지 충분히 알 수 있을 것 같다. 엄마는 상대 아이가 한 욕을 쉴 새 없이 주워 담으며 이럴 수가 있느냐고 화가 나서 죽을 것 같다고 한다. 오랫동안 계속된 전화를 고개를 끄덕이며 '네, 네, 그랬군요. 내일 알아보겠습니다.' 네 마디로 끝내고 퇴근한다.

다음 날 아침 두 아이를 불러 어제 상황을 글로 적어보라고 한다. 욕설을 들은 아이의 글에는 "어제 학원 마치고 집에 가는데 놀이터에서 놀자고 했지만, 집에 가야 해서 안된다고 했더니 집에까지 따라오면서 욕을 했다. 어떤 욕을 했느냐 하면 개××, 미친××, 시××, 니 엄마, 아빠 ××⋯⋯." 보지도 듣지도 못한 욕이 난무한다.

욕설한 아이의 글은 친구가 같이 놀자고 했는데 안 놀아 주어서 화가 나서 욕을 했다는 간단한 내용이다. 다시 어제 한 욕설을 하나도 빠트리지 말고 다시 적어오라 했더니 다시 적은 내용이 가관이다. 큰 소리로 그대로 읽어보라 했더니 차마 읽지 못하고 머뭇대기만 한다.

억울한 아이의 마음을 같이 풀고 욕을 한 아이에게는 반성의 기회를 주어, 한 번 더 이런 일이 있으면 상대방에게 한 모욕적인 욕설도 폭력이니까 부모님을 불러 학교폭력대책자치위원회를 열겠다고 하고 다시는 욕을 하지 않겠다는 언약을 받아낸다.

다음 날이었다. 출근하여 교실로 들어가려는데 굳은 표정의 여자 한 분이 서 있다. 누군지 물었더니 어제 사건의 주인공 중 욕을 한 친구의 엄마다. 왜 오셨냐고 했더니 대뜸 화를 내며 그런 일이 있었는데 왜 자기한테 연락 안 하고 아이를 혼냈느냐고 한다. 그리고 그 아이의 엄마 연락처를 알고 싶단다. 자기한테 전화하지 않고 왜 선생님께 전화해서 자기 아이만 나쁜 아이로 몰아세우느냐고 따져야겠다며 서슬이 시퍼렇다.

"그래요? 그런데 전화번호를 알려줄 수 없는데 어쩌지요. 그러면 지민이가 욕을 안 했다고 하던가요? 지민이는 평소에 자주 친구들을 괴롭히고 특히 욕을 엄청나게 잘하는데 알고 계셨나요?"

"우리 아이가 무슨 욕을 썼는지 모르지만, 집에서는 욕할 줄 모르는데요."

"그래요? 학교에서 나도 욕을 안 쓰고 다른 친구들도 욕을 쓰지 않는데 지민이는 그 많은 욕을 어디서 배웠을까요? 어머님 아버님이 욕을 하셨나요? 듣도 보도 못한 욕을 하고 있답니다. 그 친구의 어머니가 지민이 어머니께 전화를 걸어 욕을 들었다고 화를 냈으면 어떻게 할 참이셨나요. 두 분이 같이 싸우기밖에 더했을까요. 그나마 내가 알게 됐고 지도할 수 있었으니 다행 아닌가요? 아이들 싸움이 어른들 싸움이 되면 좋을 것이 뭐가 있겠습니까. 잘 해결되었습니다."

아이들과 함께 해결해간 과정을 간단히 설명하고 아이가 직접 쓴 내용을 읽으라고 보여준다. 얼굴이 벌게지더니,

"우리 아이가 이런 욕을 쓸 줄 몰랐어요. 집에서 지도하겠습니다." 그리고 황망히 돌아서 간다.

아이의 잘못을 나무라지 않고 두둔하는 것이, 시도 때도 없이 아이의 편에 서는 것이 아이를 진정 사랑하는 방법일까?

맹자의 어머니가 아들을 위해 이사를 세 번이나 했다는 맹모삼천지교孟母三遷之敎 고사는 아이를 키우는 어머니의 귀감으로 유명하다.

물론 맹자는 글방 근처에서 자란 덕분에 유가의 빛나는 학자가 되었을지 몰라도 나는 그런 극성스러운 엄마의 교육적 자세는 바람직하지 않다고 감히 말하고 싶다. 시장판에서 자란다고 유가의 학자가 되지 못하란 법이 없고, 장의사 근처에 산다고 다 장의사가 되는 것은 아니다. 학교 앞에서 자란다고 다 유학자가 되는 것도 물론 아닐 터, 어머니가 가진 심지가 굳고 행동으로 실천해서 모범을 보이면서 다른 사람의 처지를 이해하도록 가르친다면 그곳이 어딘들 자라는 곳이 대수겠는가. 조선 시대 한석봉 어머니는 몸소 궂은일을 실천하였고 행동으로 보여주었기 때문에 아들이 그 어머니를 귀감으로 삼아 훌륭한 학자가 되었고 후세에 그 이름을 남길 수 있었다.

　아이를 진정 사랑하려면 내 아이만 소중해서 감싸야 할 것이 아니라 내 아이의 소중함을 알 듯 다른 아이들의 소중함도 알아야 한다. 그리고 내 아이든지, 남의 아이든지 잘못한 일은 명명백백 가려서 가르침을 주어야 한다고 생각한다.

　이 세상의 엄마들이 모두 내 아이부터 올바르게 키우고 올곧게 사랑해 준다면 남의 아이 탓도 없어질 것이고 작은 시시비비는 아예 없을 것이라고 단언해 본다.

아이를 진정 사랑하려면
내 아이만 소중해서
감싸야 할 것이 아니라
내 아이의 소중함을 알 듯
다른 아이들의 소중함도
알아야 한다.

부모가 아이를 사랑하는 방법

보여 줄 수 있는 사랑은 아주 작습니다

　얼마 전 TV 드라마 《응답하라 1994》가 인기리에 방송되었습니다. 드라마의 배경이 된 1994년, 그해 11월 1일에 둘째가 태어났습니다.

　그해 여름 6월, 7월, 8월, 9월은 한반도의 기상관측 이래 기록적인 폭염으로 펄펄 끓었던 해였습니다. 사상 최악의 폭염과 가뭄, 북한 김일성 사망, 휴가 인파 등. 온도는 날마다 새로운 기록을 경신하고 있었고 나는 하늘만 바라보며 목말라했습니다.

　그 여름 그 뜨거운 날들, 나는 너무 힘이 들어 아이를 가진 것을 때론 후회하기도 했습니다. 내가 힘들고 귀찮다는 이유로 큰아이에게 소홀했고 사소한 일에도 짜증 내고 나무랐습니다. 이제 고작 30개월 갓 넘은 아이를 내 기준에 맞추어 가르치려 들고, 못하게 하고, 참으라고 했으니 아이의 기억에는 없겠지만, 그때 받은 상처의 옹이가 마음 한구석에 있지 않을까 미안하고 미안합니다. 또, 내가 맡았던 우리 반 아이들에게는 찌푸린 얼굴의 선생님으로 기억에 남게 했을 것이라는 죄책감으로 마음이 무거울 때가 많습니다.

1994년은 나의 인생에서 전환점을 만들어주는 해였습니다. 고난을 통해서 엄마가 되었고, 엄마가 되고 나서야 진짜를 조금 닮아 가는 선생이 될 수 있었기 때문입니다.

철없는 20대 초반에 사명감보다는 두려움으로 교단에 섰고, 때로는 나의 적성 운운하며 회의감에 방황했던 적도 있었지만 해가 갈수록 직업으로서 자부심을 느꼈고 가르친다는 것에 열정을 쏟으며 선생으로서도 잘하고 있다고 생각했습니다. 아이의 마음을 헤아리기보다는 나의 기준에 아이들을 길들이기를 원했고, 한명 한명의 소중함보다는 전체를 생각하며 똑같은 틀을 만들어놓고 똑같은 아이를 찍어내어 그 속에 이방인을 없애려 했습니다. 저마다 다른 아이들인데, 모두가 부모의 소중한 아이들인데 함께 도매금으로 넘기려 했던 오류를 범했던 시절이 있었음을 부끄럽게도 고백합니다.

어머니가 되었다는 것은 이토록 어마어마한 일이 되었습니다. 감동과 기쁨도 함께하지만, 무게를 가늠할 수 없는 책임감도 함께였기 때문입니다. 어머니가 되고 나서 나의 아이를 키우면서 비로소 우리 반 아이들 한명 한명이 얼마나 소중한지를 깨닫게 되었고 아이들은 저마다 다른 꽃이라는 것을 알게 되었습니다.

아이를 낳고 기르지 않아서 선생님으로서 자질이 부족하다는 이야기는 결코 아닙니다. 다만 엄마가 되고 보니 아이의 부족함이라 여겼던 모든 것들이 그 나이 또래에서는 당연한 일임을, 오늘 모른다고 해서 내일도 모르는 것이 아니라 오늘 몰랐던 것도 시간이 지나면 스스로 깨우치고 알아나간다는 것을 알게 되었다는 이야기를 하고 싶은 것입니다.

우리 집, 우리 교실, 우리 학교에서 아이들은 모두 빛깔과 향기가 다른 꽃입니다. 꽃 같은 아이들이 저마다의 빛깔과 향기를 품고 살아갈 수 있도록 이끌어 주는 것이 엄마, 선생님, 그리고 학교가 할 일임을 말하고 싶었습니다.

해가 갈수록 선생이 되었다는 것, 그리고 엄마가 되었다는 것에 감사하는 마음입니다. 아이들에게서 순수함을 배울 수 있으니 선생님이라는 것이 어찌 행복하지 않을 수 있겠습니까. 엄마를 이해하고 지원하는 든든한 아들딸이 있음이 어찌 기쁘지 않을 수 있겠습니까.

칼릴 지브란, 그는 《예언자》에서 이렇게 말했습니다.
"보여 줄 수 있는 사랑은 아주 작습니다.
그 뒤에 숨어있는 보이지 않는 위대함에 견주어 보면……."

그렇습니다. 우리가 진정 보여 줄 수 있는 사랑은 너무도 작습니다. 자식의 등 뒤에서 남몰래 흘린 눈물은 보여 줄 수가 없습니다. 소리 없이 숨죽이며 지켜본 날의 안타까움도 보여 줄 수가 없습니다. 그 속에 숨어있는 보이지 않는 위대함을 자식이 몰라준다 해서 섭섭해 하지는 않습니다. 오히려 자식이 알까 노심초사 모른척합니다.

선생님의 마음속에도 끊임없이 바른길을, 바른 세상을 그려주고 싶어 하는 숨은 열정이 있습니다. 받아들이지 못해 애가 타고, 더 나은 상태로 끌어 올리고 싶고, 올바른 예절과 품성을 지닌 사람이 되게 하고 싶습니다. 그래서 익히고, 익히고, 익히도록 반복합니다.

학교에서 선생님들이 하는 이야기는 오직 아이들 이야기입니다. 차 한 잔을 할 때도, 회식 자리에서도, 토론의 자리에서도, 둘 또는 여럿이 모이기만 하면 하는 이야기가 아이들 이야기입니다. 칭찬과 감탄과 사랑과 염려가 듬뿍 담겨 있습니다. 서로 생각을 모으고, 따스함을 모아 가슴에 품어서 아이들을 보듬어 주는 사랑을 아끼지 않습니다. 이렇듯 아끼지 않는 선생님들의 열정, 그것 또한 보이지 않는 사랑입니다.

보여 줄 수 없다고 해서 하지 않아야 할 사랑은 아닙니다. 보여 줄 수 없다고 해서 작은 것도 아닙니다. 오히려 보여 줄 수 없으므로 더욱 가치 있고 높은 사랑입니다. 언제든 어느 곳에서든 자식이 잘되기를 바라는 마음으로 걱정하고 기도하는 보이지 않는 부모님의 사랑, 그리고 간절히 아이들의 앞날이 그들의 꿈으로 빛나기를 바라고 어찌하면 그럴 수 있을까를 걱정하는 선생님의 사랑은 가슴이 저리도록 위대한 사랑입니다.

그 사랑의 자양분이 떨어진 낙엽과 함께 차곡차곡 익어서 내 아이 남의 아이 가릴 것 없이 모든 아이에게 고루 스며들기를, 이 가을날에 운동장을 내달리는 차가운 바람과 나뭇잎 끝에 매달린 맑은 햇살에 빌어 소망합니다.

보여 줄 수 있는
사랑은
아주 작습니다.
그 뒤에 숨어있는
보이지 않는
위대함에 견주어 보면……

칼릴 지브란

보여줄 수는 없어도

ⓒ 류영선

2017년 01월 17일 초판 1쇄 인쇄 ㅣ 2017년 01월 23일 1쇄 발행

지은이 · 류영선

펴낸이 · 김양수

디자인 · 이정은

교정교열 · 염빛나리

펴낸곳 · 휴앤스토리 ㅣ 출판등록 · 제2016-000014

주소 · (우 10387) 경기도 고양시 일산서구 중앙로 1456(주엽동) 서현프라자 604호

전화 · 031-906-5006 ㅣ 팩스 · 031-906-5079

이메일 · okbook1234@naver.com ㅣ 홈페이지 · www.booksam.co.kr

ISBN 979-11-958838-8-2 (03810)